Melissa David

Das Smaragd-Collier

Eine hoffnungslose Lady

Band 1

FSC
www.fsc.org
MIX
Papier aus verantwortungsvollen Quellen
Paper from responsible sources
FSC® C105338

Impressum

1. Auflage Juni 2022

Melissa David
Mühlweg 48 A
90518 Altdorf
Blog: www.mel-david.de
E-Mail: melissa@mel-david.de

Umschlaggestaltung: Michael Sopolidis
Lektorat: Jeanette Lagall
Korrektorat: Jana Oltersdorff
Buchsatz: Phantasmal Image

ISBN 978-3-75465-003-5

Herstellung und Druck über tolino media GmbH & Co. KG, München.
Printed in Germany

Melissa David

Das Smaragd-Collier

Eine hoffnungslose Lady

Band 1

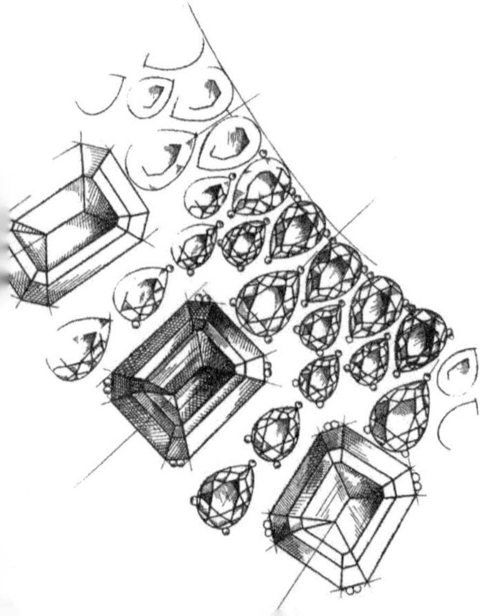

KAPITEL 1

Es war bereits weit nach Mitternacht, als Andrew Stone, Marquess of Ashwood, im Londons exklusivstem Herrenclub, dem Letling's, eintraf. Sein Umhang und der Hut waren tropfnass. Unwillkürlich schüttelte er sich. Natürlich regnete es, wenn er in London war.

»Willkommen im Letling's, Lord Ashwood.« Mit unbewegter Miene begrüßte ihn der Butler, der hinter dem Tresen in der Haupthalle stand, und winkte einen Lakaien heran, der wortlos die nassen Sachen entgegennahm.

Beiläufig sah Andrew sich um. Auch wenn es Monate her war, seit er das letzte Mal den Club betreten hatte, wirkte es doch so, als wäre er erst gestern hier gewesen. Nichts hatte sich verändert. Um diese Uhrzeit war im Letling's nicht viel los – zumindest nicht im Eingangsbereich. In den allgemeinen Gesellschaftsräumen sah es sicher anders aus. Doch Andrew war heute Abend nicht hier, um den üblichen Vergnügungen nachzugehen.

»Ihr Stock, Mylord?«, erkundigte sich der Lakai.

Andrew schüttelte den Kopf. Der Stock war mehr als ein Accessoire, und er behielt ihn stets bei sich. Dezent entfernte sich der Bediensteten.

»Mylord, möchten Sie noch speisen?«, erkundigte sich der Butler und notierte etwas in einem großen ledergebundenen Buch.

»Nein.« Andrew war nicht hungrig.

»Ihr Gast wartet bereits, Mylord.«

Damit hatte er gerechnet, schließlich war er zu spät. Eigentlich hatte er geplant, schon vor einer halben Stunde hier einzutreffen, dabei hasste er Verspätungen. Doch es war ihm bedauerlicherweise nicht möglich gewesen, seine Ankunft zu beschleunigen.

»Kann ich sonst noch etwas für Sie tun, Mylord?«

Andrew schüttelte den Kopf.

»Dann wünsche ich Mylord einen angenehmen Aufenthalt. Sollten Sie etwas benötigen, zögern Sie nicht zu klingeln.«

Andrew nickte dem Butler zu und wandte sich ab, um die Treppe hinaufzugehen. Sein Bein schmerzte bei jedem Schritt. Die lange Fahrt in der Kutsche hatte ihm nicht gutgetan, und so musste er sich mehr als gewöhnlich auf seinen Stock stützen. Glücklicherweise war er allein, sodass ihn niemand dabei begaffen konnte, wie er sich abmühte, Stufe um Stufe zu erklimmen.

Nach einer viel zu langen Zeit kam er endlich oben an. Ein Flur erstreckte sich zu beiden Seiten der Treppe. Zu seiner Linken lagen Gesellschaftsräume wie beispielsweise das Frühstückszimmer, die Bibliothek, zwei Kartenspielzimmer und diverse andere Räumlichkeiten, die gern für politische Diskussionen genutzt wurden. Allerdings war das Letling's im Gegensatz zu den meisten Clubs in der Stadt ein neutraler Ort, und Angehörige der Tory waren ebenso willkommen wie Anhänger der Whigs. Von dieser Seite des Flurs drangen gedämpfte Geräusche an sein Ohr.

Andrew blickte nach rechts. Der Gang führte zu einer ganzen Reihe privater Salons, die angemietet werden konnten. Etliche Lords hatten eine dieser Räumlichkeiten – natürlich für das entsprechende Kleingeld - dauerhaft für sich in Anspruch genommen. Andrew war zwar nicht oft in London, doch auch er besaß einen dieser privaten Salons. Auf kleinen Steintafeln an der Tür stand der Name des jeweiligen Mieters. Er betrat den dämmrigen Flur. Sein Ziel war sein privater Salon. Der dicke Teppich verschluckte seine Schritte. Zielstrebig ging er an etlichen Türen vorbei, bis er zu jener Tür kam, auf der sein eigener Name geschrieben stand. Ohne anzuklopfen – schließlich war es sein eigener Raum – drückte er die Türklinke hinunter und trat ein.

»Du kommst spät«, begrüßte ihn der Mann, der mit dem Rücken zu ihm in einem Sessel am brennenden Kamin saß.

»Dafür entschuldige ich mich aufrichtig, Commander.«

Andrew schloss die Tür. Im Raum war es dämmrig, da der große Kronleuchter über ihnen nicht entzündet worden war. Lediglich ein paar Kerzen brannten.

Andrew hatte das Zimmer explizit nach seinen Wünschen gestalten lassen. Im Moment war es zu dunkel, um die satte grüne Farbe der Wände zu erkennen. Die Bilder, die hier hingen, alle von bekannten Malern, hatte er sorgfältig selbst ausgewählt. Direkt am Fenster stand ein größerer Tisch, der jedoch nicht eingedeckt war, da Andrew heute nicht hier zu essen beabsichtigte. Auf einem kleinen Beistelltisch befanden sich diverse Getränke zur Selbstbedienung. Wie er feststellen musste, hatte sich sein Gast nicht bedient. Da es unhöflich wäre, sich jetzt ein Glas Scotch einzuschenken, verzichtete er ebenfalls darauf und hinkte stattdessen zum zweiten Sessel hinüber. Ungelenk ließ er sich nieder und lehnte den Gehstock gegen die Armlehne. Es tat gut, endlich zu sitzen. Vorsichtig zog Andrew sein Bein näher. Es schmerzte.

»Ich habe einen Auftrag für dich«, sagte der Commander, ohne ihn anzublicken.

Davon war er ausgegangen, denn sonst hätte er die Reise nach London nicht auf sich genommen. Andrew war neugierig, worum es ging und warum der Commander ihn in die Hauptstadt bestellt hatte. »Damit habe ich nach deinem Brief gerechnet.«

Er wartete, doch sein Gegenüber fuhr nicht fort, und so sah er sich gezwungen nachzufragen: »Worum geht es?«

»Das Smaragd-Collier soll wiederaufgetaucht sein. Ich möchte, dass du überprüfst, ob die Gerüchte stimmen.«

Deswegen hatte er die Bequemlichkeit seines Landlebens gegen das Londoner Stadtleben getauscht? Andrew hatte mit einem weit spannenderen Auftrag gerechnet. Vielleicht eine politische Verschwörung oder das Aufspüren eines brisanten Informanten. Dass er lediglich wegen eines Schmuckstücks hergekommen war, enttäuschte ihn.

»Hast du schon einmal von diesem Smaragd-Collier gehört?« Das Gesicht seines Gegenübers lag im Schatten verborgen, sodass er dessen Mimik nicht ergründen konnte.

Andrew schüttelte fassungslos den Kopf. »Du hast mich nicht allen Ernstes wegen einer Kette nach London bestellt?«

»Das Smaragd-Collier stammt aus dem Hause Stuart.«

Damit war Andrews Interesse immerhin ein klein wenig geweckt. Auch wenn er von dem Schmuckstück noch nie gehört hatte, den Namen Stuart kannte er selbstverständlich, schließlich handelte es sich um die einstige Monarchenfamilie.

»Das Collier hat Königin Anne gehört«, erklärte der Commander. »Einst wurde es benutzt, um einen Mordanschlag auf unseren König zu finanzieren. Danach war es rund sechzig Jahren lang spurlos verschwunden.«

»Und ich bin hier, um das einstige Verbrechen aufzuklären?«

Ein Funke Hoffnung glomm in ihm, den der Commander mit seinen nächsten Worten leider im Keim erstickte.

»Die Männer, die den Anschlag auf Georg II. verüben wollten, wurden rechtzeitig gefasst und aufgehängt.«

Andrew starrte übellaunig in die Flammen. Also war er hier, um ein belangloses Collier aufzustöbern. In der Hoffnung auf einen interessanten Auftrag war er hergekommen und nun das. Allerdings ließ er sich seine schlechte Laune vor dem Commander nicht anmerken, wechselte die Sitzposition und brachte vorsichtig sein Bein in eine angenehmere Stellung.

»Der Smaragd ist von unschätzbarem Wert.« Der Commander beugte sich vor und überreichte Andrew ein gefaltetes Stück Papier.

Noch immer missmutig, nahm er es entgegen und faltete es auseinander. Es handelte sich um eine Skizze des Schmuckstücks, und Andrew musste zugeben, dass das Collier durchaus einer Königin würdig war. Doch noch immer empfand er den Auftrag als lächerlich und ärgerte sich, dass er sich dafür überhaupt herbemüht hatte.

»Damals konnten zwar die Täter gefasst werden, doch die Hintermänner sind bis heute im Dunkeln geblieben.«

Andrew runzelte die Stirn. »Wem gehört das Collier?«

Der Commander schüttelte den Kopf. »Die rechtmäßigen Besitzer haben nichts damit zu tun. Aber vermutlich jene Leute, die das Collier in den letzten sechzig Jahren versteckt haben.«

Jetzt war Andrews Interesse geweckt. Solche Aussagen traf der Commander nicht leichtfertig, dazu kannte er ihn zu gut. »Aus welchen Quellen beziehst du dein Wissen?«

»Aus verlässlichen Quellen.«

Damit war das Thema für den Commander beendet, und Andrew wusste aus Erfahrung, dass weiteres Nachbohren zwecklos war. Daher sparte er sich seine Kräfte.

»Du vermutest, dass das Collier erneut zur Bezahlung für einen Anschlag benutzt werden soll?«

Der Commander zuckte kaum merklich mit den Schultern. »Das sollst du herausfinden. Es kann ein Zufall sein, dass das Schmuckstück aufgetaucht ist, oder auch nicht. Ich möchte, dass du jeden überprüfst, der mit dem Collier in Berührung gekommen ist.«

Andrew nickte, gleichwohl war er ein wenig enttäuscht über die Banalität des Auftrags.

»Jedoch kann ich nicht ausschließen, dass mächtige Männer in die Sache verwickelt sind«, ergänzte der Commander.

Davor fürchtete Andrew sich nicht. Als Marquess verkehrte er in den besten Kreisen. Allerdings verfügte auch der Commander über hervorragende Verbindungen, daher erkundigte er sich vorsichtig: »Politische Motive?«

»Das kann ich nicht ausschließen.« Die Einsilbigkeit des Commanders konnte nur daher rühren, dass er selbst nicht mehr Informationen besaß.

»Ich soll das Collier also ausfindig machen und herausfinden, ob ein weiterer Anschlag geplant ist?«, schlussfolgerte Andrew.

Der Auftrag könnte durchaus interessant werden.

»Spüre es zunächst auf und benachrichtige mich.« Der Commander beugte sich vor, und seine Silhouette, vom Feuer angestrahlt, warf unwirkliche Schatten auf den Teppichboden.

»Soll ich das Collier in Gewahrsam nehmen?«, vergewisserte sich Andrew.

»Nein.«

Damit hatte er gerechnet. Er warf noch einen letzten Blick auf die Skizze, faltete sie zusammen und reichte sie dem Commander zurück.

»Behalte sie.«

Wortlos steckte Andrew das Papier in seine Westentasche. »Kannst du mir sagen, wo das Collier aufgetaucht ist?«

Lange zögerte der Commander mit einer Antwort, dann meinte er bedächtig: »Höre dich unauffällig um.«

Das war zwar nicht ganz das, was er sich erhofft hatte, aber dann würde er eben genau das tun.

»Wirst du hier in London bleiben?«

»Nein.« Der Commander ließ weder eine Begründung noch eine Erklärung erfolgen.

»Kann ich dich auf die übliche Weise kontaktieren?«

Bedächtig nickte der Commander. »Das kannst du.«

»London mitten in der Frühlingssaison.«

Andrew schüttelte den Kopf, ungläubig über sich selbst. Er hatte sich vorgenommen, nie wieder einer Ballsaison beizuwohnen. Die Letzte hatte in einem Desaster geendet, und dafür war er nicht noch einmal bereit. Aber da er den Auftrag nun angenommen hatte, würde ihm nichts anderes übrigbleiben, als jene verhassten Veranstaltungen zu besuchen. Wenn ein so kostbares Collier wieder aus der Versenkung aufgetaucht war, würde es zu diesen Anlässen getragen werden.

»Einen unpassenderen Zeitpunkt hättest du dir nicht aussuchen können.«

»Du wirst es überleben. Ein wenig Kultur und ein wenig Vergnügen schaden auch dir nicht.« Es war zu dunkel, um das Gesicht des Commanders zu sehen, doch der Spott in seinen Worten kam deutlich zum Ausdruck.

»Vergnügen«, schnaubte Andrew. Als würde ihm das gesellschaftliche Leben Vergnügen bereiten. Für ihn war es eine Last, aber er hatte einen Auftrag erhalten, und diesen würde er erfüllen.

Der Commander erhob sich, doch als Andrew es ihm gleichtun wollte, legte dieser ihm eine Hand auf die Schulter und zeigte ihm auf diese Weise wortlos, dass er sitzen bleiben sollte. »Ich wünsche dir einen angenehmen Aufenthalt in London, Ashwood. Auf bald.« Damit verließ er den Raum.

Andrew lehnte sich im Sessel zurück und schloss erschöpft die Augen. Er war in London und verdammt, sein Aufenthalt würde anstrengender werden als befürchtet. Wohl oder übel würde er eine Weile bleiben müssen, bevor er sich wieder aufs Land zurückziehen konnte. Stattdessen musste er nun am gesellschaftlichen Leben teilnehmen, bis er dieses Collier fand. Gierige Lords, herausgeputzte Dandys, heiratswillige junge Damen und übereifrige Mütter, die jeden seiner Schritte mit Argusaugen verfolgen würden. Allein die Vorstellung war grauenhaft.

Der Tag war lang gewesen, und die Erschöpfung drückte ihn nieder, daher beschloss er zu gehen. Zwar hätte der Anstand es geboten, dass er im großen Gemeinschaftssalon des Clubs vorbeisah und sein Eintreffen in London kundtat, doch die Londoner Etiketten waren ihm herzlich egal. Er würde den Club morgen wieder aufsuchen, wenn er mehr Muße für Gesellschaft hatte.

Andrew griff nach seinem Gehstock und stand umständlich auf. Das rechte Bein pochte unangenehm. Nach der langen Kutschfahrt und der beschwerlichen Reise war dies auch kein Wunder. Zumindest würde er heute Nacht in einem ordentlichen Bett schlafen und so machte er sich in sein Stadthaus auf.

KAPITEL 2

Die Sonne stand hoch am Himmel und sorgte für angenehm warme Temperaturen an diesem Frühlingstag. Lady Emilia Colby kam mit ihrer Mutter, Lady Hardstaff, gerade von einem Besuch bei der Schneiderin. Dort hatten sie letzte Änderungen für ein Ballkleid in Auftrag gegeben, und Emilia hatte den Aufenthalt im Geschäft ebenfalls genutzt, um sich neue Haarbänder zu kaufen. Eines davon wollte sie bereits morgen auf dem Ball von Lord und Lady Flowerskin tragen.

Da das Wetter so angenehm war, hatte Emilia ihre Mutter gebeten, nicht mit der Kutsche zurückzufahren, sondern einen Spaziergang zu machen. Zuerst war Lady Hardstaff nicht begeistert gewesen, hatte aber schließlich zugestimmt. Letztendlich hatten sie ziemlich lange gebraucht, bis sie über die Piccadilly Street promeniert und dann Richtung Berkeley Square abgebogen waren. Von dort aus waren es nur noch ein paar Straßen bis zum Stadthaus der Familie. Da Lady Hardstaff allerdings viele Bekannte getroffen hatte, waren sie mehr als einmal stehengeblieben, um mit Freunden zu plaudern. Inzwischen bereute Emilia es fast ein wenig, auf den Spaziergang bestanden zu haben. Mit der Kutsche wären sie längst Zuhause angekommen. Endlich erreichten sie den Berkeley Square, und Emilia warf einen sehnsüchtigen Blick in den eingezäunten Garden, der überaus einladend aussah.

Auf der anderen Straßenseite herrschte hingegen großer Tumult. Etliche Wagen standen vor einem der herrschaftlichen Häuser, und eifrige Bedienstete luden Unmengen von Kisten ab.

»Sieh nur, das Haus wird bezogen.« Aufgeregt rüttelte Lady Hardstaff am Arm ihrer Tochter.

Eher gelangweilt warf Emilia einen Blick auf das Aufgebot vor dem prunkvollen Herrenhaus und wandte sich dann wieder der Grünfläche zu, die sie deutlich mehr interessierte.

»Anscheinend ein Zuzug«, stellte sie gleichgültig fest.

Lady Hardstaff schnaubte entrüstet. »Hast du eine Ahnung, wer hier wohnt?«

Berkeley Square war eine der gefragtesten und teuersten Adressen in London, zweifelsohne. Wer im Einzelnen hier wohnte, wusste Emilia nicht, und es interessierte sie auch nicht sonderlich. So schüttelte sie den Kopf und überprüfte mit ein paar schnellen Handgriffen, ob ihre Haube verrutscht war. Glücklicherweise saß sie noch an Ort und Stelle, sonst hätte sie sich erneut eine Rüge ihrer Mutter eingehandelt.

Lady Hardstaff deutete auf das erste Gebäude in der Reihe. »Hier wohnt der Earl of Clainwood. Daneben liegt das Haus des Marquess of Crowbright. Dieses hier«, die Countess deutete auf eine unscheinbare graue Fassade, »steht derzeit zum Verkauf, nachdem die Besitzerin verstorben ist und der Neffe keine Verwendung dafür hat.« Ihre Hand wanderte weiter und deutete nun auf ein Gebäude mit ungewöhnlich üppiger Vegetation im Vorgarten. »Dort wohnt der Marquess of Toothright, daneben Lady Suttersspear, die Mutter der verstorbenen Duchess of Speakshed. Dann folgt das Haus der Dowager Duchess of Lampsburry und schließlich Ashwood-House, das Stadthaus des Marquess of Ashwood. Wie es aussieht, ist er wieder in London«, flüsterte Lady Hardstaff ehrfürchtig. Alle Fenster waren zum Durchlüften aufgerissen, und etliche Bedienstete trugen Koffer und Schachteln in das Innere.

Emilia legte die Stirn in Falten und fragte sich, welche dieser Menschen mit ihrer Mutter bekannt waren. Ihr verstorbener Vater und die Countess hatten ein sehr zurückgezogenes Leben auf dem Land geführt, sehr zum Missfallen von Lady Hardstaff. Als Emilia nun alt genug war, um an der Londoner Saison teilzunehmen, hatte die Countess sie freudig in die Hauptstadt begleitet. Emilia gefiel das Londoner Leben sehr, und sie genoss es in vollen Zügen. Schnell hatte sie Freundschaften geschlossen, beispielsweise zu der etwas schüchternen Lady Isabella Laud, der eigensinnigen Miss Anne Harriet und der stillen Lady Louisa Bell.

»Er ist unverheiratet.« Lady Hardstaffs Augen leuchteten.

Amüsiert betrachtete Emilia ihre Mutter. Ein unvermählter Marquess würde viel Unruhe in die Londoner Gesellschaft bringen und sicher der begehrteste Junggeselle des *ton* sein. Vollkommen einerlei, wie alt er sein mochte. Emilia wusste nichts über ihn, vermutete jedoch, dass der Marquess entweder bereits Witwer war oder überaus hässlich sein musste. Welchen Grund sollte es sonst geben, dass er unverheiratet war?

»Wir werden ihm ein paar Tage Zeit lassen und ihm dann einen Besuch abstatten«, verkündete Lady Hardstaff überschwänglich.

Emilia blinzelte. Waren ihre Mutter und der Marquess alte Bekannte? Vermutlich, denn sonst ließ es sich kaum erklären, dass die Countess sich derart aufführte. Vielleicht war sie selbst auf der Suche nach einem Ehemann. Seit ihr Vater gestorben war, war ihre Mutter regelrecht aufgeblüht. Bisher hatte Emilia jedoch nicht den Eindruck gehabt, dass Lady Hardstaff gedachte, sich noch einmal zu vermählen.

»Bist du mit ihm bekannt?«, erkundigte Emilia sich beiläufig.

Entrüstet riss Lady Hardstaff die Augen auf. »Kindchen, wo denkst du hin?« Gleichzeitig spiegelte sich verletzter Stolz in ihrem Blick.

»Es wäre unerhört, ihn ohne Einladung zu überraschen, noch dazu, wenn er unverheiratet ist.« Nachdenklich betrachtete Emilia das herrschaftliche Haus und überlegte, wie es ihr dennoch gelingen konnte, den Marquess und ihre Mutter zusammenzubringen.

Lady Hardstaff blinzelte. »Du hast recht.« Sie warf einen bedauernden Blick auf das Haus. »Ich werde Alexander fragen, ob er mit dem Marquess bekannt ist.«

Emilia biss sich auf die Lippe und unterdrückte eine unangebrachte Bemerkung. Sie liebte ihren Bruder über alles, aber Alexander interessierte sich nicht für den *ton*. Sie wusste nicht einmal, ob er in einem der Herrenclubs verkehrte. Seine ganze Aufmerksamkeit galt den Pferden, und er verbrachte wesentlich mehr Zeit in den Ställen und auf der Rennbahn als zu Hause. Sollte der Marquess nicht ebenfalls ein Pferdenarr sein, standen die Chancen schlecht, dass Alexander ihn kannte.

»Vielleicht treffen wir ihn auf einem der Bälle. Wenn er derzeit in London weilt, wird er gewiss mit Einladungen überschüttet«, überlegte Emilia laut und schmiedete bereits Pläne.

Sicher würde eine ihrer Freundinnen mit dem Marquess of Ashwood bekannt sein. Isabellas Mutter war die Tochter eines Marquess. Da standen die Chancen ziemlich gut, dass sie ihm bereits begegnet war und sie vorstellen konnten.

Lady Hardstaffs Augen funkelten vor Begeisterung. »Natürlich wird er die Bälle besuchen, und irgendeiner unserer Freunde wird sicherlich mit ihm bekannt sein und uns vorstellen. Meine Güte, vielleicht tanzt er sogar mit dir.«

Verwirrt hielt Emilia mitten in der Bewegung inne. Sie sollte mit dem Marquess tanzen? Wo dachte Ihre Mutter hin? Sie hatte keinerlei Interesse an einem Tanz mit ihm.

»Aber Mutter!« Entrüstet schüttelte Emilia den Kopf. »Ich bin doch bereits verlobt. Was will ich mit einem Marquess? Ich bin davon ausgegangen, dass er in deinem Alter ist.«

Der vorwurfsvolle Blick ihrer Mutter sprach Bände. Unwillkürlich schoss die Röte in Emilias Wangen, und sie senkte den Kopf.

»Meine Güte, Kindchen, wovon redest du?« Aufgebracht stemmte die Countess beide Hände in die Seiten. »Ich werde mich nie wieder in die Abhängigkeit eines Mannes begeben.« Als würde ihr in diesem Moment bewusstwerden, was sie gerade gesagt hatte, verstummte sie abrupt. »Heiraten ist wunderschön, Liebes.«

Davon musste Emilia nicht überzeugt werden. Sie sehnte sich den Tag ihrer Hochzeit mit Edward von Herzen herbei. In Gedanken versunken lächelte sie vor sich hin.

Ein weiterer Wagen fuhr vor, und die beiden Damen waren dankbar für die Ablenkung. Staunend sahen sie zu, wie die Plane abgezogen wurde und ein Pianoforte zum Vorschein kam.

»Wie entzückend«, seufzte Emilia und dachte mit Bedauern an das Cembalo zu Hause, auf dem sie häufig spielte.

»Ein wundervolles Instrument«, pflichtete Lady Hardstaff ihr bei. »Vielleicht kommen wir in den Genuss, es zu hören.«

Emilia stellte resigniert fest, dass die Countess ihr Vorhaben offenbar noch nicht aufgegeben hatte. Möglicherweise lag es daran, überlegte Emilia, dass ihre Mutter die Tochter eines verarmten Barons war. Es war ihr seinerzeit zwar gelungen, einen Earl und damit über ihrem Stand zu heiraten, dennoch war ihr Edward anfänglich nicht gut genug gewesen. Emilia hatte zwar gedacht, dass sie ihre Mutter vom Gegenteil überzeugt hatte, jedoch träumte sie augenscheinlich noch immer von einer höhergestellten Verbindung.

»Vielleicht ist Edward mit dem Marquess bekannt?«, überlegte Emilia.

Womöglich war ihr Verlobter, Edward Preston, der Earl of Lastborough, sogar ein Freund des Marquess. Edward verkehrte in weit gehobeneren Kreisen als ihre Familie, und das war auch der Grund, warum ihre Mutter der Verbindung zwischen ihnen letztendlich doch zugestimmt hatte.

»Gehen wir weiter.« Sanft zog Emilia am Arm der Countess, die ihr widerwillig folgte. Lady Hardstaff schien ganz in Gedanken zu sein, und so konnte auch Emilia ihren Tagträumen nachhängen.

Sie freute sich auf den Ball, denn dort würde sie Edward wiedersehen. Allein wenn sie an ihn dachte, trieb es ihr die Röte in die Wangen. Sie war überglücklich, einen Mann wie ihn gefunden zu haben. Ein angesehener Gentleman, jung und überaus gutaussehend. Noch dazu liebte er sie, und sie liebte ihn. An seiner Seite sah sie einer glücklichen Zukunft entgegen.

Es war nicht mehr weit. Sie mussten nur zwei Mal abbiegen, dann würden sie die Straße erreichen, in der sie lebten. Die Häuser dort waren zwar nicht so herrschaftlich wie die am Berkeley Square, dennoch war es eine durchaus akzeptable Gegend. Das geräumige Haus bot genügend Luxus, um sich wohlzufühlen. Lang würde Emilia dort ohnehin nicht mehr wohnen. Nach ihrer Hochzeit würde sie zu Edward ziehen und als seine Frau die Herrin von Lastborough House sein.

»Werte Damen«, grüßte Lord Hetherford, ein direkter Nachbar, der in diesem Moment aus seinem Haus trat und lächelte, sodass seine schiefen Zähne zu sehen waren. Was für ein abstoßender Anblick.

»Lord Hetherford.« Lady Hardstaff hob die Hand und winkte dem Viscount zu. »Wie schön, Sie zu sehen.«

Emilia setzte ein höfliches Lächeln auf, zumindest bemühte sie sich. Der Viscount hatte sich ihr gegenüber stets freundlich verhalten, doch in manchen Momenten, wenn er sich unbeobachtet fühlte, hatte sie seine verlangenden Blicke auf sich gespürt. Dieses Betragen war nicht nur ungeheuerlich, sondern regelrecht ungebührlich. Lord Hetherford war Ende vierzig, mit schütterem Haupthaar und einem enormen Bauchumfang, wodurch seine Beine extrem kurz wirkten. Ihre Mutter hatte erzählt, dass der arme Viscount nach dem Tod seiner zweiten Frau noch immer keine Kinder hatte und sich erneut in der Londoner Saison nach einer Braut umsah. Er mochte nicht zu den begehrtesten Gentlemen gehören, doch es sollte für ihn nicht schwer sein, eine mittellose Frau zu finden, die sich glücklich schätzte, eine Viscountess zu werden. Emilia bedauerte das arme Geschöpf schon jetzt.

»Lady Hardstaff. Lady Emilia. Welch ein schöner sonniger Tag«, bestätigte Lord Hetherford. »Fast zu schön, um in den Club zu gehen.«

Lady Hardstaff zog Emilia über die Straße direkt auf Lord Hetherford zu.

»In der Tat. Deshalb haben wir bei einem kleinen Spaziergang die frische Luft genossen. Emilia hat darauf bestanden.« Sie beugte sich leicht vor und setzte eine verschwörerische Miene auf. »Haben Sie schon gehört, Lord Ashwood ist in London.«

Die Augen des Viscounts weiteten sich kurz. »Welch angenehme Überraschung«, pflichtete er dann bei.

»Kennen Sie den Lord?« Begierig wartete Lady Hardstaff auf eine Antwort.

»Ich war mit seinem älteren Bruder bekannt«, erklärte der Baron. »Dem jetzigen Marquess bin ich nie vorgestellt worden. Während der letzten Saison, die ich in London verbracht habe, war er noch im Krieg.«

»Einer unserer siegreichen Helden«, seufzte Lady Hardstaff ein wenig zu theatralisch.

Emilia musste an sich halten, um nicht die Augen zu verdrehen. Der Krieg gegen Napoleon lag nun schon ein paar Jahre zurück, und die *siegreichen Helden* waren gebührend gefeiert worden.

Als Emilia ein Rattern hinter sich wahrnahm, drehte sie den Kopf und stellte erleichtert fest, dass Lord Hetherfords opulente Kutsche vorfuhr. Kein Vergleich zu den leicht muffig riechenden Droschken, die ihre Familie nehmen musste, wenn sie niemand abholte. Sie zog ihre Mutter auf die Seite, damit das Gespann sie nicht überfuhr.

»Es war mir eine Freude, mit Ihnen zu plaudern, Lady Hardstaff, Lady Emilia.« Abermals zog er seinen Hut.

Die Damen knicksten. Lord Hetherford ging an ihnen vorbei und stieg ein.

»Gehen wir ins Haus«, bemerkte Lady Hardstaff und hängte sich bei Emilia ein.

Es wäre ungebührend, dem Viscount nachzublicken. Weder war er ein Verwandter noch ein enger Freund der Familie, sondern lediglich ein Nachbar.

Emilia machte sich vom Arm ihrer Mutter los, atmete noch einmal die herrliche Frühlingsluft ein und folgte Lady Hardstaff in das Innere des kühlen und dunklen Stadthauses.

KAPITEL 3

Andrew betrat das Letling's. Er war froh, dem regen Treiben in seinem Stadthaus entkommen zu können. An diesem Nachmittag war das restliche Personal mit allerhand Gepäck in London eingetroffen, während das Stammpersonal von Ahswood House das Haus von oben bis unten durchlüftete und jeden Winkel putzte. So war Andrew in den Herrenclub geflüchtet. Diesmal zu einer Tageszeit, an der in der Eingangshalle des renommierten Clubs einiger Trubel herrschte. Die edlen Lords fanden sich ein, um den Nachmittag und den frühen Abend miteinander zu verbringen. Mit voller Absicht hatte Andrew sein Eintreffen auf diese beliebte Zeit gelegt. Jeder sollte mitbekommen, dass Andrew Stone, der 2. Marquess of Ashwood, zurück in London war. Er würde sich in den Gemeinschaftssalon setzen und mit jedem Lord sprechen, der ihn begrüßen wollte. Das würde ihm später eine ganze Reihe an unangenehmen Besuchen ersparen.

»Ashwood.« Kaum hatte er seinen Umhang und den Hut einem Lakaien übergeben, wurde er bereits begrüßt.

Auf seinen Stock gestützt drehte er sich um und erblickte David Milton, den Zweitgeborenen eines Earls. Andrew war zusammen mit dem jungen Mann der Armee beigetreten. Im Krieg gegen Napoleon hatte es sie dann allerdings an unterschiedliche Standorte verschlagen.

»Milton.« Andrew freute sich aufrichtig, ihn wiederzusehen.

»Ich muss dich enttäuschen, alter Freund«, entgegnete der hochgewachsene junge Mann, der aufgrund seiner spanischen Mutter einen ungewöhnlich dunklen Hauttyp besaß und das rabenschwarze Haar derselben geerbt hatte.

»Blankers«, korrigierte Milton ihn. »Seit den Tod meines Bruders trage ich den Ehrentitel Viscount Blankers.«

Andrew stutzte kurz, doch dann breitete sich ein Lächeln auf seinem Gesicht aus.

»Blankers«, erwiderte er und neigte den Kopf leicht. »Dann darf ich dich dazu beglückwünschen. Ich hoffe, ich kann mich daran gewöhnen.«

»Danke. Für dich tut es zur Not auch David«, wies er den ehemaligen Weggefährten mit einem Zwinkern auf ihr einstiges inniges Verhältnis zurück.

Andrew erinnerte sich nur zu gut, wie sie gemeinsam während der Kadettenausbildung in der Schlafbaracke gelegen und sich gefragt hatten, was sie hier eigentlich machten. Damals hatte es weder Konventionen noch Geheimnisse zwischen ihnen gegeben. Sie waren beide als zweitgeborene Söhne in den Krieg geschickt worden, weil sie als entbehrlich galten. Das Schicksal hatte jedoch etwas anderes mit ihnen vorgehabt. Nun standen sie hier, hatten Napoleon überlebt und während Andrew bereits den Familientitel geerbt hatte, wartete sein Freund noch darauf.

»Kommst du mit in den Salon?«, erkundigte Blankers sich höflich.

Andrew nickte. »Das war meine Absicht.«

Gemeinsam begaben die Männer sich in den ersten Stock. Blankers ignorierte sein unbeholfenes Treppensteigen und erkundigte sich beiläufig: »Bist du verabredet?«

Ein scharfer Schmerz fuhr Andrew ins Bein, und er musste notgedrungen sein Tempo verlangsamen. Nachdem er mehrmals tief durchgeatmet hatte, war er in der Lage, die Frage seines Freundes zu beantworten, und schüttelte den Kopf. Zwei Gentlemen schoben sich an ihnen vorbei und warfen ihm verstohlene Blicke zu. Andrew presste fest die Lippen aufeinander, um sie nicht anzufahren.

»Du?«, fragte er den Freund.

»Keine Verabredung«, erklärte Blankers gutgelaunt.

Endlich hatten sie das erste Stockwerk erreicht. Andrews Bein pochte unangenehm, und er humpelte deutlich, während er sich schwer auf seinen Stock stützte. Automatisch passte sich Blankers seiner Geschwindigkeit an.

»Ich hoffe, du erzählst mir, was es bei dir Neues gibt. Bist du in London, um eine Frau zu finden?« Die Gradlinigkeit des früheren Weggefährten gefiel ihm. Längst hatte er beschlossen, die einstige Freundschaft wieder aufleben zu lassen.

»Geschäfte«, murmelte Andrew ausweichend und bedauerte es, keine Details nennen zu können.

»Wie bedauerlich«, erklärte Blankers.

Inzwischen hatten sie den Aufenthaltsraum erreicht, in dem sich viele einzelne Sitzgruppen befanden. Etliche Tische waren bereits besetzt, aber sie fanden dennoch ein hübsches Plätzchen. Andrew setzte sich mit dem Rücken zur Wand und hatte so einen guten Blick auf die anwesenden Gentlemen.

»Vielleicht überlegst du es dir noch anders. Es gibt dieses Jahr durchaus ein paar interessante Debütantinnen.«

Andrew beobachtete einen Herrn am anderen Ende des Raumes, während er Blankers antwortete. »Das hört sich so an, als ob du bereits fündig geworden bist. Ist es deine erste Saison?«

»Die zweite und ja, es gibt durchaus eine junge Dame, der ich den Hof mache.«

Es war reine Höflichkeit, dass Andrew nachfragte. Im Grunde interessierte es ihn nicht. »Kennt man sie oder ihre Familie?«

»Lady Victoria Regenton-Miller. Ihr Vater, Baron Hampel, könnte dir womöglich ein Begriff sein.«

Abwesend nickte Andrew. Das war er in der Tat.

»Wird man dich morgen auf dem Ball von Lord und Lady Flowerskin antreffen?«, erkundigte sich Blankers.

Andrew hatte am Vormittag eine Einladung erhalten, ebenso wie zahlreiche andere zu diversen Festivitäten, Gesellschaften und privaten Beisammensein. Es hatte sich schnell herumgesprochen, dass er wieder in der Stadt war.

»Lady Joanna ist durchaus lieblich zu betrachten.« Blankers' Augen blitzen vor Vergnügen. »Aber ich vergaß, du suchst keine Ehefrau.«

Andrew verzog den Mund zu einem spöttischen Lächeln. »Ich werde den Ball besuchen, wenn auch nicht, um Lady Joanna zum Tanz aufzufordern.«

Noch ehe Blankers antworten konnte, wurde die Tür aufgerissen, und ein hochgewachsener junger Mann stürmte herein. »Am Spieltisch wird um hohe Einsätze gespielt. Lord Dummer hat ein hübsches Sümmchen gesetzt, Lord Lastborough sein Stadthaus, und Mr. Cartmar hält mit exquisitem Schmuck dagegen.«

Andrew und Blankers sahen sich einen Moment an, dann erhoben sie sich gleichzeitig, ebenso wie etliche weitere Gentlemen. Der Raum leerte sich. Alle strömten in den Nebenraum, in dem eine spannende Partie erwartet wurde. Da sich viele neugierige Zuschauer hineindrängten, war es im Spielzimmer zwar eng, doch Andrew und sein Freund fanden einen Platz, von dem aus sie das Geschehen gut verfolgen konnten.

Die Einsätze – die Besitzurkunde des Stadthauses, ein Schuldschein und das Schmuckstück – lagen auf dem Tisch. Verblüfft starrte er darauf und hatte Mühe, sich seine Überraschung, den Grund seines Hierseins vor sich liegen zu sehen, nicht anmerken zu lassen. Es war zweifelsfrei das Smaragd-Collier, wegen dem er hergekommen war. Der große Smaragd war in natura noch wesentlich eindrucksvoller als auf der Skizze und wahrlich einer Königin würdig. Das Collier würde sich hervorragend am Hals jeder Dame machen, weswegen es ein trefflicher Spieleinsatz war.

Andrews Aufmerksamkeit war so auf das Schmuckstück gerichtet, dass er nur am Rande mitbekam, wie Lord Dummer nach den Würfeln griff und die Partie eröffnete. Unter den wachsamen Augen der anwesenden Gentlemen würfelten die Kontrahenten ein ums andere Mal. Es war durchaus üblich, dass im Letling's um Geld gespielt wurde. Derart hohe Einsätze wie bei dieser Partie waren jedoch eher selten.

Zuerst stieg Lord Dummer aus und fuhr sich enttäuscht über das schüttere schlohweiße Haar. Lord Lastborough, ein perfekt gekleideter junger Dandy, und Mr. Cartmar, der das blonde Haar akkurat geschnitten trug, maßen sich mit grimmigen Blicken. Vom Alter mochten sie ähnlich sein. Der Lord mit den hellbraunen Haaren war modisch-elegant gekleidet, doch auch sein Gegenüber trug Kleidung eines namhaften Londoner Schneiders, der nur die edelsten und teuersten Stoffe nutzte, und machte damit seine finanzielle Lage deutlich. Die Krägen beider Männer standen, die Halstücher waren sorgfältig und nach der neuesten Mode mit einem komplizierten Knoten gebunden.

»Oh!«, ging ein Raunen durch die Menge der Zuschauer, als Mr. Cartmars zwei Würfel auf den Tisch fielen und sieben Augen anzeigten. Er hatte verloren. Sehr zur Freude des jungen Earls, der breit grinsend seinen Gewinn einstrich.

»Herzlichen Glückwunsch, Lastborough«, beglückwünschte der Verlierer ihn gelassen, als mache ihm der Verlust des erlesenen Schmuckstücks absolut nichts aus.

»Danke, Cartmar. Ich freue mich auf eine Revanche, aber nicht mehr heute Abend.« Der Earl erhob sich und strich seine Weste glatt.

»Meine Herren«, er grüßte zu beiden Seiten. »Ich freue mich, dass ich zu Ihrer Unterhaltung beitragen konnte. Doch nun gestatten Sie mir, mich zu verabschieden.«

Die Menge löste sich auf, und mit ihnen verschwand auch Lord Lastborough.

»Kehren wir zu unserem Tisch zurück.« Blankers schlug Andrew freundschaftlich auf die Schulter.

»Kennst du Lastborough oder Cartmar?«, erkundigte Andrew sich möglichst beiläufig bei seinem Freund und erhob sich. Wieder schmerzte sein Bein, und er rieb sich unauffällig über den Oberschenkel.

»Lastborough nur flüchtig, aber wir sind uns einige Male in London begegnet. Er wird ebenfalls sehr aktiv an der Saison teilnehmen.«

»Du meinst, er sucht eine Gattin?«, hakte Andrew nach und sah den Lords hinterher, die den Raum verließen.

»Ich glaube«, Blankers Lächeln vertiefte sich, »er hat sie bereits gefunden. Seit Kurzem ist er mit Lady Emilia Colby verlobt.«

Der Name sagte ihm nichts, aber er nickte.

»Komm zum Ball bei den Flowerkins, dann stelle ich dir Lastborough vor. Seine Verlobte ist wirklich eine reizende junge Dame. Wenn ich mich nicht für Victoria entschieden hätte, wäre sie tatsächlich eine Überlegung wert gewesen«, schwärmte Blankers.

»Und Cartmar?«

Bedauernd schüttelte sein Freund den Kopf. »Es wird aber kein Problem sein, Bekanntschaft mit ihm zu machen.«

Daran hatte Andrew auch keine Zweifel. Mit einem Mal hatte er es eilig, sich zu verabschieden. Er musste dringend den Commander kontaktieren, aber auf der Stelle zu verschwinden, würde kein gutes Licht auf die neu geknüpfte Freundschaft zu Blankers werfen. Gerade wollte er sich abwenden, um sich den anderen Gentlemen anzuschließen, als er im Augenwinkel den Duke of Smartburn sah, der mit grimmiger Miene am Rand des Geschehens stand und keine Anstalten machte, den Raum zu verlassen. Andrew ließ sich Zeit, massierte seinen Oberschenkel und tat so, als würde sein Bein ihn ernsthaft behindern.

»Möchtest du dich einen Moment setzen?«, erkundigte sich Blankers und schob ihm bereits einen der schweren Stühle hin.

Dankbar ließ er sich darauf nieder und klopfte das Bein ab. »Es geht gleich wieder. Ich habe den Fuß nur falsch belastet«, entschuldigte er sich.

Cartmar trat zu Smartburn, und die beiden Männer unterhielten sich leise. Leider war Andrew zu weit weg, um etwas von der Unterhaltung mitzubekommen. Dennoch sah er, wie sich für einen Moment Cartmars Augen weiteten, der daraufhin hastig nickte und auffällig schnell das Spielzimmer verließ.

»Es geht wieder«, erklärte Andrew und stand auf.

Ohne noch einmal zu Smartburn hinüberzuschauen, wartete er auf Blankers, der den Stuhl an seinen Platz zurückstellte. Dann verließen sie als Letzte den Raum.

Sein Aufenthalt in London würde wohl doch deutlich kürzer ausfallen, als er zunächst befürchtet hatte. Wenn er dem Commander noch heute eine Nachricht schickte, hatte er bis morgen eine Antwort und wusste, wie er weiter verfahren sollte.

Den heutigen Ball würde er nutzen, um mit Lastborough zu sprechen, und dann wäre sein Auftrag bereits so gut wie erledigt. Über den Earl würde er auch an Cartmar herankommen, und damit wäre der Fall in Kürze geklärt.

Seiner Rückkehr aufs Land stand bald nichts mehr im Wege.

KAPITEL 4

Emilia fieberte dem Ball entgegen. Sie freute sich auf einen unbeschwerten, geselligen Abend. Das Chemisenkleid, welches sie am heutigen Abend tragen würde, hatte sie bereits angelegt. Für Debütantinnen wurden stets zarte Töne empfohlen. Da diese Emilia jedoch blass erscheinen ließen, hatte sie sich für ein etwas kräftigeres Seladongrün entschieden, das zwar eine Spur dunkler sein mochte als üblich, jedoch hervorragend zu ihren braunen Haaren und ihren Augen passte. Das Kleid war aus Seide und Atlas, unter der Brust gerafft, und brachte ihre zarte Gestalt vortrefflich zur Geltung. Das Dienstmädchen legte letzte Hand an ihrer Frisur an und flocht das Band ein, das sie am Vortag erstanden hatte. Eine Perlenkette, die ihre Mutter ihr geliehen hatte, vervollständigte Emilias Garderobe.

Es klopfte an der Tür, und ohne auf eine Aufforderung zu warten, trat Lady Hardstaff ein. Sie war bereits ausgehfertig und trug an diesem Abend ein kobaltblaues Kleid, das ihr ganz hervorragend stand. Mit über fünfzig war sie noch immer eine schöne Frau, und Emilia hoffte, dass es ihr ebenso ergehen würde, wenn sie dieses Alter erreicht hätte.

»Bist du fertig?«, erkundete Lady Hardstaff sich nervös. »Lord Lastborough ist soeben eingetroffen.«

Der Name ihres Verlobten zauberte automatisch ein Lächeln auf ihre Lippen. Sie warf dem Dienstmädchen einen fragenden Blick zu, das noch eine letzte Blume in ihrem Haar feststeckte. Dann trat es zurück, damit Emilia sich erheben konnte.

»Du siehst einfach wundervoll aus.« Zärtlich strich ihre Mutter ihr über die Wange. Eine Seltenheit, denn für gewöhnlich zeigte sie ihre Zuneigung nicht so offen.

»Ich hoffe, Edward sieht das ebenso«, gestand Emilia. Die Meinung der Gesellschaft war ihr einerlei, nicht jedoch die ihres Verlobten.

»Er wird begeistert sein«, versicherte Lady Hardstaff. »Komm mit, lassen wir ihn nicht länger warten.«

Emilia hakte sich bei ihrer Mutter ein. Als sie die Treppe hinunter in die Halle schritten, sah sie dort bereits Edward stehen. Er bot einen prächtigen Anblick. Die schwarze Hose und der Gehrock standen ihm ausgezeichnet. Das weiße Baumwollhemd unter der Weste hatte einen modischen hohen Stehkragen, und dazu trug er eine elegant gebundene Krawatte. Er war wirklich ein Bild von einem Mann und er würde bald der ihre sein. Ihre Brust schwoll an vor Stolz und Liebe.

»Edward«, rief sie seinen Namen und löste sich von ihrer Mutter, um ihn schneller zu erreichen.

Ihr Herz schlug freudig, und am liebsten hätte sie sich in seine Arme geworfen. Doch sie waren nicht allein, und es schickte sich nicht, sich von ihrem Verlobten in der Öffentlichkeit umarmen zu lassen.

Edward ging ihr entgegen, umfing ihre behandschuhte Hand, verbeugte sich formvollendet und hauchte ihr einen Kuss auf den Handrücken.

»Du siehst bezaubernd aus, Emilia.« Ein tiefer Blick aus seinen braunen Augen ließ tausend Schmetterlinge in ihrem Bauch flattern.

Emilia errötete. Gerne hätte sie sich von ihm küssen lassen, aber das war nicht schicklich. Zärtlichkeiten tauschten sie nur aus, wenn sie allein waren, und diese Momente waren spärlich gesät. Wenn Edward zu Besuch kam, gingen sie häufig im Garten spazieren. Emilia wusste, dass ihre Mutter dabei niemals mitgehen würde, und Alexander war für gewöhnlich nicht zu Hause. Deswegen waren sie dort ungestört und hatten bereits mehr getan, als nur ein paar scheue Küsse zu tauschen.

Womöglich hatte Emilia ihm mehr Freiheiten zugestanden, als einem Verlobten gebührten, doch das kümmerte sie nicht. Bald schon würde sie seine Frau werden, und dann gehörte diese Art des Beisammenseins ohnehin zu ihren ehelichen Pflichten. Sie hatte es nicht über sich gebracht, sich von Edward zu lösen, als er das letzte Mal in Leidenschaft entbrannt war, und hatte ihn nicht aufgehalten, als er ihre Röcke hochschob und sich selbst entkleidete. Anfänglich war es etwas schmerzhaft gewesen, dann war es erträglich geworden und glücklicherweise hatte es nicht lange gedauert, bis Edward stöhnend über ihr zusammengebrochen war. Das Glänzen in seinen Augen war ihr Belohnung genug gewesen.

Lady Hardstaff räusperte sich und holte damit Emilia wieder in die Gegenwart zurück. Hastig löste sie sich von Edward, der sich ihrer Mutter zuwandte und sich erneut verbeugte.

»Lady Hardstaff, Sie sehen heute ebenso bezaubernd aus wie Ihre Tochter.«

Die Countess knickste. »Lord Lastborough, es ist uns eine Freude, dass Sie uns zum Ball begleiten. Ihre Kutsche ist doch um ein Vielfaches angenehmer als die Mietdroschken.« Und vor allem stank sie nicht so unangenehm, fügte Emilia in Gedanken hinzu.

Lady Hardstaff hatte Alexander mehr als einmal darum gebeten, ein Gefährt für sie anzuschaffen, doch er hatte jedes Mal abgewunken. Sie und Emilia wären schließlich nicht mehr lange in der Stadt, und er benötigte keine Kutsche. Das hatte der Countess zwar nicht gefallen, aber sie hatte es gezwungenermaßen hinnehmen müssen.

Edward lächelte. »Es ist mir eine Ehre, zwei so bezaubernde Damen zu begleiten«, versicherte er.

Der Butler kam und brachte ihre Umhänge und Schuten. Gerade als sie das Haus verlassen wollten, öffnete sich die Tür, und Alexander trat ein.

»Lastborough, Mutter, Emilia«, grüßte er knapp.

Der Geruch von Stall und Pferd hüllte ihn ein, und Emilia musste nicht raten, wo er sich aufgehalten hatte. Zudem trug er noch immer seinen braunen Tagesanzug, mit dem er am Morgen das Haus verlassen hatte.

»Hardstaff«, entgegnete Edward reserviert.

Die beiden Männer mochten sich nicht sonderlich und gingen sich geflissentlich aus dem Weg, was nicht weiter schwer war, da sie sich in unterschiedlichen Kreisen bewegten. Während Edward im *ton* ein gerngesehener Gast war, mied Alexander jedes Aufeinandertreffen von Menschen.

»Geht ihr doch schon vor, ich würde gerne noch einen Moment mit meinem Sohn sprechen«, schickte Lady Hardstaff Emilia und Lord Lastborough aus dem Haus.

Bei ihrem Verlobten eingehängt, verließ sie das Haus und wusste, dass ihre Mutter versuchen würde, Alexander ins Gewissen zu reden. Obwohl er deutlich älter war als Emilia und viel Zeit in London verbrachte, ließ er sich doch nie auf Bällen sehen und zeigte auch kein großes Interesse an der Damenwelt. Es war das ewige Streitthema zwischen Alexander und seiner Mutter, und Lady Hardstaff ließ keine Gelegenheit aus, ihm ihr Missfallen deutlich zu machen.

»Geht es dir gut?«, erkundigte Edward sich und sah Emilia besorgt an.

Sie verdrängte die trüben Gedanken und lächelte ihren Verlobten an. »Ja, das tut es, und ich freue mich auf einen wundervollen Abend.«

Er reichte ihr die Hand und war ihr beim Einsteigen in die Kutsche behilflich. Dann folgte er ihr und schloss die Tür hinter sich. Obwohl es sich nicht geziemte, ließ er sich neben ihr nieder, zog sie in seine Arme und küsste sie stürmisch. Emilia schloss die Augen, sank gegen seine Brust und genoss das zärtliche Drängen seiner Zunge. Leidenschaftlich erwiderte sie den Kuss. Mit einem Mal ließ Edward sie los, wechselte die Sitzposition und saß ihr nun gegenüber. Keine Sekunde zu früh, denn die Kutschentür wurde geöffnet, und ihre Mutter stieg ein. Hastig strich Emilia sich eine Strähne aus der Stirn und wandte das erhitzte Gesicht ab. Ihre Mutter sollte ihre in Wallung geratenen Gefühle nicht sehen.

»Es tut mir leid, dass ihr auf mich warten musstet«, entschuldigte Lady Hardstaff sich und ließ sich neben Emilia auf das Polster sinken. Dann bemerkte sie die seltsam angespannte Stimmung. »Ist etwas nicht in Ordnung?«

Emilia wandte sich ihr lächelnd zu. »Alles ist wunderbar, Mutter. Mir war nur kalt, und so hat Edward die Kutschentür geschlossen. Du möchtest doch nicht, dass ich mich erkälte.«

»Oh nein, Liebes, nichts liegt mir ferner. Wie aufmerksam von Lord Lastborough.« Sie warf ihm einen durchdringenden Blick zu, als wüsste sie nur zu gut, was hinter verschlossenen Kutschentüren geschehen war.

Als die Countess jedoch nicht weiter nachhakte und es auf sich beruhen ließ, atmete Emilia erleichtert auf. Auch wenn dieser Vorfall geradezu harmlos gewesen war. Was sich hingegen zwischen ihr und ihrem Verlobten im Rosengarten abgespielt hatte, durfte ihre Mutter niemals wissen. Sie wäre außer sich. Aber davon würde niemand je erfahren, es würde für immer ein süßes Geheimnis zwischen ihr und Edward bleiben.

»Emilia.« Edward rutschte etwas unbeholfen auf seinem Platz umher und zog schließlich einen kleinen unscheinbaren Samtbeutel aus der Tasche. »Ich habe noch ein Geschenk für dich. Das Glück war mir am Spieltisch hold, und es wäre mir eine große Ehre, wenn du es heute Abend trügest.«

Edward wartete, bis Emilia ihre Hand ausstreckte, dann leerte er den Inhalt des Säckchens hinein.

»Oh!« Lady Hardstaff schnappte nach Luft.

Emilia war ebenfalls fassungslos, als sie auf das funkelnde Schmuckstück in ihren Händen starrte. Das war der größte und wertvollste Stein, den sie je gesehen hatte. Das Collier musste ein Vermögen wert sein.

»Ein Smaragd«, hauchte ihre Mutter fassungslos.

»Edward.« Emilia zögerte und wusste nicht, ob sie dieses Geschenk annehmen konnte. Sicherlich, sie waren verlobt, aber dieses Collier war eher einer Ehefrau würdig.

»Bitte, Emilia. Du würdest mir eine große Freude bereiten, wenn du es heute Abend trägst.«

»Ich weiß nicht, ob ich dieses Geschenk annehmen kann«, gestand sie zweifelnd.

»Dann betrachte es nicht als Geschenk, sondern als Leihgabe.«

Verunsichert blickte sie zu ihrer Mutter, die sich in der Zwischenzeit gefangen hatte und Emilia zunickte.

»Ich weiß nicht, wie ich dir danken kann, Edward.«

»Darf ich es dir umlegen?«, bat ihr Verlobter.

Wieder sah Emilia zu ihrer Mutter, die zustimmend nickte. Daraufhin übergab Emilia ihm das Collier, nahm die Perlenkette ab und reichte diese Lady Hardstaff. Sich bei den beengten Verhältnissen in der ratternden Kutsche umzudrehen, war etwas schwierig, doch es gelang, sodass Edward ihr die Kette umlegen konnte. Sie spürte das kühle Edelmetall auf ihrer Haut und Edwards Finger, die einen Moment länger als nötig über ihren Nacken strichen, als er das Collier schloss. Ehrfürchtig betastete Emilia das Schmuckstück.

»Es ist wunderschön«, hauchte sie versonnen.

Wenn ihre Mutter nicht zugegen wäre, hätte sie sich in seine Arme fallen gelassen und ihn geküsst. So aber setzte sie sich aufrecht hin und strahlte ihn an.

»Wie wunderschön.« Lady Hardstaff war entzückt.

Emilia aber fühlte sich wie die glücklichste Frau auf der ganzen Welt. Schon bald würde sie Lady Lastborough sein und dann nicht nur seine Kette, sondern auch seinen Ring und seinen Namen tragen.

KAPITEL 5

Andrew ließ sich bewusst Zeit und so traf er mit großer Verspätung auf dem Ball der Flowerskins ein. Er wusste, dass er damit für großes Aufsehen sorgen würde, aber als Marquess konnte er sich diese Art der Extravaganz leisten. Die Alternative wäre gewesen, sich mit den Herren in den dafür vorgesehenen Räumen aufzuhalten und zu warten, bis sich die Damen zurechtgemacht hatten. Noch unerträglicher fand er jedoch die Zeit danach, wenn die Herren und die Damen sich im Ballsaal trafen und von den Männern erwartet wurde, dass sie sich in die Tanzkarten der Damen eintrugen. Er tanzte nicht mehr.

Als Andrew schließlich in Flowerskin House eintraf, standen die Herrschaften in kleinen Grüppchen zusammen und unterhielten sich. Gerade sollte der nächste Tanz beginnen, doch sein Auftauchen veranlasste die Menschen, sich nach ihm umzudrehen. Die Gespräche verstummten, und er war sich nur allzu bewusst, dass er für die nächsten Minuten im Mittelpunkt der Aufmerksamkeit stand. Die Ladys hoben ihre Fächer und tuschelten hinter vorgehaltener Hand, andere gafften ihn offen an.

Oh, wie er es hasste, im Zentrum des Interesses zu stehen!

Mit der linken Hand den Knauf des Gehstocks fest umklammert, setzte er einen Fuß vor den anderen. Lady Flowerskin, die Gastgeberin des Abends, rauschte mit wehenden Röcken auf ihn zu, um ihn zu begrüßen. Auch der Earl of Flowerskin kam auf ihn zu, gefolgt von einem jungen Mann, dessen Ähnlichkeit ihn als seinen Sohn auswies, sowie zwei jungen Damen. Da der Anstand gebot, die Gastgeber zu begrüßen, blieb er stehen und wartete, bis sie sich vor ihm aufreihten.

»Lord Flowerskin, Lady Flowerskin«, begrüßte er das ältere Paar.

»Lord Ashwood, welche Ehre, dass Sie uns heute Abend mit Ihrer Anwesenheit beehren«, setzte der Earl ungelenk an.

Seine Frau kam ihm beherzt zu Hilfe. »Darf ich Ihnen unseren Sohn, Baron Archsouth und seine Gemahlin Lady Archsouth vorstellen.« Der Baron verbeugte sich, seine Gattin knickste hastig. »Und hier ist unsere Tochter Lady Joanna Archsouth.« Die Countess zerrte sie regelrecht vor ihn hin, wo sie, leicht aus dem Gleichgewicht gebracht, artig knickste.

Mit unbewegter Miene neigte er den Kopf.

»Oh, wie wird man uns beneiden. Ein echter Marquess auf unserem Ball«, schnatterte Lady Flowerskin in einer Tonlage, die an Andrews Nervenkostüm zerrte.

Andrew nahm das Aufheben um seine Person mit stoischer Miene hin. Etwas anderes blieb ihm schlichtweg nicht übrig.

»Der Abend wird legendär werden«, prophezeite die Countess überschwänglich. »Vielleicht hätten Sie später die Güte, Joanna einen Tanz zu gewähren.«

Sie stieß ihrer Tochter einen Ellenbogen in die Seite, sodass diese zusammenzuckte. Lady Joanna war hochgewachsen und überragte ihre Mutter um einen ganzen Kopf. Was die Countess an Fülle besaß, fehlte ihrer Tochter. Ihre Gestalt glich eher der eines Jünglings, den man fälschlicherweise in ein Kleid gesteckt hatte. Eilig zerrte die Debütantin ihre Tanzkarte hervor.

»Bedaure, ich tanze nicht«, entgegnete Andrew höflich distanziert und ließ seinen Blick über das Gastgeberpaar hinweg zu den anderen Anwesenden gleiten.

Eine ganze Reihe an unbekannten Gesichtern blickte ihm entgegen. Austauschbare Debütantinnen in pastellfarbenen Kleidchen, die ihm vielsagende Blicke hinter aufgeklappten Fächern zuwarfen und kicherten.

Ein Stück weiter entdeckte er Lord und Lady Summerland. Die geschwätzige Duchess war seit Jahrzehnten eine Institution und fehlte auf keiner Veranstaltung. Wäre ihr Rang nicht so hoch, wären die Einladungskarten längst ausgeblieben. Er hatte einige Male mit Lord Summerland zu tun gehabt, nachdem Andrew das Erbe seines Bruders angetreten hatte, der den Titel des Marquess lediglich zwei Monate getragen hatte. Summerland sah nicht mehr gut, hörte noch schlechter und bekam nur die Hälfte von dem mit, was in seinem Umfeld geschah.

»Whitney, nun lass unseren Gast schon vorbei«, sprach der Hausherr endlich ein Machtwort und zog seine Frau zur Seite.

»Besten Dank«, verabschiedete Andrew sich und steuerte einen Platz am Rand an, von dem er einen guten Überblick hatte.

Lord Flowerskin gab den Musikern ein Zeichen fortzufahren, und so eilten die Tanzpaare auf die freie Fläche in der Mitte des Raumes. Die allgemeine Aufregung über sein Erscheinen schwand, und Andrew war froh darüber. Unter den Tanzenden entdeckte er seinen Freund Blankers, der eine grazile junge Dame mit blonder Lockenpracht über das Parkett wirbelte.

»Lord Ashwood, welche Freude, Sie hier zu sehen«, wurde er von einer älteren Lady angesprochen, die ihre Tochter im Schlepptau hatte

Die Tochter war klein, glücklicherweise nicht so unförmig wie ihre Mutter, wirkte jedoch in dem zartrosa Kleid und den üppig aufgetürmten blassblonden Locken wie ein herausgeputzter Truthahn.

Andrew kannte weder die eine noch die andere, dementsprechend unhöflich fand er ihre Aufdringlichkeit.

»Ein ganz bezaubernder Ball.« Die dickliche Mutter grinste breit.

»In der Tat«, erwiderte Andrew steif und wandte sich demonstrativ ab.

Doch das hielt die wild entschlossene Mutter, eine gute Partie für ihre Tochter zu finden, nicht davon ab, ihn weiter in Beschlag zu nehmen.

»Sie sind bedauerlicherweise etwas später eingetroffen. Möchten Sie sich vielleicht in Isabellas Tanzkarte eintragen?«

Andrew bedachte sie mit dem finstersten Blick, den er aufsetzen konnte. Besagte Tochter überging er dabei geflissentlich. »Ich tanze nicht!«

»Selbstverständlich, Lord Ashwood«, hastig knickste die Mutter, und ihre Tochter tat es ihr gleich. »Aber vielleicht möchten Sie sich mit meiner Tochter unterhalten?«

Die impertinente Mutter samt ihrer Tochter weiterhin ignorierend, sah er Blankers zu, der mit seiner Tanzpartnerin eine formvollendete Drehung vollführte.

»Lord Ashwood.«

Er reagierte nicht. Noch zwei Mal sprach sie ihn an, ehe sie schmollend und schimpfend ihre Tochter am Arm packte und davon wirbelte. Der Tanz endete, und Andrew wappnete sich für den nächsten Angriff einer penetranten Mutter oder einer heiratswilligen Debütantin. Doch dieser blieb aus. Erst als die Musiker ihre Instrumente zur Seite legten, begriff er, dass eine Pause eingelegt wurde.

»Ashwood.«

Andrew drehte sich um und stand seinem Freund gegenüber. »Blankers, wie schön, dich hier zu sehen.«

»Du bist wirklich gekommen. Darf ich dir die bezaubernde Miss Victoria Regenton-Miller vorstellen.«

Es war jene Lady, mit der Blankers zuvor getanzt hatte. Grazil knickste sie, und Andrew bedachte sie mit einem wohlwollenden Lächeln. Er hatte die beiden zusammen gesehen, und die Zuneigung zwischen ihnen war nicht zu übersehen. Andrew wollte seinen Freund nicht brüskieren. Daher streckte er seine Hand aus, sah die Verblüffung auf dem Gesicht der jungen Frau, als sie zurückhaltend ihre Hand in seine legte und er sich galant vorbeugte und einen Kuss auf ihren Handschuh hauchte.

»Es ist mir eine Freude, Sie kennenzulernen.«

Sie errötete bezaubernd, und Blankers freute sich über die Aufmerksamkeit, die Andrew seiner Freundin zuteilwerden ließ. Mit dem Handkuss eines Marquess stieg Victorias Ansehen in der Gesellschaft.

Zwei Freunde von Blankers stießen zu ihnen, und er stellte sie ihm eifrig vor. »Timothy Fraser und John Boardmann kennst du, glaube ich, noch nicht.« Er wandte sich Andrew zu. »Der Marquess of Ashwood.«

Die beiden jungen Männer schickten sich an, eine Verbeugung anzudeuten, und Andrew nickte freundlich. Mit einem Mal fühlte er sich mit seinen siebenunddreißig Jahren unendlich alt, im Gegensatz zu den jungen Stutzern.

Miss Victoria winkte aufgeregt zwei weitere junge Damen heran, die freudestrahlend auf die immer größer werdende Gruppe stießen. Die jungen Leute untereinander begrüßten sich vertraut und schienen gut miteinander bekannt zu sein.

»Das hier sind Miss Sophie Mansfield und Miss Aileen River.« Blankers deutete erst auf die Dunkelhaarige, dann auf die Rotblonde, die beide anmutig knicksten. »Meine Damen, der Marquess of Ashwood.«

Die dunkelhaarige Miss Mansfield schien sich weder an den gängigen Konventionen noch an seinem Titel zu stören und fragte ihn daher unverblümt: »Was führt Sie nach London, Lord Ashwood?«

»Die Arbeit.«

Andrew musste zugeben, dass die junge Frau eine Augenweide war. Das zartrosa Kleid stand ihr vorzüglich, und die schwarzen Locken, in denen nur einzelne Rosen steckten, betonten ihre Natürlichkeit. Ihre lebhaften grünen Augen und ihre Stupsnase machten ihr Gesicht durchaus reizvoll.

Eine Trompete erklang.

»Der nächste Tanz«, entfuhr es Fraser, und er drehte sich zu seiner Tanzpartnerin um.

»Darüber müssen Sie mir später mehr erzählen, Lord Ashwood«, entschuldigte sich Miss Mansfield und ließ sich von Boardman auf die Tanzfläche führen.

»Hast du auch eine Tanzpartnerin?«, fragte Blankers ihn, als sich Miss Regenton-Miller bei ihm unterhakte.

Andrew verneinte.

»Du entschuldigst uns«, bat Blankers.

»Selbstverständlich«, erwiderte Andrew lächelnd, und sein Freund führte seine strahlende Herzensdame erneut auf das Parkett.

Andrew zog sich zurück an die Wand, um sicherzugehen, dass er niemanden zum Tanzen auffordern musste. Er nutzte die Zeit, während die Paare sich über die Tanzfläche drehten, um die Anwesenden genauer unter die Lupe zu nehmen. Hin und wieder entdeckte er doch ein paar bekannte Gesichter. Vorwiegend unter den älteren Herrschaften. Er hielt Ausschau nach Lastborough, konnte ihn aber nirgendwo entdecken.

Dafür blieb sein Blick auf einer bezaubernden jungen Dame hängen, die von einem ihm unbekannten Gentleman über die Tanzfläche geführt wurde. Sie war ziemlich klein und zierlich. Das geschmackvolle grüne Kleid, das unter der Brust gerafft war, umschmeichelte ihre zarte Figur. Ob ihrer Größe könnte man beinahe vermuten, dass sie kaum den Kinderschuhen entwachsen war, doch damit konnte er auch falsch liegen. Die gelockte braune Haarpracht war zu einem raffinierten Knoten frisiert. Was jedoch seine Aufmerksamkeit erregte, war das Smaragd-Collier, das sie um den Hals trug. Eben jenes Schmuckstück, wegen dem er in London war.

»Lady Emilia Colby«, erklärte eine ältere Frauenstimme neben ihm.

»Bitte?« Verwundert sah er zur Seite und erkannte Lady Lampsburry.

Die Dowager Duchess war eine der wenigen Anwesenden, mit der er Konversation betreiben musste. Lady Lampsburry, bekannt für ihren scharfsinnigen Verstand, war bei den Debütantinnen und ihren Müttern gleichermaßen geliebt und gefürchtet. Sie gehörte zu den einflussreichsten Persönlichkeiten in London, und ihr Urteil konnte über das Gelingen oder Misslingen einer Saison entscheiden. Andrew besann sich auf seine Manieren und wandte sich der Dowager Duchess zu.

»Euer Gnaden«, grüßte er mit einer Verbeugung. Als sie ihm auffordernd die Hand entgegenstreckte, neigte er sich hinab und küsste ihren Siegelring.

»Lord Ashwood.« Sie lächelte gönnerhaft zu ihm herauf. »Sie müssen sich meine Überraschung vorstellen, als ich hörte, dass Sie in der Stadt weilen.«

Das bezweifelte Andrew keine Sekunde.

»Genießen Sie den Ball?«, fragte die Duchess und wandte sich dem Tanzgeschehen zu. »Und die Aussicht?«

Auch Andrew richtete seine Aufmerksamkeit wieder auf die Tanzfläche.

»In der Tat, das tue ich«, stimmte er zu.

Er suchte die junge Frau mit dem Smaragd-Collier. Nicht wegen der Aussicht, aber er musste herausfinden, wer die Person war und warum sie das Collier trug.

Lady Lampsburry war scharfsinnig genug, um seinem Blick zu folgen und zu bemerken, wem seine Aufmerksamkeit galt. Darauf hatte er spekuliert. »Das ist Lady Emilia Colby. Die Schwester von Lord Hardstaff. Sie ist mit Lord Lastborough verlobt.«

Der Groschen fiel. Das war die Erklärung, warum besagte Lady das Collier trug. Falls er in der Zwischenzeit eine Nachricht vom Commander bekommen hatte, würde er den Fall noch am heutigen Abend abschließen können. Sicher wäre es ein leichtes, der Lady das Collier abzunehmen, wenn der Preis stimmte. Doch leider hatte er dahingehend noch keine Order erhalten. Also würde er den Abend nutzen, um Lastborough auf den Zahn zu fühlen, denn von Cartmar war weit und breit nichts zu sehen.

Nachdem der Tanz geendet hatte, verlor Andrew die junge Lady aus dem Blick. Jetzt tauchte sie wieder auf, diesmal am Arm eines anderen Gentleman.

Ob sie eine Ahnung hatte, welchen Schatz sie um den Hals trug? Ob überhaupt einer der Anwesenden das Collier erkannt hatte? Vermutlich nicht, denn bevor der Commander ihn darüber in Kenntnis gesetzt hatte, war auch er ahnungslos gewesen.

»Vielleicht sollte ihr Verlobter sie nicht so lange allein lassen«, stellte Andrew fest und deutete mit dem Kinn in Richtung des neuen Partners.

»Lady Emilia ist eine lautere junge Dame, die bisher eine skandalfreie Saison bestritten hat. Glauben Sie mir, Ashwood, hättet Ihr sie mit Lastborough erblickt, bestände auch bei Ihnen kein Zweifel, wie verliebt sie ineinander sind.«

»Ich wollte damit nichts andeuten.« Er biss sich auf die Lippen. Das fehlte ihm gerade noch, dass Lady Lampsburry ihm zweifelhafte Absichten nachsagte. »Das Traumpaar der Saison?«, schob er daher schnell nach.

Mit einem vieldeutigen Lächeln erklärte Lady Lampsburry: »Die Saison ist noch nicht zu Ende, und bis dahin kann viel geschehen. Aber in der Tat sollten Sie Ihr Augenmerk auf die ungebundenen Debütantinnen richten, Lord Ashwood«, wies ihn die Dowager Duchess zurecht.

»Ein vorzüglicher Vorschlag, den ich gerne beherzigen werde«, versprach er.

»Miss Regenton-Miller scheint Ihnen zu gefallen. Sie ist zwar nur die Tochter eines Barons, aber ihr Ruf und ihre Herkunft sind untadelig.«

Andrew verkniff sich einen Kommentar. Es käme ihm nie in den Sinn, Interesse für eine Frau zu bekunden, die ein Freund bereits ins Auge gefasst hat. Aber das musste er Lady Lampsburry nicht auf die Nase binden.

»Oder vielleicht Miss Mansfield. Sie kann zwar keinen Titel vorweisen, verfügt aber über Schönheit, Scharfsinn und Vermögen. Bereits in der letzten Saison wurde sie als gute

Partie gehandelt, doch keinem der Gentlemen gelang es, ihr Herz zu erobern.«

Andrew ließ den Monolog der Dowager Duchess weiter über sich ergehen.

»Vielleicht auch Miss Patricia Batterfield oder Miss Anne Harriet.« Die Dowager Duchess deutete auf eine hagere Brünette. »Ferner die Miltons-Schwestern Lady Bethany und Lady Jennifer.«

Andrews Miene blieb unbewegt, auch wenn es ihm immer unbehaglicher zumute wurde. Keine der besagten Damen interessierte ihn.

»Lady Louisa Bell, Lady Joanna Archsouth, Lady Pamela Bloom oder Miss Aileen River«, zählte die Dowager Duchess weitere Debütantinnen auf.

In dem Wissen, dass die Dowager Duchess mit dem Aufzählen der Debütantinnen beschäftigt war und ihm keine Beachtung schenkte, schloss Andrew für einen Moment resigniert die Augen. Konnte Lady Lampsburry es nicht einfach gut sein lassen? Die Debütantinnen sahen doch alle gleich aus, unterschieden sich lediglich in ihrer Größe und Statur. Keine von ihnen würde je sein Interesse wecken. Heiraten stand für ihn nicht zur Debatte. Niemals würde er einer Frau ein solches Unglück antun, ihn zum Manne zu nehmen. Sein schmerzendes Bein erinnerte ihn nur allzu deutlich an seine Unzulänglichkeit.

»Ich danke Euch für Eure großzügige Beratung, Lady Lampsburry, doch jetzt muss ich mich entschuldigen.« Er deutete eine Verbeugung an, drehte sich um und flüchtete quer durch den Raum. Weit kam er nicht, da stellte sich ihm die nächste Lady in den Weg, in Begleitung einer schüchternen jungen Dame.

»Lord Ashwood, erinnern Sie sich noch an mich?«

Nachdenklich betrachtete er das rundliche Gesicht, konnte in seinem Gedächtnis jedoch keinen passenden Namen finden. »Lady Shuckmark, aber vermutlich bin ich Ihnen unter meinem Mädchennamen, Lady Emily Bloom, ein Begriff.«

Andrews Gesicht erhellte sich für einen kurzen Augenblick. Die junge Dame war eine enge Bekannte seines Bruders gewesen.

»Lady Shuckmark«, stammelte er distanziert, weil er nicht so recht wusste, wie er mit ihr umgehen sollte.

An ihren Gatten erinnerte er sich nur schemenhaft. War das nicht ein alter Kauz gewesen? Mit einem Mal stieg eine ungute Vorahnung in ihm auf. Wollte Lady Shuckmark ihre Chancen bei ihm ausloten? Da war sie wohl an den Falschen geraten, denn er war ebenso wenig an einer Witwe wie an einer Debütantin interessiert.

»Meine Schwester, Lady Pamela Bloom.« Lächelnd schob sie ihm eine pummelige junge Dame vor die Nase, die ein wenig unbeholfen knickste.

»Lady Pamela wurde bereits im letzten Jahr in die Gesellschaft eingeführt.« Erwartungsvoll blickte sie ihn an.

»Wie reizend, ich hoffe, es gefällt Ihnen in London«, bemerkte er reserviert, während er bereits weitere Damen mit ihren Töchtern im Schlepptau auf sich zusteuern sah. Es wurde höchste Zeit, sich zu verabschieden.

»Es … es ist ganz reizend«, stotterte das Mädchen unbeholfen und wurde dabei knallrot im Gesicht.

Andrew hörte überhaupt nicht mehr zu. Er musste von hier fort, entschuldigte sich knapp und ließ die beiden Damen dann stehen. Wild entschlossen bahnte er sich seinen Weg und würde sich von nun an durch nichts mehr aufhalten lassen. Keine weiteren Debütantinnen, keine geierartigen Mütter mehr. Beinahe hatte er das Herrenzimmer erreicht, als ihm aufging, auch dort auf Väter zu treffen, die ihre Töchter verheiraten wollten. Er brauchte einfach etwas Zeit für sich, dann würde er sich den Herren stellen und mit Lastborough sprechen. Kurzentschlossen ging er an der Tür vorbei und trat ein paar Meter weiter hinaus auf eine großzügige Terrasse, die in einen gepflegten Garten führte. Überall waren Fackeln aufgestellt worden, die den Weg beleuchteten. Andrew lief los. Je weiter er von dieser Festgesellschaft fortkam, umso besser.

Zuerst folgte er dem Pfad, bog dann allerdings vom Weg ab und ging über den akkurat gestutzten Rasen. Der Rosengarten erschien ihm nicht als bevorzugter Aufenthaltsort, denn sicherlich würde sich dort das eine oder andere Paar treffen.

Andrew hatte nicht gedacht, dass es ihm so zusetzen würde, all die jungen Mädchen zu sehen, deren einziger Lebensinhalt es war, eine gute Partie zu machen. Führte es ihm doch vor Augen, dass er selbst niemals eine Familie haben konnte. Er mochte den Krieg überlebt haben, aber dennoch war etwas unwiderruflich beschädigt worden. Nie würde er sich wieder dem Gespött einer Frau aussetzen und deshalb konnte er nicht heiraten.

Der Mond schien hell genug, sodass er sich im nächtlichen Garten gut zurechtfand. Er schlüpfte durch einige Büsche und fand einen friedlichen Ort mit einer kleinen Bank. Spontan beschloss er, hier zu verweilen, und setzte sich.

KAPITEL 6

Emilia ließ sich von Mr. Fletcher auf die Tanzfläche führen. Er war ein hochgewachsener Mann, der sämtliche Anwesenden um einen Kopf überragte. Was er an Größe zu viel hatte, fehlte ihm jedoch an Umfang. Er war so dürr, dass Emilia das Gefühl hatte, sein Handgelenk mit der Hand umschließen zu können.

Der junge Mann war ein Freund von Edward. Ihr Verlobter hatte die ersten vier Tänze mit ihr getanzt und sich danach verabschiedet, da er noch etwas erledigen musste. Wie üblich hatte er jedoch seine Freunde gebeten, mit ihr zu tanzen. Einer nach dem anderen führte sie nun auf die Tanzfläche. Trotz seiner Größe war Mr. Fletcher ein ganz ausgezeichneter Tänzer, nur die Konversation gestaltete sich ziemlich schleppend. Eine ganze Zeit lang schwiegen sie sich nur an, bis Mr. Fletcher schließlich doch das Wort an sie richtete: »Das Wetter in London ist in diesem Frühjahr ausgezeichnet.«

Er wollte übers Wetter reden? Emilia stöhnte innerlich auf. Gab es kein interessanteres Thema?

»Da stimme ich Ihnen zu, Mr. Fletcher.«

Viel Ahnung hatte sie allerdings nicht, denn viel mehr als das Landgut ihrer Familie hatte Emilia bisher nicht gesehen.

Dabei gab es so viele wunderbare Orte, die sie kennenlernen wollte. Sie träumte davon, als Lady Lastborough an der Seite ihres Mannes zu reisen, England kennenzulernen und vielleicht sogar das Ausland.

Mit einem hilflosen Lächeln blickte Mr. Fletcher zu ihr herunter. Emilia war regelrecht froh, als sie sich drehte und, zumindest kurzfristig, einen anderen Tanzpartner hatte.

»Lady Emilia, Sie sehen bezaubernd aus.«

»Vielen Dank.« Der Baron, mit dem sie tanzte, mochte in etwa so alt sein wie ihre Mutter und hatte seine Tochter auf die Tanzfläche geführt.

Wieder vollführte sie eine Drehung, die sie zurück zu Mr. Fletcher brachte. Bevor er noch einmal ein so langweiliges Thema wie das Wetter anschneiden konnte, nahm Emilia sich ein Herz und machte ihm ein unverfängliches Kompliment.

»Sie sind ein ganz ausgezeichneter Tänzer, Mister Fletcher.«

Das Lächeln ihres Tanzpartners vertiefte sich. »Vielen Dank, Lady Emilia. Das Kompliment kann ich nur zurückgeben. Sie tanzen wie eine Elfe.«

Als Elfe hatte Emilia sich zwar noch nie gesehen, aber sie nahm das Kompliment mit Freude an. Im Stillen fragte sie sich, ob Mr. Fletcher nur so nett zu ihr war, weil sie Edwards Verlobte war. Würde er ihr die gleiche Aufmerksamkeit schenken, wenn sie ungebunden wäre?

Der Tanz war noch längst nicht zu Ende, doch das Gespräch zwischen ihnen kam erneut zum Erliegen. Emilia wusste zu wenig über Mr. Fletcher, um ein sinnvolles Gesprächsthema zu finden. Was interessierte ihn, in welchen

Themengebieten kannte er sich aus und würde ihn dazu verleiten, mehr als nur einen oder zwei Sätze zu sagen? Sie wusste – außer, dass er ein Freund von Edward war – rein gar nichts über den jungen Mann.

»Woher kennen Sie und Lord Lastborough sich?«, fragte Emilia schließlich, als sie die Stille zwischen ihnen nicht länger ertrug.

»Wir sind uns an einem Ort begegnet, der Männern vorbehalten ist.« In seinen Augen blitzte es vergnügt, als er diesmal auf sie herablächelte.

»Ein Herrenclub?«, mutmaßte Emilia und legte den Kopf in den Nacken. Edward ging gern in seine Clubs und verbrachte dort – sehr zu ihrem Verdruss – eine Menge Zeit.

»So etwas ähnliches«, pflichtete Mr. Fletcher ihr bei.

Gern hätte Emilia nachgefragt, um welchen Ort es sich dann handelte, doch etwas hielt sie zurück. Jenes Funkeln in Mr. Fletchers Augen, das ihr verriet, dass er ihr nie die Wahrheit enthüllen würde.

Die Worte ihrer Mutter kamen Emilia in den Sinn: *»Männer haben ihre Geheimnisse und Frauen auch, und häufig ist es besser, wenn man nicht an ihnen rührt.«*

Doch für ihre Beziehung mit Edward wünschte sie sich etwas anderes. Ihre Mutter hatte nie aus Liebe geheiratet, und ihr Vater war ein strenger und kompromissloser Mann gewesen. Edward jedoch liebte sie, und Emilia wünschte sich, dass es zwischen ihnen keine Geheimnisse gab. Sie wollte Teil seines Lebens sein und hatte keine Schwierigkeiten, ihm alles über sich preiszugeben.

Der Tanz endete, und Emilia war so in Gedanken versunken, dass sie nicht einmal mitbekommen hatte, dass sie die restliche Zeit abermals schweigend verbracht hatten. Wie es sich für einen Kavalier gehörte, führte ihr Tanzpartner sie an den Rand der Tanzfläche.

»Fletcher. Lady Emilia.« Lord Hetherford trat zu ihnen, grüßte ihren Begleiter und verbeugte sich galant vor ihr.

»Lord Hetherford« Sie knickste.

»Hetherford«, nickte Mr. Fletcher.

»Darf ich Ihnen Ihre Tanzpartnerin entführen?«, fragte der Viscount höflich, und Edwards Freund gab Emilia frei.

Etwas verwirrt, einerseits, dass Mr. Fletcher sie einfach Lord Hetherford überließ, und andererseits von dem seltsamen Gebaren des Viscounts überrascht, blickte sie ihrem schweigsamen Tanzpartner hinterher. Vermutlich ging er davon aus, dass Lord Hetherford ein Freund der Familie war und er sie in guten Händen zurückließ. Dass sie überhaupt nichts mit dem Viscount verband, außer Haus an Haus mit ihm zu wohnen, konnte er schließlich nicht ahnen. Emilia atmete tief durch und wandte sich lächelnd Lord Hetherford zu.

»Lady Emilia, es ist schön, Sie hier zu treffen. Wie geht es Ihnen?«, erkundigte der Viscount sich höflich.

Was Mr. Fletcher am Konversationsgeschick fehlte, schien Lord Hetherford ausreichend zu beherrschen.

»Hervorragend. Wie liebenswürdig, dass Sie sich erkundigen.« Emilia suchte ihre Umgebung ab, hoffte, eine Ausrede zu finden, das Gespräch zu beenden und sich möglichst höflich von ihrem Nachbarn zu verabschieden.

»Gehen wir ein Stück«, bat er, und Emilia hatte keine andere Wahl, als sich bei ihm einzuhängen.

Sie gingen durch den Saal und blieben etwas abseits in einer Nische hinter den aufgebauten Getränken stehen. Erst als er das Wort wieder an sie richtete, wurde ihr bewusst, wie gezielt er den Ort ausgesucht hatte. Hier konnte niemand ihr Gespräch belauschen, darüber hinaus befanden sie sich zwar noch immer im Saal, waren jedoch vor neugierigen Blicken geschützt.

»Ich habe Ihnen noch nie gesagt, wie überaus bezaubernd Sie sind, Lady Emilia. Wie eine wunderschöne Rose.« Er lachte kehlig.

Ein ganz seltsames Gefühl beschlich Emilia. Sie hatte schon viele Komplimente erhalten, aber von Lord Hetherford fand sie diese nicht angebracht. Vom Alter her konnte er ihr Vater sein.

»So wunderschön«, murmelte er versonnen.

Emilia schluckte. Das ungute Gefühl in ihrer Magengegend nahm zu. Dennoch zwang sie sich zu einem Lächeln und beschloss, dass Angriff die beste Verteidigung war.

»Wie liebenswürdig von Ihnen, Baron.« Wieder sah sie sich nach einem Grund um, das Gespräch zu beenden. Sie erblickte Louisa mit Bethany, die sich von ihren Begleitern verabschiedeten und sich in den Ruheraum zurückzogen. Gerade, als sie verkünden wollte, erschöpft zu sein und sich ein wenig ausruhen zu wollen, kam ihr der Viscount zuvor.

»Ich habe mich gefragt, ob Sie mich auch im Rosengarten treffen würden.«

Es fühlte sich an, als hätte ihr jemand mit voller Wucht in den Bauch geschlagen. Emilia spürte, wie ihr Gesicht alle Farbe verlor. Erschüttert blickte sie Lord Hetherford an.

»Ich verstehe nicht«, stammelte sie hilflos und betete im Stillen, dass sie seine Worte tatsächlich missverstanden hatte.

»Emilia.« Es gab keinen Grund, dass er sie mit Vornamen ansprach. Doch das war nicht genug. Er rückte auch noch ein ganzes Stück näher an sie heran. »Sie sind bildhübsch, und ich begehre Sie.«

Schockiert über die unverblümten Worte, wusste sie nicht, wohin sie blicken sollte.

»Lord Hetherford«, keuchte sie entsetzt. »Ich muss doch sehr bitten.«

»Reizende Emilia«, seufzte er und fuhr mit der Hand über ihre Wange.

Sie zuckte zurück.

»Ich bin bereits vergeben«, belehrte sie ihn entschieden.

»In der Tat.« Ungeniert starrte er sie an. »Es gibt Ehefrauen, und es gibt Vergnügen«, erklärte er mit einem schmierigen Grinsen und entblößte dabei seine schiefen Schneidezähne.

»Ich bin verlobt«, stieß Emilia entsetzt hervor.

Der Viscount betrachtete sie mit einem gierigen Funkeln in den Augen. »Als ob das ein Hinderungsgrund ist. Es wäre einer, wenn Sie Jungfrau wären, aber das sind Sie nicht mehr, nicht wahr, mein Kind?«

Emilia wurde ganz bang. So eine bodenlose Unverschämtheit hatte sie noch nie erlebt. Gleichzeitig fühlte sie sich hilflos und wusste nicht, was sie dem entgegensetzen sollte.

»Sehen Sie sich um, Emilia, jeder der hier anwesenden Gentlemen unterhält eine Mätresse, vollkommen einerlei, ob er verheiratet ist oder nicht. Darüber hinaus besucht der eine oder andere Mann regelmäßig ein Bordell, einen Ort, der Huren und uns Männern vorbehalten ist.«

Sie erblasste, als sie ein anderes Gespräch Revue passieren ließ. Derart geschmacklos hatte Mr. Fletcher sich nicht ausgedrückt, als sie ihn gefragt hatte, woher er ihren Verlobten kannte. Emilia mochte behütet auf dem Land aufgewachsen sein, dennoch wusste sie über das eine oder andere Bescheid. Über solch delikate Angelegenheiten wie diese sprach ein Gentleman nicht in der Öffentlichkeit und noch viel weniger mit einer Dame. Ganz zu schweigen von einer Debütantin.

Als Luisa Emilia vor ein paar Wochen darüber aufgeklärt hatte, was eine Mätresse war und dass es Häuser gab, in denen Frauen lebten, die ihren Körper jedem Mann anboten, der sie dafür bezahlte, war sie gleichermaßen fasziniert und abgestoßen gewesen. Dennoch war sie fest davon ausgegangen, dass Männer, die derlei Angebote in Anspruch nahmen, die Minderheit darstellten.

Jetzt jedoch beschlich sie das Gefühl, dass sie sich gründlich geirrt haben könnte und dass vielleicht auch Edward … Entschieden schüttelte sie den Kopf. Den Gedanken zu Ende zu führen, war zu entsetzlich.

»Was glauben Sie, wohin die Herren gehen, wenn sie allein das Haus verlassen?«, fragte der Viscount amüsiert.

»In den Club«, stammelte Emilia.

»Natürlich.« Er lachte sie aus. »Sie armes, dummes Ding.«

Lord Hetherford rückte noch etwas näher an sie heran und legte seine Hand auf ihren Rücken, sodass man es von vorne nicht sehen konnte. Sie wollte seine Hand abstreifen, doch das hätte für Aufsehen gesorgt, und so riss sie sich zusammen und ertrug seine unsittliche Berührung.

»Für mich müssen Sie nicht weiter das unschuldige Mädchen spielen. Wissen Sie, von meinem Schlafzimmerfenster aus habe ich einen wunderbaren Blick über den Rosengarten Ihrer Mutter.«

Um Fassung ringend schloss Emilia die Augen und hoffte, dass Lord Hetherford nicht fortfahren würde. Doch er tat es. »Ich habe Sie beobachtet. Sie und Lastborough.« Er lachte kehlig. »Von wegen unschuldige Dame. Ich habe gesehen, wie Sie für ihn die Beine breitgemacht haben, und konnte nicht widerstehen, selbst Hand anzulegen.«

Die Vorstellung, von diesem alten Spanner beobachtet worden zu sein, verursachte ihr Übelkeit.

»Die Darbietung, die Sie und Lastborough mir geliefert haben, war durchaus anregend, doch nun will ich mehr.«

Entsetzt riss Emilia die Augen auf und starrte den Viscount an.

»Sehr richtig, meine Hübsche. Ich will, dass Sie Ihre bezaubernden Schenkel für mich öffnen und mich willkommen heißen.«

»Nein!«, stieß Emilia aufgebracht hervor. Das würde sie niemals zulassen. Lord Hetherford ekelte sie an.

»Was würde passieren, wenn ich den einen oder anderen Zweifel an Ihrer Unschuld streuen würde?«

Ihre Augen weiteten sich vor Entsetzen.

»Wie würde Ihr Earl reagieren? Würde er zu Ihnen stehen und Sie dennoch ehelichen oder würde er sich einer echten Jungfrau zuwenden.«

Edward würde zu ihr stehen, dessen war sie sich vollkommen sicher. Sie war ihm von ganzem Herzen zugetan, und auch er liebte sie. Doch allein ein solches Gerücht konnte ihren gesellschaftlichen Ruin bedeuten.

Energisch entwand sie sich ihm. »Mein Verlobter wird zu mir stehen«, erklärte Emilia entschlossen.

Der Viscount quittierte ihr dies mit einem vieldeutigen Lächeln. »Das werden wir sehen.«

Die würgende Angst, die sie sorgfältig zurückgedrängt hatte, wuchs rapide und drohte alles andere zu überrollen.

»Ich begehre Sie über alle Maßen, Emilia.« Seine widerwärtigen Finger glitten tiefer an ihrem Rücken hinab und legten sich auf ihr Gesäß. »Sie haben die Wahl. Ich kann schweigen wie ein Grab oder aber ich werde Sie ruinieren.«

Der abscheuliche Lord hatte seine Masken fallen gelassen und zeigte nun sein wahres Gesicht. Emilia war zutiefst erschüttert.

»Das würde Lord Lastborough nie zulassen«, rief sie wütend und sah sich hastig um, weil sie ein wenig lauter geworden war. Die in ihrer Nähe stehenden Menschen waren glücklicherweise so in ihre Gespräche vertieft, dass sie keine Aufmerksamkeit erregt hatte.

»Warum sollte Lastborough etwas dagegen haben, wenn Sie mir ein wenig Zeit und Zuwendung zuteilwerden lassen?«

Er zuckte mit den Schultern. »Ich bin nicht so naiv zu glauben, dass Sie mich Ihrem Earl vorziehen würden, also begnüge ich mich mit dem, was ich haben kann.«

Emilia wollte gerade ansetzen zu protestieren, dass er sie keinesfalls haben konnte, doch ihr blieb jedes weitere Wort im Mund stecken, als der Viscount fortfuhr.

»Ich versichere Ihnen, nach zwei Ehefrauen weiß ich, wovon ich spreche, und keine der beiden war mir je treu.« Versöhnlich lächelte er. »Lassen Sie es sich in Ruhe durch den Kopf gehen. Ich gebe Ihnen ein paar Tage Zeit, ehe ich mein Vorhaben in die Tat umsetzen werde. Aber zögern Sie nicht zu lange. Mein großzügiges Angebot wird nicht ewig aufrechterhalten.« Damit wandte der Viscount sich von ihr ab und ließ sie allein.

Gedemütigt, leer und verwirrt blieb Emilia zurück. Tränen brannten in ihren Augen. Um sie herum drehte sich alles und plötzlich war es viel zu stickig.

Vollkommen außer sich bahnte sie sich einen Weg über die Terrasse an die frische Luft. Niemand achtete auf sie oder hielt sie auf. Mit gerafften Röcken eilte sie den Weg entlang. Niemals würde sie es zulassen, dass Lord Hetherford sie an Stellen berührte, die nur Edward vorbehalten waren. Seine Hände in ihrem Schoß waren angenehm gewesen und als er sein Glied in sie geschoben und es etwas weh getan hatte, hatte sie es aus Liebe zu ihm geduldet. Solche Dinge mit dem Viscount zu tun - allein der Gedanke war schlicht unmöglich. Edward war der einzige Mann für sie.

Doch war sie auch die einzige Frau in seinem Leben?

Der Zweifel war gesät. Zwar mochte sie sich noch so sehr einreden, dass Mr. Fletchers nebulöse Andeutung nur unglücklicherweise mit Lord Hetherfords Wortwahl übereinzustimmen schien, doch mit Sicherheit konnte sie es nicht sagen.

Dicke Tränen rannen über Emilias Wangen, während sie halb blind weiterstolperte. Gelächter aus dem Rosengarten veranlasste sie, kurzerhand abzubiegen. Sie ertrug es nicht, in ihrem jetzigen Zustand jemanden zu sehen. Hinter einigen hohen Sträuchern verborgen blieb sie stehen, um sich zu sammeln.

KAPITEL 7

Die angenehm kühle Nachtluft hüllte sie ein. Emilia atmete tief durch und wurde langsam ruhiger. Entschlossen wischte sie die Tränen fort und beschloss, Edward zur Rede zu stellen. Er würde ihr versichern, dass sie die einzige Frau in seinem Leben war, und dann würden sie sich gemeinsam etwas wegen Hetherford ausdenken.

Ruhiger geworden, strich Emilia ihr Kleid glatt und sah sich orientierungslos um, konnte allerdings nicht erkennen, wo sie sich genau befand. Edward hatte sich um halb zwölf mit ihr hinter dem Rosengarten treffen wollen. Leider hatte sie keine Ahnung, wie spät es war, aber wenn er noch nicht am verabredeten Ort war, würde sie dort auf ihn warten. Allzu lang konnte es nicht mehr dauern.

Zielstrebig raffte Emilia ihre Röcke und ging in die Richtung, in der sie den Rosengarten vermutete. Noch einmal wagte sie es nicht, durch die Hecke zu steigen. Es war ein Wunder, dass ihr Kleid dies ohne Risse und Flecken überstanden hatte. Da ihre Schuhe nicht dafür geschaffen waren, über unebenen Rasen zu gehen, zog Emilia sie kurzerhand aus und lief barfuß weiter. Wenn sie später zusammen mit Edward in den Ballsaal zurückkehrte, würde sie die Schuhe wieder anziehen.

Eine ganze Zeit lang schritt Emilia an einer Hecke entlang, die sie deutlich überragte. Es konnte nicht mehr weit sein. Die Hecke endete, und eine große Rasenfläche breitete sich vor ihr aus. Ratlos blieb Emilia stehen, als plötzlich die Wolken vorbeizogen und das fahle Mondlicht auf der anderen Seite der Freifläche die Sicht auf eine Bank freigab. Dort saß bereits Edward und wartete auf sie. Ihr Herz machte einen Hüpfer, und Emilia beschleunigte ihre Schritte.

Gleich würde sie Edward erreichen und dann konnte sie ihm all die Fragen stellen, die ihr so sehr auf der Seele brannten. Emilia rannte los.

Die Wolkendecke schob sich wieder vor den Mond, und der Garten verschwand in der Dunkelheit – mit ihm die Bank und Edward. Glücklicherweise hatte Emilia sich die Stelle gut eingeprägt, sonst hätte sie sie im Finsteren gewiss nicht mehr gefunden. Gleich würde sie ihn erreicht haben. Emilia konnte nicht mehr länger warten. Die Ungewissheit brachte sie um den Verstand.

»Hast du eine Mätresse? Oder besuchst du Bordelle?«, rief sie Edward schon aus einigen Metern Entfernung zu, sicher, dass sie in diesem Abschnitt des Gartens allein waren und niemand sie hören konnte. Ein wenig irritierte es sie, dass er ihr nicht sofort antwortete und ihr versicherte, dass ihre Befürchtungen unbegründet waren.

»Ich möchte wissen, ob du eine Mätresse hast und ob du schon einmal in einem Bordell warst, um dort die Dienste einer Hure in Anspruch zu nehmen«, wiederholte sie mit mehr Nachdruck.

Es war gut, dass die Dunkelheit sie schützte, sonst hätte Emilia nie den Mut aufgebracht zu fragen. Aber hier im Schutz der Nacht, verlor sie ihre Hemmungen.

Emilia wurde langsamer. Edward hatte noch immer nicht geantwortet.

Endlich räusperte er sich. »Eine sehr persönliche Frage, wenn ich das anmerken darf. Ich glaube nicht, dass ich das an diesem Ort mit Ihnen erörtern möchte«, antwortete eine angenehm warme, tiefe Stimme.

Das war nicht Edward. Wie vom Blitz getroffen, blieb Emilia stehen und wäre am liebsten im Erdboden versunken. Konnte sie umdrehen und flüchten? Wusste der Unbekannte, wer sie war? Wenn er sie jedoch bereits gesehen hatte, wäre es ohnehin sinnlos zu fliehen. Was mochte er jetzt nur von ihr denken?

»Ent… Entschuldigen Sie«, stammelte Emilia betroffen. Trotz ihrer Beschämung wagte sie, noch etwas näher zu gehen, und stellte erleichtert fest, dass der Gentleman ihr nicht bekannt war. Hätte sie den Mann gekannt, wäre es umso blamabler gewesen, ihn mit solch delikaten Fragen zu konfrontieren. »Ich habe Sie mit jemandem verwechselt.«

Der Mann sah sich um. »Hier ist niemand außer mir.«

»Was machen Sie hier?« Emilia konnte ihre Neugier nicht unterdrücken, auch wenn eine leise Stimme ihr riet, so schnell wie möglich das Weite zu suchen.

»Vermutlich dasselbe wie Sie. Ich genieße die Ruhe im Garten.« Sein warmes Timbre jagte ihr einen angenehmen Schauer über den Rücken.

Inzwischen war sie nahe genug, um Einzelheiten zu sehen. Der Mann war deutlich größer als Edward und auch breiter gebaut, hatte aber ebenso hellbraune Haare und denselben Schnitt wie er. Vermutlich hatte sie ihn deswegen mit ihrem Verlobten verwechselt.

»Ich bin mit jemandem verabredet«, stellte Emilia klar und verschränkte die Arme vor der Brust.

»Sollten Sie nicht um Ihren guten Ruf bedacht sein? Es ist gefährlich, sich heimlich im Garten mit einem Liebhaber zu treffen.«

Sein schneidender Tonfall missfiel ihr und stachelte Emilia an, ihm zu widersprechen. Warum war sie so gedankenlos gewesen und hatte ihm von ihrer Verabredung erzählt?

»Was erlauben Sie sich? Selbstverständlich beabsichtige ich nicht, hier einen Liebhaber zu treffen! Ich bin mit meinem Verlobten verabredet.«

»Der eine Mätresse hat und ins Bordell geht?« Ihr Gegenüber klang belustigt.

Dennoch bohrten sich seine Worte wie ein tiefer Stachel in ihre Brust. Was würde sie tun, wenn Edward zugab, mit anderen Frauen zu verkehren? Wollte sie unter diesen Umständen mit ihm verlobt sein? Sie liebte ihn, sie liebte ihn so sehr und er sie ebenso, und deswegen durfte es in Edwards Leben keine andere Frau geben!

»Sie sollten jetzt besser gehen«, erklärte Emilia und wartete darauf, dass der Fremde aufstand, damit sie sich auf die Bank setzen konnte.

Jeder Gentleman hätte das getan.

Der Mann auf der Bank machte jedoch keine Anstalten, sich zu erheben. Ärgerlich kniff sie die Augen zusammen und musterte ihn. Dass die Wolken sich in diesem Moment ein Stück weiter fortschoben und den Mond freigaben, kam ihr dabei zugute.

Er hatte ein kantiges, glattrasiertes Kinn, schmale Wangenknochen und eine gerade Nase. Das hellbraune Haar war sorgfältig frisiert, und Emilia musste sich eingestehen, dass ihr Gegenüber fraglos gutaussehend war. Belustigt sah er sie aus unendlich tiefen grüngrauen Augen an.

»Ich war zuerst hier.«

Sie schnaubte. »Ich habe gehofft, Sie seien ein Gentleman.«

»Oh, das bin ich«, versicherte er ihr amüsiert. »Ich bin mir nur nicht sicher, ob Sie eine Dame sind.«

Emilia ließ ihren Blick über seine Garderobe gleiten. Er war ausgesprochen gut gekleidet, mit Gehrock, einer geschmackvoll bestickten Weste, darunter ein modisches Hemd und eine gut geschnittene schwarze Hose. Selbst der Krawattenknoten saß perfekt. In der rechten Hand hielt er einen Stock mit vergoldetem Knauf. Das Alter des Mannes konnte sie in der Dunkelheit nicht richtig einschätzen. Der Kleidung nach musste er aber die Wahrheit sprechen und in der Tat ein Gentleman sein. Wenn Emilia ihm vorgestellt worden wäre, hätte sie sich sicher an ihn erinnert. So einen eindrucksvollen Mann wie ihn vergaß man nicht. Doch nur, weil er ein Gentleman war, bedeutete das nicht, dass er sich ihr gegenüber alles erlauben konnte.

»Was unterstellen Sie mir?«, rief sie daher wütend.

»Eine Unterhaltung über Mätressen und Bordelle lässt Sie in keinem besonders guten Licht dastehen. Eine echte Lady wüsste über derlei Dinge nicht einmal Bescheid.« Ein Lächeln huschte über das Gesicht ihres Gegenübers und blieb in ihrem Ausschnitt hängen.

Schnell legte sie die Hände über ihr unbedecktes Dekolletee und ärgerte sich über den weiten Ausschnitt. Zum Glück bedeckte Edwards Collier ihre Blöße ein wenig.

»Lady Emilia«, sagte er mit seiner tiefen Stimme. »*Ich* war zuerst hier und wenn Ihnen Ihr Ruf lieb ist, gehen Sie in den Ballsaal zurück, bevor man uns zusammen sieht. Denn ich bin mir nicht sicher, was Ihr Verlobter davon hält, wenn sich herumspricht, dass Sie fremde Männer im Garten treffen.«

Er kannte ihren Namen! Woher kannte er ihren Namen? Wer war er? Mit einem Mal war ihr Mund ganz trocken. Emilia schluckte. Sie wusste, dass sie längst zu weit gegangen war, doch wenigstens einen kleinen Sieg wollte sie davontragen.

»Ich bin hier verabredet und wenn Sie ein Gentleman wären, würden *Sie* gehen.«

Er lachte. Zu ihrer größten Überraschung erhob er sich tatsächlich. Dazu nahm er den Stock zu Hilfe und als er ein paar Schritte ging, erkannte Emilia, dass dieses Accessoire nicht nur der Zierde diente.

»Ich danke Ihnen«, murmelte Emilia erleichtert und machte einen großen Bogen um ihn herum, um sich auf die Bank zu setzen.

»Um Ihre anfängliche Frage zu beantworten, Lady Emilia: Nein, ich unterhalte derzeit keine Mätresse und ja, auch ich habe schon einmal ein Bordell aufgesucht, wie wohl jeder Mann in London.« Er neigte den Kopf und drehte sich um.

Vollkommen verblüfft saß Emilia einem Moment mit offenem Mund da. Als sie jedoch merkte, dass er Anstalten machte zu gehen, nahm sie noch einmal all ihren Mut zusammen. Ihre Unterhaltung – ja, allein ihr Zusammentreffen – war ohnehin bar jeglicher Etikette. Daher machte es auch keinen Unterschied, die vermutlich einmalige Gelegenheit zu nutzen und ihre Neugier gänzlich zu befriedigen.

»Warten Sie!«

Langsam drehte er sich um. Zum Glück war es so dunkel, dass er ihr entflammtes Gesicht nicht sehen konnte. Da Emilia nun seine ganze Aufmerksamkeit genoss, wurde es ihr doch ein wenig mulmig zumute.

»Warum geht ein Mann zu einer Hure, wenn er eine Ehefrau hat?«, fragte sie schnell, ehe sie der Mut verließ.

Für einen Moment fürchtete sie schon, er würde gehen, ohne ihre Frage zu beantworten, doch überraschte er sie erneut, indem er antwortete: »Eine Hure tut alles, auch das, was eine Ehefrau verweigert.«

Emilia wusste nicht, was sie darauf erwidern sollte. Sie hatte Edward nichts abgeschlagen. Ganz im Gegenteil. Sie hatte sich ihm hingegeben, ihm alles gegeben, sogar das Wertvollste, was sie besaß!

»Aber keine Sorge, nicht jeder Mann besucht regelmäßig ein Bordell oder geht zu einer Mätresse. Haben Sie etwas Vertrauen zu Ihrem Verlobten.« Seine Worte mochten nett gemeint sein, dennoch war Emilia längst ernüchtert.

»Nennen Sie mir einen Mann, der keine Beziehung zu einer zweifelhaften Dame unterhält«, verlangte sie zu wissen und war sich sicher, dass ihm kein einziger Herr einfiel.

»Ich«, sagte er schlicht und beendete das Thema. »Bevor ich gehe, bin nun ich an der Reihe, Ihnen eine Frage zu stellen.«

Überrascht blickte sie zu ihm hinüber. Damit hatte sie nicht gerechnet.

»Dieses Collier, das Sie tragen, ist bezaubernd. Woher haben Sie es?«

Emilias Hand legte sich auf ihren Hals, und sie fühlte den kalten Stein.

»Es ist eine Leihgabe meines Verlobten«, antwortete sie ehrlich. »Wenn ich seine Frau bin, wird es mir gehören. Er hat es am Spieltisch gewonnen. Ist es nicht wunderschön?«

»Das ist es«, pflichtete der Gentleman ihr bei. »Und ich frage mich, woher es stammt.«

»Diese Frage kann ich zu meinem Bedauern nicht beantworten.« Gerne hätte sie es ihm verraten.

Vielleicht suchte er etwas Ähnliches für seine Gattin, die er aufrichtig liebte? Emilia nahm sich vor, Edward zu fragen, denn jetzt hatte auch sie die Neugier gepackt.

»Ich wünsche noch einen angenehmen Abend.«

»Danke«, murmelte Emilia, in Gedanken bei dem Collier.

Erst ein paar Atemzüge später fiel ihr ein, dass sie den Namen ihres aufrichtigen Gesprächspartners nicht kannte. Doch er war bereits zu weit fort, als dass ihre Rufe ihn noch erreicht hätten. Gebannt starrte sie auf seinen breiten Rücken. Wie hatte sie ihn auch nur eine Sekunde für Edward halten können? Er war viel größer und kräftiger als ihr Verlobter. Sein Gang war durch das Benutzen des Stockes abgehackt, aber das tat seiner Ausstrahlung keinen Abbruch.

Wer mochte der Fremde sein? In Anbetracht ihres delikaten Gesprächs war es wahrscheinlich besser, wenn es ein Geheimnis blieb. Nicht auszudenken, wie seine Frau reagieren würde, wenn sie erfuhr, worüber sie sich unterhalten hatten!

Emilia atmete tief durch, blickte in den dunklen Himmel hinauf und wartete auf Edward.

Hoffentlich kam er bald.

KAPITEL 8

Andrew machte sich auf den Rückweg. Das Gespräch mit Lady Emilia hatte ihn erfrischt. Er wusste nicht, wann er das letzte Mal eine so amüsante Unterhaltung mit einer Lady geführt hatte. War das überhaupt jemals vorgekommen? Zumindest hatte er noch nie mit einer Dame über derart delikate Angelegenheiten gesprochen.

Bezüglich des Colliers hatte ihn das Gespräch leider nicht entscheidend weitergebracht. Aber vielleicht war es ihm gelungen, Lady Emilia neugierig zu machen, und mit etwas Glück war Lastborough ihr gegenüber auskunftsfreudiger, als er es möglicherweise ihm gegenüber sein würde. Dann musste er der jungen Dame nur noch seine Identität enthüllen.

Andrew war regelrecht in Hochstimmung, denn noch etwas hatte das überaus interessante Gespräch ergeben. Er wusste nun, dass Lastborough sich in Kürze zu seiner Verlobten aufmachen würde. Das bedeutete, Andrew musste nicht zurück in den Ballsaal. Er konnte in aller Ruhe auf der Terrasse warten und den Earl abfangen, der dort vorbeikommen musste, wenn er in den Garten wollte.

Die Terrasse war allemal verlockender als das Gedränge und die vielen Menschen im Ballsaal, die an ihm zogen und zerrten und ihn nur als gute Partie für ihre Töchter sahen. Er war einfach nicht geschaffen für geselliges Beisammensein. Mit etwas Wehmut erinnerte er sich an die Zeit, als dies anders gewesen war. Als er noch unbedarft und voller Hoffnung in die Welt geblickt hatte.

Andrew Stone, dem zweiten Sohn des Marquess of Ashwood, war eine bravouröse Zukunft vorausgesagt worden. Er hatte sich im Krieg verdient machen wollen und keine Ahnung gehabt, was das mit seiner Seele und noch schlimmer, mit seinem Körper anstellen würde. Als gebrochener Mann war er nach Hause geschickt worden, ein Invalide. Lange war nicht klargewesen, ob er sich von seinen Verletzungen erholen würde, während sein älterer Bruder Peter sich in London vergnügte. Dann war sein Vater gestorben, und nur zwei Wochen später bei einem waghalsigen Kutschenrennen war sein Bruder ums Leben gekommen, und mit einem Mal war Andrew der Marquess of Ashwood. Es wäre besser gewesen, wenn er gestorben und Peter am Leben geblieben wäre, denn mit ihm hätte die Familie fortbestehen können.

Gedankenverloren betrat er die verlassene Terrasse und sah sich suchend um. Schließlich konnte er kaum mittendrin stehen bleiben, wo ihn jeder aus dem Ballsaal sehen konnte. In dem Fall würde er nämlich nicht lang allein sein. In einer dunklen Ecke, ganz am Rande der Terrasse, standen ein schmiedeeiserner Stuhl und ein kleiner runder Tisch, auf dem sich ein Aschenbecher aus Messing befand. Mit ziemlicher Sicherheit hatte er das persönliche Rauchereck des Earls entdeckt.

Perfekt.

Ein Stuhl würde seinem Bein guttun, und so ließ er sich nieder. Andrew, der mit einem Mal Lust auf eine Zigarre hatte, freute sich, eine bei sich zu haben. Er rauchte nur selten zu ganz besonderen Gelegenheiten, und dies hier war eine. Zu seiner melancholischen Stimmung passte die Zigarre hervorragend, und so schnitt er sie an. An der Fackel konnte er sie problemlos entzünden. Er beugte sich vor, entzündete die Tabakspitze und zog sich in das dunkle Eck zurück. Dann ließ er sich wieder mit seinen Gedanken treiben.

Als frischgebackener Marquess of Ashwood war er nach London gegangen, hatte geglaubt, dort seinen Lebensweg fortführen zu können, als ob nichts gewesen wäre. Der Krieg war vorbei, Napoleon geschlagen, doch er war und blieb ein gezeichneter Mann. Es war ihm nicht mehr gelungen, die Freuden der Hauptstadt unbeschwert zu genießen. An Tanzen oder ausgedehnte Spaziergänge im Park war überhaupt nicht mehr zu denken, und die Last, der letzte Stone zu sein, der den Titel des Marquess of Ashwood trug, drückte auf sein Gemüt. Dennoch stürzten sich die Frauen auf ihn, und er genoss die Aufmerksamkeit, bis er begriff, dass sie nicht an ihm und seiner Person interessiert waren, sondern an seinem Titel und seinem Vermögen.

Andrew lachte in der Dunkelheit bitter auf.

Nachdem er den ehrenwerten Ladys abgeschworen hatte, beschloss er, seine Bedürfnisse zukünftig nur noch bei Prostituierten zu befriedigen. Ein fataler Fehler. Es war das letzte Mal gewesen, dass er eines jener Establishments besucht hatte. Das Entsetzen und den Ekel in den Augen der Hure würde er nie vergessen. Es hatte sich tief in sein Gedächtnis eingebrannt. Sein Körper war nicht mehr schön anzusehen, seine Narben entstellten ihn regelrecht. Auch wenn der Krieg ihm seine Zeugungsfähigkeit genommen hatte, blieben doch die körperlichen Bedürfnisse – um die er sich seitdem selbst kümmerte. Nie wieder hatte er zugelassen, dass ihn jemand nackt sah. Lediglich Rooth, den man als seinen Kammerdiener bezeichnen konnte und der doch viel mehr ein Freund denn ein Diener war, kannte das ganze Ausmaß seiner Verletzung. Andrew schloss die Augen und verdrängte die aufkeimenden Gefühle des Verlusts einer Familie, die er nie haben würde. Er wollte sich nicht schwach und machtlos fühlen.

Eine ganze Zeit lang saß er einfach nur da, genoss die Ruhe und konnte sich beinahe vorstellen, nicht im stickigen London, sondern auf seinem Landsitz zu sein.

Auf einmal hörte er das Klicken der Terrassentür. Die Geräusche des Ballsaals wurden für kurze Zeit lauter, ehe sie wieder verstummten. Röcke raschelten und bevor er sich verstecken konnte, wurde er bereits entdeckt.

»Mylord.«

Ihre Stimme war noch immer rau und verführerisch, das Kleid in einem kräftigen Dunkelrot und die auffälligen Diamanten, die sie um den Hals trug, glitzerten, angestrahlt von den Fackeln. Das rabenschwarze Haar war kunstvoll nach oben gesteckt, und nur ein paar Strähnen umrahmten ihr noch immer überaus hübsches Gesicht. Die Zeit hatte allerdings auch bei ihr Spuren hinterlassen, und sie war längst nicht mehr so anmutig wie einst.

»Lady Crowbridge.« Andrew stand auf und bot ihr galant die Sitzgelegenheit an.

Mit gerafften Röcken stolzierte sie an ihm vorbei und setzte sich graziös auf den Stuhl.

»Emma«, erklärte sie schmollend. »Wir hatten uns einmal sehr nahegestanden.«

Es war eine Ewigkeit her. Damals war die ehrgeizige Miss Emma Bold auf Männerfang. Als Zweitgeborener war er für sie nicht interessant gewesen, dafür Peter umso mehr. Nach allen Regeln der Kunst hatte sie ihn umgarnt. Bis er starb, und als Andrew als neuer Marquess of Ashwood nach London gekommen war, hatte sie ihr Glück plötzlich auch bei ihm versucht. Andrew hatte einige Male mit ihr getanzt, sich jedoch bald von ihr abgewandt. Kein Kind von Traurigkeit, war sie kurz darauf die Marchioness of Crowbridge geworden.

»Die Zeiten sind vorbei. Es wäre nicht schicklich, Lady Crowbridge.« Bewusst sprach er sie noch einmal mit ihrem Titel an.

Ihr rotgeschminkter Mund verzog sich schmollend. »Du siehst gut aus, Andrew.«

Für einen Moment überlegte er, ob er laut lachen sollte. Er war ein Invalide, dem es nur möglich war, seinen Alltag zu meistern, indem er sich auf einen Gehstock stützte wie ein Greis. Nun, es war besser geworden, aber längst nicht so, dass er über seine Verletzung hinwegsehen konnte. Er würde immer ein Krüppel bleiben.

Auch der Frau ihm gegenüber waren die Zeichen der Zeit ins Antlitz geschrieben. Sie war nicht mehr das junge Ding von damals, sie war eine reife Frau. Besonders ihr Hals war von Falten gezeichnet. Sie war immer noch schön, keine Frage, aber das ausschweifende Leben, das sie den Gerüchten nach führte, hinterließ deutliche Spuren.

Andrew lehnte sich mit dem Gesäß an die hüfthohe Steinbrüstung, um sein Bein ein wenig zu entlasten. Für einen Moment spielte er mit dem Gedanken, sich zu verabschieden, aber er wollte nicht zurück in den Ballsaal. Lastborough würde hier vorbeikommen, und Lady Crowbridges Gesellschaft war eindeutig angenehmer als die der anstrengenden Mütter. Sie kannte er wenigstens und konnte mit ihr umgehen.

»Eine ganz wunderbare Nacht«, seufzte die Marchioness und lehnte den Kopf weiter in den Nacken. Dabei sprangen ihre Brüste beinahe aus dem überaus großzügigen Dekolletee.

Auch er war nur ein Mann und reagierte instinktiv. Seine Männlichkeit verhärtete sich.

»Möchtest du nicht ein wenig näherkommen?«, schnurrte sie einladend und räkelte sich auf dem Stuhl.

»Ich stehe hier ganz gut«, krächzte Andrew und konnte nicht verhindern, dass seine Stimme belegt klang.

Obwohl er stets beherrscht war und sich niemals auf dieses Niveau herablassen würde, hatte auch er körperliche Bedürfnisse. Doch er würde diesem Verlangen gewiss nicht nachgeben. Solchen Vergnügungen hatte er abgeschworen. Spätestens wenn er sich entkleiden müsste, wäre es ohnehin vorbei. Keine Frau ertrug diesen fürchterlichen Anblick. Davon abgesehen, dass eine verheiratete Frau für ihn selbst dann nicht in Frage käme, wenn die Voraussetzungen andere gewesen wären. Manche Gentlemen mochten sich daran nicht stören, aber er würde weder einem Ehemann Hörner aufsetzen noch junge Damen ihrer Unschuld und damit ihrer Zukunft berauben. Andrew war ein Mensch, der nach strikten Prinzipien lebte, und davon ließ er sich nicht abbringen.

»Andrew«, schnurrte Lady Crowbridge und erhob sich geschmeidig wie eine Katze.

Hastig steckte er sich die Zigarre in den Mund und nahm einen tiefen Zug.

Lady Crowbridge kam auf ihn zu und stand nun viel zu nah vor ihm. »Du gestattest.«

Mit einem lasziven Lächeln angelte sie mit ihrer behandschuhten Hand nach der Zigarre und nahm selbst einen Zug. Dann reichte sie Andrew die Zigarre zurück. Die Lust auf das Rauchen war ihm mit einem Mal vergangen. Er ging zu dem kleinen Tisch, sich des bohrenden Blicks auf sein steifes Bein und den unrunden Gang durchaus bewusst, und drückte die Zigarre im Aschenbecher aus.

»Wie lange wirst du diesmal in London bleiben?«, bemerkte sie spitz.

Andrew war in den vergangenen Jahren hin und wieder in der Hauptstadt gewesen, jedoch nie lange geblieben. Um Veranstaltungen wie diese hatte er dabei stets aus besagten Gründen einen großen Bogen gemacht.

»Nicht lange«, antwortete er ausweichend. Andrew musste niemandem Rechenschaft ablegen und am allerwenigsten der Marchioness.

Hinter ihm, unten im Garten raschelte etwas. Er drehte sich in die Richtung, um das Geräusch zu ergründen, und beobachtete erstaunt, wie eine ihm bekannte Gestalt mit wehenden Kleidern auf die Terrasse zulief. Dabei schimpfte sie leise vor sich hin. Eine äußerst erzürnte Lady Emilia rauschte an ihnen vorbei und verschwand im Haus.

Da Andrew und die Marchioness sich im Dunkeln aufgehalten hatten, waren sie unentdeckt geblieben.

»Wie interessant«, stellte Lady Crowbridge fest. Sie lehnte sich neben Andrew an die Brüstung und blickte hinunter in den Garten, als suchte sie etwas. Vermutlich denjenigen, mit dem Lady Emilia verabredet gewesen war. »Wenn das nicht eine der Debütantinnen war. Wie überaus unschicklich, sich allein im Garten herumzutreiben.«

Lady Emilia war bereits verlobt, und es mochte zwar nicht schicklich sein, sich im Garten zu treffen, aber in ein paar Wochen wären die beiden ohnehin verheiratet und dann würde sich niemand mehr dafür interessieren. Andrew hätte Lady Crowbridge das alles mitteilen können, doch er schwieg. Jede Silbe hätte zu viel verraten. Er war Lady Emilia weder offiziell vorgestellt worden, noch verkehrte er in denselben Kreisen wie sie.

»Obwohl ich wetten möchte, dass die gute Dame nicht allein war. Mit wem sie sich wohl getroffen hat?« Lady Crowbridge beugte sich, soweit es ihr möglich war, über die Brüstung und spähte hinaus in die Nacht.

»Neugierig wie immer.« Den Seitenhieb konnte Andrew sich nicht verkneifen.

Augenblicklich richtete sich die Aufmerksamkeit der Marchioness wieder auf ihn.

»Es gehört zu den Aufgaben einer verheirateten Frau, auf die jungen unschuldigen Dinger aufzupassen«, belehrte Lady Crowbridge ihn.

Andrew hätte beinahe laut aufgelacht. Als ob die Marchioness in diesem Alter jung und unschuldig gewesen wäre. Er sah an ihr vorbei und hoffte für Lady Emilia, dass Lord Lastborough einen anderen Weg nehmen würde. Sollte er hier auftauchen, würde Lady Crowbridge das sicher nicht schweigend hinnehmen, und schon morgen wüsste halb London darüber Bescheid.

Die Marchioness legte vertraulich ihre Hand auf seinen Arm und rückte noch ein Stück näher an ihn heran. »Vielleicht hast du Interesse, den Abend an einem anderen Ort ausklingen zu lassen.«

Die Einladung war unmissverständlich. »Es wäre wohl besser, wenn Sie jetzt ins Haus zurückgehen, Lady Crowbridge.« Starr blickte Andrew an ihr vorbei.

»Du beleidigst mich.« Sie verschränkte die Arme vor der Brust, was ihre Brüste wieder ein Stück nach oben drückte.

»Das müsste ich nicht, wenn Sie sich zu benehmen wüssten«, schoss Andrew zurück.

»Ich verstehe.« Ein zorniger Schatten legte sich auf ihr Gesicht, und mit einem Mal sah sie überhaupt nicht mehr anziehend, sondern alt und hässlich aus. »Diese Abfuhr wirst du bereuen, das verspreche ich dir. Ich habe es nicht nötig, derart gedemütigt zu werden. Für gewöhnlich schätzen die

Gentlemen meine Gesellschaft.« Mit gerecktem Kinn wirbelte sie herum, raffte ihre Röcke und stolzierte davon.

Ein Grund mehr, nicht zu diesen Gentlemen zu gehören. Er hatte die Marchioness nie gebeten, ihm Gesellschaft zu leisten. Erleichtert, dass sie fort war, lehnte Andrew sich gegen die Brüstung, wandte sich wieder dem Garten zu und hielt Ausschau nach Lastborough. Die Zeit verstrich. Je länger er wartete, desto unwahrscheinlicher war es, dass der Earl hier auftauchte. Womöglich hatte er tatsächlich einen anderen Weg genommen.

Ein Mann, der Uniform nach zu urteilen ein Lieutenant, betrat die Terrasse. Kurz darauf folgte eine Dame. Andrew war nicht daran interessiert herauszufinden, um wen es sich handelte, denn es waren weder Lady Emilia noch Lastborough. So verharrte er in seiner dunklen Ecke, bis die beiden im Garten verschwunden waren. Als das Paar - selbstredend getrennt - wieder zurückkehrte und ins Haus ging und von Lastborough noch immer nichts zu sehen war, entschloss sich Andrew, den Ball zu verlassen. Ein guter schottischer Whisky in seiner Bibliothek erschien ihm jetzt äußerst verlockend, und so suchte er seine Gastgeber auf, um sich zu verabschieden.

Um Lastborough würde er sich morgen kümmern. Sicherlich hatte er im Letling's mehr Glück.

KAPITEL 9

Andrew hatte schlecht geschlafen und war mit Kopfschmerzen aufgestanden. Dennoch machte er sich ausgehfertig, wobei ihm sein Kammerdiener half. Auf seiner Kommode lag der Brief des Commanders. Andrew sollte sowohl Lastborough als auch dem Vorbesitzer auf den Zahn fühlen. Dass das Collier jetzt in der Öffentlichkeit bekannt war, hatte Andrew noch in der vergangenen Nacht in einer neuen Nachricht an den Commander übermittelt. Andrew streifte das Hemd glatt, das er soeben übergezogen hatte.

»Was kannst du mir über Cartmar berichten?«, fragte er seinen Kammerdiener, der ihm die Manschetten reichte.

Jacob Rooth war seit Jahren in seinem Dienst. Einst hatten sie zusammen gedient, und Andrew verdankte dem Mann sein Leben. Er war es gewesen, der ihn, als sein Körper zerfetzt worden war, ins Lazarett geschleift und dafür gesorgt hatte, dass seine Wunden versorgt wurden. Sonst stünde er heute nicht hier, sondern wäre einer Blutvergiftung oder Fieberkrämpfen erlegen. Andrew hatte Rooth fürstlich dafür belohnen wollen, doch der Mann hatte lediglich darum gebeten, nach dem Krieg in seine Dienste treten zu dürfen. Diesen Wunsch hatte Andrew ihm nur zu gern erfüllt. Seitdem wich

Rooth ihm nicht von der Seite. Auch wenn er der Arbeit eines Kammerdieners pflichtbewusst nachkam, war er darüber hinaus Andrews engster Vertrauter und wusste über all seine Angelegenheiten Bescheid. Sie waren ein eingespieltes Team und während Andrew sich in der feinen Gesellschaft bewegte, frischte Rooth alte Bekanntschaften auf und hörte sich in den Kreisen der Bediensteten um, die häufig besser informiert waren als ihre Herren.

»Cartmar?« Rooth runzelte die Stirn. »Der Name sagt mir nichts.«

Andrew blickte in den Spiegel und überprüfte sein Aussehen. Als ein unangenehmer Schmerz sein Bein entlangfuhr, verzog er das Gesicht.

»Etwas Laudanum?«

Andrew schüttelte den Kopf. Er mochte die bittere Medizin nicht, die zwar den Schmerz linderte, aber ebenfalls bewirkte, dass sein Gehirn sich taub anfühlte und er nicht in der Lage war, einen klaren Gedanken zu fassen.

»Es geht schon, Rooth. Ich werde jetzt in den Club fahren. Versuche du, etwas über Cartmar herauszufinden. Ich will wissen, wo er wohnt, wer für ihn arbeitet, was er zum Frühstück isst und mit wem er sich trifft.«

Das war kein ungewöhnlicher Auftrag. Sein Kammerdiener war es gewohnt, gelegentlich dezent Erkundigungen anzustellen.

»Natürlich.« Er machte eine kurze Pause. »Irgendetwas ist faul an der Sache. Man verspielt so ein Schmuckstück nicht einfach am Spieltisch.« Rooth hatte ein ausgezeichnetes Gespür, und Andrew hatte bereits ähnliche Überlegungen angestellt. Dies bestätigte daher nur seine Vermutung.

»Das sehe ich ebenso.«

Mit geübten Handgriffen half Rooth ihm in den Gehrock, reichte ihm dann Umhang und Stock und verkündete mit einem Blick aus dem Fenster: »Die Kutsche ist vorgefahren.«

Andrew klopfte Rooth auf die Schulter, verließ das Haus und stieg in den geschlossenen Landauer ein. Es regnete zwar nicht, und er hätte auch das offene Gefährt nehmen können, war auf der Fahrt aber lieber ungestört.

Es dauerte nicht lang, und er erreichte das Letling's. Einst war das Clubhaus nur den höchsten Adeligen zugänglich gewesen, die den Umgang mit Ihresgleichen vorzogen. Inzwischen war der Club auch für die jüngeren Söhne und gutbetuchte Emporkömmlinge gleichermaßen geöffnet worden, mit Ausnahme des zweiten Obergeschosses. In diesen Räumlichkeiten verkehrte nach wie vor die Elite. Wenn Andrew im Club weilte, bevorzugte er für gewöhnlich die Abgeschiedenheit seines privaten Salons, außer er musste etwas in Erfahrung bringen. Dafür waren die Gesellschaftsräume des Clubs der perfekte Ort.

Als Andrew das Haus betrat, fand er das Foyer überraschend voll vor. Etliche Männer standen in kleinen Grüppchen zusammen, die aufgeregt miteinander sprachen. Das war überaus ungewöhnlich. Ein herbeieilender Lakai half ihm beim Ablegen, und Andrew nahm die Hilfe dankbar an.

»So ein Unglück«, schnappte Andrew eine Bemerkung auf und blickte zu der Herrenrunde hinüber, die nicht weit von ihm stand.

»Belieben Mylord in Ihrem Salon zu speisen?«

»Nein.« Abgelenkt winkte er den Lakaien fort, der sich eilig entfernte.

»Meine Herren.« Er trat zu der Gruppe und grüßte höflich in die Runde.

»Ashwood. Sie waren gestern doch auch auf dem Ball«, richtete Viscount Regrave sich an ihn.

»In der Tat, eine wirklich amüsante Veranstaltung.« Schließlich konnte er unmöglich behaupten, dass es furchtbar langweilig gewesen war und er die angenehmste Zeit des Abends verbotenerweise im Beisein von Lady Emilia verbracht hatte.

»Über den Ball spricht doch keiner mehr«, winkte der hagere Lord Respron ab. »Haben Sie es noch nicht gehört?«

Andrew spürte instinktiv, dass es sich nicht um eine Lappalie handelte.

»Was sollte ich gehört haben?«, erkundigte er sich betont beiläufig, wobei ihn ein ungutes Gefühl beschlich.

»Lord Lastborough wurde in der vergangenen Nacht ermordet. Es wird morgen in den Zeitungen stehen, da bin ich ganz sicher. Die Londoner Polizei kümmert sich bereits um den Fall.«

Ermordet? Verdammt. Ein toter Lastborough passte ihm nun überhaupt nicht in den Kram. »Was ist dem armen Kerl denn zugestoßen?«

»Er wurde überfallen«, flüsterte Respron so laut, dass alle Anwesenden in der Halle ihn hören konnten. »Ist das zu fassen? Nicht weit entfernt vom Haus der Flowerskins.«

Wie mochte Lady Emilia diese Neuigkeit aufnehmen? Hatte sie in der vergangenen Nacht noch mit ihrem Verlobten gesprochen? Andrew erinnerte sich daran, wie erzürnt sie gestern in den Ballsaal zurückgekehrt war. Hatte sie Streit mit Lastborough gehabt, oder war er überhaupt nicht aufgetaucht?

Gern hätte er Lady Emilia aufgesucht und ihr genau diese Frage gestellt, doch da sie sich nie offiziell vorgestellt worden waren, brauchte er daran nicht einmal zu denken. Außerdem hatte sie nach dem Tod ihres Verlobten andere Dinge im Kopf, als einem fremden Marquess Fragen zu beantworten. Inständig hoffte er, dass es ihr den Umständen entsprechend gut ging und sie die Tragödie gut verkraftete.

»Die Bow Street Runner ermitteln noch, aber ich habe gehört, es solle ein hinterhältiger Raub gewesen sein. Die Börse des Lords soll entwendet worden sein«, behauptete ein weiterer Mann.

Andrew runzelte die Stirn. Handelte es sich am Ende um mehr als nur einen simplen Raub? Er bereute, nicht mehr mit Lastborough gesprochen zu haben. Sollte der Tod des Earls ein Zufall sein, oder steckte mehr dahinter? Handelte es sich lediglich um einen bedauerlichen Unfall oder, wie eben behauptet, um Mord? Hatte das Collier etwas mit dem überraschenden Dahinscheiden seines Eigentümers zu tun?

»Mit einem Messer habe man ihn aufgeschlitzt. Zumindest wurde mir das berichtet«, trug ein anderer Gentleman zu der Sensation bei.

Andrew hatte genug gehört. Hier wurden lediglich Gerüchte verbreitet, er dagegen brauchte handfeste Informationen und wusste sehr genau, wie er diese bekommen würde. Rooth würde sie ihm besorgen. Etwas schwerfällig auf seinen Stock gestützt, drehte Andrew sich um und stieg langsam die Treppe in die erste Etage hinauf.

»Ist Cartmar im Haus?«, erkundigte er sich bei einem Lakaien, der an ihm vorbeieilte.

Der junge Mann blieb stehen. »Er weilt im Kartenzimmer, Mylord.«

Andrew bedankte sich knapp und sah dem Lakaien hinterher, der in einem Flur verschwand, der zum Bedienstetenaufgang führte. Dann wandte er sich um und ging auf das Kartenzimmer zu. Der Raum war – trotz der frühen Morgenstunden – überraschend gut besucht. Andrew ließ seinen Blick über die Besucher schweifen und fand schließlich den blonden Mann, den er gesucht hatte. Sein Problem, dass er ihm nicht vorgestellt worden war, löste sich von selbst, denn der Gentleman neben ihm, Lord Dummer, war ihm sehr wohl bekannt. Zielstrebig ging er auf die Herren zu.

»Lord Ashwood«, begrüßte der Baron ihn. »Wollen Sie sich zu uns setzen?«

Andrew nahm die Einladung dankend an und schaute den beiden eine Weile schweigend bei ihrem Kartenspiel zu.

Cartmar gewann.

»Sie auch?«, erkundigte Dummer sich, als er die Karten erneut mischte.

Andrew spielte zwar ganz gern, mochte es jedoch nicht, wenn es um Einsätze ging. In diesem Fall würde er allerdings eine Ausnahme machen.

»Sehr gern.« Im Stillen beglückwünschte er sich, die erste Hürde genommen zu haben.

»Hervorragend«, freute sich Cartmar und nahm sein Blatt auf. Die Partie begann.

»Was hat Sie nach London verschlagen, Marquess?«, erkundigte Dummer sich beiläufig.

»Die Geschäfte.« Andrew lächelte vieldeutig und legte die erste Karte.

Cartmar runzelte die Stirn und vertiefte sich in sein Blatt.

»Wie lange halten Sie sich schon in London auf, Mr. Cartmar?«

»Ich bin nur ein paar Tage vor Ihnen hier eingetroffen. Davor war ich in Bath«, plauderte der blonde Mann unbefangen darauf los.

»Cartmars Vater hat viel Geld in der Eisenindustrie gemacht. Ein schmutziges Geschäft, aber sehr lukrativ«, erklärte Dummer und legte die nächste Karte.

Andrew hatte ein gutes Blatt, wollte jedoch nicht gewinnen und so gab er eine Karte ab, auf die er unter anderen Umständen nie verzichtet hätte. Lächelnd griff Cartmar danach.

Während sie mit ihrem Spiel fortfuhren, horchte Andrew den jungen Mann geschickt aus, der bereitwillig Auskunft gab. Bald wusste er, dass Cartmar der erstgeborene Sohn war, aber dass er noch vier jüngere Brüder und zwei Schwestern hatte. Seine Eltern, die derzeit in Bath weilten, nahmen an, ihr ältester Sohn ginge in London auf Brautschau. Lachend erzählte Cartmar, er habe sich eine Mätresse gesucht und würde den Spieltisch jederzeit einer Ehefrau vorziehen. Über das Collier erfuhr Andrew nichts, deswegen fragte er gezielt nach: »Ich habe Ihr Würfelspiel verfolgt. Dieses Collier war wirklich exquisit. Wo haben Sie es her?«

Anderen wären das kurze Zögern und die darauf folgenden fahrigen Handbewegungen entgangen, doch Andrew war ein zu guter Menschenkenner, um sich täuschen zu lassen.

»Aus Bath«, murmelte Cartmar und nahm einen großzügigen Schluck aus seinem Glas.

»Hatten Sie Glück am Wetttisch?«, fragte Dummer lachend, und Andrew stimmte in das Lachen des Barons mit ein. Hervorragend, dass Dummer ihn unwissentlich unterstützte.

»Es war eher eine Wettschuld«, wich Cartmar der Frage aus. »Nicht weiter erwähnenswert. Wie gewonnen, so zerronnen.« Die Männer lachten erneut, und damit war das Thema erledigt.

Dummer gewann die erste Partie, Cartmar die zweite. Andrew beschloss, dass es an der Zeit war, das Verlorene zurückzuholen, und so gewann er die nächsten zwei Spiele.

An neue Informationen gelangte er dabei nicht mehr und so beschloss er, dass es an der Zeit war, sich zu verabschieden. Nur unter größtem Bedauern ließen die beiden Herren ihn ziehen.

Das Foyer hatte sich etwas geleert, es standen aber noch genug trachtende Gentlemen herum. Da es regnete, zog Andrew es vor, im Inneren auf die Kutsche zu warten, und lauschte den diversen Gerüchten. Er konnte ihren Gesprächen nichts Wesentliches entnehmen.

Als seine Kutsche endlich vorfuhr, verließ er das Clubhaus, ohne zu warten, bis der Lakai den Regenschirm aufgespannt hatte, um ihn damit trockenen Fußes zu seinem Landauer zu begleiten. Hastig eilte der Kutscher herbei, um ihm den Verschlag zu öffnen. Andrew stieg ein und warf den nassen Hut auf die gegenüberliegende Sitzbank.

Kaum wurde die Kutschentür hinter ihm geschlossen, fiel die Anstrengung von ihm ab. Er musste sich nicht länger verstellen. Mit einem erleichterten Seufzer streckte Andrew sein schmerzendes Bein aus, lehnte den Kopf nach hinten und schloss für einen Moment die Augen. Sehnlich wünschte er sich mit einem Glas Scotch und einem interessanten Gesprächspartner vor ein warmes Kaminfeuer. Der inhaltslose Klatsch und Tratsch der Gentlemen, die Oberflächlichkeiten und das aufgesetzte Gehabe, das im Letling's an der Tagesordnung war, widerten ihn an.

Aber immerhin wusste er nun einiges mehr über Cartmar, und schon allein deshalb hatte es sich gelohnt.

KAPITEL 10

Emilia saß mit ihrer Mutter am Frühstückstisch. Sie hatte schlechte Laune. Die Nacht war viel zu kurz gewesen, und sie ärgerte sich noch immer über Edward, der zu ihrer Verabredung hinter dem Rosengarten nicht erschienen war. Dabei hätte sie so dringend mit ihm reden müssen! Sie war es nicht gewohnt, versetzt zu werden, und das Mindeste, was er ihr schuldete, war eine aufrichtige Bitte um Verzeihung.

So wartete sie ungeduldig auf seinen morgendlichen Besuch, doch vermutlich würde es noch mindestens zwei Stunden dauern, bis er in Hardstaff House eintraf. Lord Hetherfords Drohung belastete Emilia noch immer, und ihr wäre sehr viel wohler, wenn Edward ihr versicherte, dass alles gut werden und er sich um eine Sondergenehmigung für die Eheschließung kümmern würde. Dann mussten sie nicht die üblichen Fristen abwarten, sondern konnten bald heiraten, und damit würden Lord Hetherfords Verunglimpfungen ins Leere laufen. Die Aussicht, schon so bald Edwards Frau zu werden, zauberte ihr nun doch ein kleines Lächeln ins Gesicht.

»Ich werde heute in die Stadt fahren und ein Eis essen«, verkündete Lady Hardstaff und holte Emilia damit aus ihren

Gedanken zurück. »Lady Gilberty hat von einem neuen Erdbeereis geschwärmt, das man unbedingt probiert haben muss.«

Emilia hob den Kopf und lächelte ihre Mutter an. Dieser war die Meinung von Lady Gilberty sehr wichtig und wenn diese befand, man müsse dies oder jenes ausprobiert haben, kamen etliche Londoner Damen dem nach.

»Geht es wirklich um das Eis oder um die Tatsache, dass Lady Gilberty dort sein wird?«

In der Gegenwart von Lady Gilberty gesehen zu werden, verschaffte gerade dem weniger namhaften Adel größere Bedeutung. Dies führte wiederum zu mehr Einladungen.

Lady Hardstaff warf Emilia einen bösen Blick zu, griff demonstrativ nach einem Gebäckstück und biss herzhaft hinein, ehe sie antwortete.

»Es geht natürlich um das Erdbeereis.«

Emilia lächelte nachsichtig und nahm einen Schluck Tee.

»Aber sollte Lady Gilberty auch dort sein, würde ich sie selbstverständlich begrüßen. Das gehört sich so. Vielleicht wäre es eine gute Idee, wenn du mitkämst. Es würde dir nicht schaden, dich mit einer einflussreichen Countess gut zu stellen.«

Schon in Kürze würde auch die Countess kein gutes Haar mehr an Emilia lassen, wenn bekannt werden sollte, dass sie sich heimlich mit ihrem Verlobten im Garten getroffen hatte. Emilia atmete tief durch und schob die unangenehmen Gedanken beiseite. Sobald sie mit Edward verheiratet war, konnte ihr nichts mehr passieren. Vielleicht blieben sie in London, vielleicht würden sie aufs Land ziehen und dort ein ruhiges Leben führen. Die Vorstellung, bald Kinder zu bekommen und sie auf dem Gut der Lastboroughs großzuziehen, kam ihr durchaus reizend vor. Edward hatte ihr von dem weitläufigen Anwesen erzählt, das inmitten sanfter Hügel und umringt von einigen kleinen Dörfern lag, und Emilia brannte darauf, ihr neues Heim endlich kennenzulernen.

Vielleicht konnten sie hin und wieder nach London kommen, um das Theater und die Oper zu besuchen und Einladungen zu Bällen und Soireen anzunehmen. Die Vorstellung, als Countess Lastborough selbst eine Soiree zu veranstalten, sagte ihr durchaus zu. Edward hätte sicher nichts dagegen.

»Ich bedauere sehr, dich nicht begleiten zu können. Ich bin mit Edward … Lord Lastborough verabredet.«

Lady Hardstaff zog eine ihrer sorgfältig nachgezogenen Augenbrauen hoch. »Ich wusste nicht, dass er sich für heute angekündigt hat.«

»Du kannst dennoch unbesorgt zum Eis-Essen fahren. Alexander wird heute zu Hause sein, und schließlich ist Lord Lastborough kein Fremder, sondern mein Verlobter.«

Emilia griff abermals nach ihrer Tasse, nahm einen Schluck und blickte gedankenverloren aus dem Fenster. Sie hoffte, dass Edward ihr eher früher als später seine Aufwartung machen würde.

Als ob ihr Bruder geahnt hätte, dass sie über ihn geredet hatten, öffnete sich die Tür, und er trat ein. Beide Damen waren angenehm überrascht, dass der Hausherr bereits wieder zu Hause war, denn das sah Alexander eigentlich nicht ähnlich. Normalerweise ritt er um diese Uhrzeit noch aus.

»Ich habe Mutter gesagt, dass du heute hier sein wirst«, platzte Emilia heraus, ohne ihrem Bruder einen guten Morgen zu wünschen, wie es angemessen gewesen wäre. »Das stimmt doch, oder, Alexander?« Sie stellte ihre Teetasse ab, die sie immer noch in Händen hielt und die inzwischen längst leer war.

»Guten Morgen, Alexander«, begrüßte Lady Hardstaff ihren Sohn reserviert.

Erst jetzt erkannte Emilia, dass ihr Bruder ungewöhnlich ernst aussah. Sein Halstuch war nachlässig gebunden, als hätte er es in aller Eile angelegt.

»Ich habe entsetzliche Neuigkeiten«, teilte er den Damen ohne weitere Umschweife mit. Er setzte sich nicht, sondern blieb vor dem Frühstückstisch stehen.

»Ist eines deiner Pferde verletzt, oder ist ein Jockey gestürzt?«, scherzte Lady Hardstaff und lachte gekünstelt.

Emilia warf ihrer Mutter einen finsteren Blick zu. Spürte sie nicht, dass es sich um ein wirklich ernstes Thema handeln musste, wenn Alexander in einer solchen Verfassung war?

»Lord Lastborough hat mich soeben aufgesucht.«

Emilias Kopf fuhr hoch, und sie sprang auf. »Wo ist Edward? Ich muss dringend mit ihm sprechen!«

»Setze dich, Emilia.« Es kam nicht oft vor, dass Alexander ihr in einem solchen Ton Anweisungen gab.

Wenn sie genauer darüber nachdachte, hatte er noch nie derart bestimmend mit ihr gesprochen. Langsam ließ sie sich auf ihren Stuhl sinken und blickte ihren Bruder mit großen Augen an.

»Was wollte Edward?«, fragte sie leise.

Eine feine Gänsehaut kroch ihre Arme entlang, und Emilia begann unwillkürlich zu frösteln.

»Nicht Edward«, sagte Alexander und wich ihrem Blick aus. »Charles Preston.«

Erleichtert stieß Emilia die angehaltene Luft aus.

Alexander irrte. Hier lag ein Missverständnis vor. Charles Preston war Edwards jüngerer Bruder, aber nicht der Earl of Lastborough, denn das war Edward.

»Der neue Lord Lastborough«, erklärte Alexander tonlos.

Emilia starrte ihren Bruder verständnislos an.

»Er war bei mir, um mir mitzuteilen, dass sein Bruder – Edward Preston, der frühere Earl of Lastborough – vergangene Nacht zu Tode kam.«

Das Rauschen in Emilias Ohren nahm zu. Sie wartete darauf, dass Alexander in Gelächter ausbrach und den Scherz aufklärte. Doch er tat nichts dergleichen. Ganz langsam sickerte die Erkenntnis in Emilias Verstand, dass ihr Bruder die Wahrheit sprach. Edward lebte nicht mehr.

»Das kann nicht dein Ernst sein, Alexander.« Lady Hardstaff griff sich an die Brust, als würde diese schmerzen. »Er kann nicht tot sein. Erst gestern hat er uns zum Ball begleitet, und wir sind mit seiner Kutsche zurückgekehrt. Bald wird er Emilia heiraten, und sie wird Countess werden.«

»Ich wünschte, es wäre so«, sagte Alexander traurig.

»Wie?«, verlangte Emilia zu wissen, und ihre Stimme brach.

Die Welt schien stillzustehen, und alles um sie herum fühlte sich vollkommen unwirklich an. Wie ein böser Traum, aus dem sie jeden Moment erwachen würde. Es war schlicht unmöglich, dass Edward nicht mehr unter ihnen weilte. Sie hatte ihn doch erst gestern gesehen. Das musste alles ein Irrtum sein – ein schrecklicher Irrtum.

»Die Polizei ermittelt noch, aber es handelt sich vermutlich um einen Raubmord.«

»Wie tragisch.« Lady Hardstaff schüttelte bestürzt den Kopf.

»Lord Lastborough, also Charles Preston, der neue Lord Lastborough, hat mich aufgesucht, um mir mitzuteilen, dass die Vereinbarung unserer Familien damit nichtig ist.«

Emilia hörte die Worte ihres Bruders, begriff sie aber nicht. Ein dunstiger Schleier hatte sich über ihren Verstand gelegt, den nichts durchdringen konnte.

»Aber *er* könnte doch stattdessen Emilia heiraten«, schlug Lady Hardstaff vor.

Seltsamerweise kam der Vorschlag ihrer Mutter sehr deutlich bei Emilia an. Diese Idee entbehrte jeglicher Realität.

»Mutter!«, riefen sie und Alexander gleichzeitig.

Emilia war Edwards Bruder nur zwei Mal flüchtig begegnet, aber eins stand fest. Ihn würde sie gewiss nicht heiraten. Selten hatte sie einen unsympathischeren Menschen gesehen. Charles Preston hatte sie von oben herab behandelt, als stünde er gesellschaftlich weit über ihr. Außerdem liebte sie doch Edward. Verzweiflung übermannte sie.

»Das steht nicht zur Diskussion, Mutter«, erklärte Alexander entschieden. Dann wandte er sich Emilia zu. »Wo ist das Collier?«

Das Collier? Verdutzt blinzelte sie.

Was interessierte sie jetzt das Collier? Edward war tot, das war alles, um das sich ihre Gedanken drehten.

»Das Collier«, ermahnte Alexander sie. »Lastborough verlangt es zurück, und ich will das Kapitel mit dieser Familie zügig abschließen.«

Es hörte sich so falsch an, wie er Edwards Namen benutzte und doch nicht ihn meinte. Wie konnte Alexander nur so grausam sein? Edward war mehr als ein Kapitel, und Emilia wollte es nicht abschließen, sie wollte ihn zurückhaben.

»Oben auf der Kommode in meinem Zimmer«, hauchte Emilia tonlos.

Am vergangenen Abend hatte Beth, das Dienstmädchen, ihr beim Auskleiden geholfen und das Schmuckstück dort abgelegt. Emilia erhob sich mechanisch, um hinaufzugehen und es zu holen. Der Appetit war ihr ohnehin vergangen. Alles fühlte sich kalt und dunkel an, und Emilia konnte es keinen Moment länger in diesem engen Raum aushalten.

»Ich werde es holen lassen«, winkte Alexander ab, als er sah, dass sie sich erhob.

Emilia fand nicht die Kraft, ihm zu widersprechen. Ohnehin war alles belanglos, und so ließ sie sich zurück auf den Stuhl fallen, saß einfach nur da und starrte vor sich hin. Edward war fort. Er hatte sie verlassen und würde nie mehr zurückkehren.

»Edward«, schluchzte Emilia und sprang nun doch auf.

Ohne auf die Proteste ihrer Mutter zu achten, rannte sie aus dem Frühstücksraum, stolperte die Treppe hinauf und war noch vor Beth in ihrer Kammer. Sie griff das Collier, kehrte ins Treppenhaus zurück und warf das Schmuckstück über die Brüstung hinunter in die Eingangshalle.

»Emilia!«, rief Alexander gereizt von unten.

»Nimm das blöde Ding und bring es Edwards Familie! Ich will es nie wieder in diesem Haus sehen und noch viel weniger will ich je wieder über die Lastboroughs sprechen!«

Tränen liefen über ihre Wangen, als sie auf dem Absatz kehrt machte und in ihr Zimmer stürmte. Ihr Leben lag in Trümmern. Innerhalb kürzester Zeit hatte sich die bunte und verheißungsvolle Zukunft in Luft aufgelöst, wie eine zerplatzende Seifenblase. Von ihren Hoffnungen und Träumen war nichts mehr geblieben.

Weinend ließ sich Emilia auf das Bett fallen. Ihr ganzer Körper schmerzte. Sie konnte Edward nicht loslassen. Sie brauchte ihn wie die Luft zum Atmen. Er gehörte zu ihr. Wie sollte sie nur ohne ihn weiterleben? Wenn er nicht mehr da war, was hatte ihr Leben überhaupt noch für einen Sinn? Schon jetzt vermisste sie ihn ungeheuerlich. Es tat so weh.

Schluchzend barg sie ihr Gesicht im Kopfkissen und krallte sich in die Laken. Dabei hatte sie das Gefühl, als zerbräche sie innerlich.

KAPITEL
11

Alle Bemühungen, mehr über das mysteriöse Ableben des Earls of Lastborough zu erfahren, verliefen sehr zu Andrews Verdruss im Nichts. Selbst Rooth, der normalerweise über hervorragende Kontakte verfügte, gelang es nicht, an neue Informationen zu kommen.

Einen Tag nach Lastboroughs Tod hatte der Commander Andrew gebeten, das Smaragd-Collier an sich zu bringen. Er verfügte zwar über genügend Barmittel, dennoch war es ihm nicht gelungen, das Schmuckstück aufzuspüren. An Emilia Colby, die sich nach dem Tod ihres Verlobten nicht mehr in der Gesellschaft gezeigt hatte, war kein Herankommen möglich. Derzeit hielt sie sich zwar noch immer in London auf, empfing allerdings keinen Besuch. Da er weder mit ihr noch mit Lady Hardstaff oder dem Earl of Hardstaff bekannt war, erübrigte sich das ohnehin. Der neue Earl of Lastborough war umgehend aufs Land gefahren, um dort seine Angelegenheiten zu regeln. Andrew war daher zum Nichtstun verdammt und langweilte sich zunehmend.

Als Andrew an diesem Morgen in seinem Arbeitszimmer saß, seinen Tee trank und die Zeitung las, in der mehr Mutmaßungen als Fakten über Lastboroughs Leben zusammengetragen worden waren, wanderten seine Gedanken auffällig oft zu Lady Emilia Colby. Wie mochte es ihr ergehen?

Selbstverständlich befand sie sich aktuell in tiefer Trauer, doch sie war noch jung, und es würde nicht lange dauern, bis sie in die Gesellschaft zurückkehrte und einem anderen Mann ihre Aufmerksamkeit schenkte. Dass ihm diese Vorstellung missfiel, ignorierte er ebenso wie die Tatsache, dass seine Gedanken viel zu häufig um sie kreisten – was wahrhaftig nicht daran lag, dass sie das Smaragd-Collier getragen hatte.

Rooth trat ein und überreichte ihm einen Brief. Hätte es sich um normale Post gehandelt, hätte sein Butler ihm diesen zusammen mit der täglichen Korrespondenz und den unzähligen Einladungen auf einem Silbertablett gebracht. Aber so konnte es sich nur um eine Nachricht des Commanders handeln.

Andrew nahm das Schreiben entgegen und drehte es um. Der Brief trug kein Siegel. Damit war der endgültige Beweis erbracht, dass es sich um eine Nachricht des Commanders handelte, da diese stets ohne Siegel kamen. Er brach das Wachs und entfaltete den Brief. Ein weiteres gefaltetes Blatt fiel ihm entgegen. Im Gegensatz zu dem Ersten trug dieses jedoch ein Siegel. Nachdenklich betrachtete Andrew den versiegelten, aber unbeschrifteten Brief, legte ihn schließlich zur Seite und widmete sich zunächst dem unversiegelten. Nachdenklich überflog er die Zeilen, während Rooth neben ihm stehen geblieben war und auf weitere Anweisungen wartete. Da sein Kammerdiener in alle Belange eingeweiht war, störte es Andrew nicht.

»Lass die Kutsche vorfahren«, wies er Rooth an, nachdem er fertiggelesen hatte, und griff nach seiner Teetasse, um den Rest zu leeren.

»Soll ich dich begleiten?«, erkundigte sich der Kammerdiener.

Andrew schüttelte den Kopf. »Das ist nicht nötig. Ich werde einen Constabler in der Bow Street aufsuchen.« Er reichte das Schriftstück an seinen Kammerdiener weiter, der es überflog. Dann verzog Rooth den Mund. »Meine Kontakte zu den Bow Street Runners haben leider nichts ergeben.«

»Dann hoffen wir, dass ich mit dieser Adresse mehr Glück haben werde.«

Rooth nickte und entfernte sich, um die Kutsche vorfahren zu lassen. Andrew faltete währenddessen in aller Ruhe seine Zeitung zusammen und steckte den verschlossenen Siegelbrief ein. Er kannte seinen Inhalt nicht, wusste aber, dass er ihm Tür und Tor öffnen würde. Routiniert griff Andrew nach seinem Stock. Das regnerische Wetter in London bekamen seinem Bein überhaupt nicht. Schon wieder pochte es äußerst unangenehm. Da er nichts davon hielt, sich seinen Verstand mit Laudanum zu vernebeln, ertrug er den Schmerz lieber mit stoischer Ignoranz. Etwas anderes half nicht. Dennoch hoffte er, bald das trübe London verlassen zu können und in die angenehme Abgeschiedenheit seines Landsitzes zurückzukehren.

Als Andrew die Halle betrat, erwartete sein Butler ihn bereits mit Umhang, Handschuhen und Hut. Dankbar für die Hilfe ließ er sich ankleiden und machte sich auf den Weg in die Bow Street.

Es war nicht ungewöhnlich, dass eine Kutsche vor dem Polizeigebäude hielt. Etwas ungewöhnlicher war jedoch, dass ein Marquess ausstieg, und noch wesentlich ungewöhnlicher war die Uhrzeit, zu der dies geschah. Andrew betrat das Gebäude und sah sich suchend um. Der Eingangsbereich war nahezu leer. Lediglich ein Uniformierter stand hinter einem Tresen und wartete darauf, dass er näherkam und sein Anliegen kundtat.

Andrew hinterließ seine Karte und verlangte, Constabler John Pinzer zu sprechen. Die Frage, ob er einen Termin hätte, musste er verneinen, doch da der Constabler bereits im Haus war, ließ der Uniformierte nachfragen, ob dieser gerade etwas Zeit erübrigen konnte.

»Bitte warten Sie dort drüben, Mylord«, bat der Mann, und Andrew schlenderte hinüber zu einer Säule, um zu warten.

Nach ihm war ein Ehepaar eingetreten, die nun ihr Anliegen vorbrachten.

Es dauerte nicht lange, und ein jüngerer Mann kam beschwingt die breite Treppe hinunter. Er trug eine einfache Baumwollhose, ein blütenweißes Hemd mit hochgerollten Hemdsärmeln und eine karierte Weste. Den Gehrock musste er abgelegt haben. Andrew beachtete den Herunterkommenden nicht weiter, schließlich wartete er auf einen Constabler. Allerdings kam der Mann direkt auf ihn zu.

»Constabler John Pinzer«, stellte er sich vor und streckte ihm herausfordernd die Hand entgegen.

Es war ein Affront einem Adeligen gegenüber, und manch einer hätte die Geste übergangen. Andrew dagegen ergriff die ihm dargebotene Hand.

»Sehr erfreut, Constabler. Ich bin Andrew Stone, Marquess of Ashwood«, stellte er sich vor.

Unmerklich weiteten sich die Augen des jungen Mannes. Er hatte also tatsächlich nicht gewusst, wen er vor sich hatte. Jedoch zeugte es von Format, dass er sich nichts anmerken ließ und sich weder von Andrews Rang noch von seinem Titel einschüchtern ließ.

»Was kann ich für Sie tun, Mylord?«

»Sie wurden mir von einem Freund empfohlen«, erklärte Andrew und sah sich um.

Neben dem Ehepaar hatten zwei weitere Herren die Halle betreten. Auf der Treppe erschienen in diesem Augenblick zwei Männer in der typischen Bow-Street-Runner-Uniform. Für Andrews Geschmack war es hier eindeutig zu voll geworden, um derart delikate Angelegenheiten zu diskutieren.

»Gibt es einen Ort, an dem wir uns ungestört unterhalten können?«, fragte er deshalb.

»Selbstverständlich. Bitte folgen Sie mir.«

Pinzer führte Andrew die Treppe hinauf und durch einen langen Gang. Nachdem sie einmal nach links und dann nach rechts abgebogen waren, hielten sie schließlich vor einer schmucklosen Holztür an.

»Hier wären wir«, erklärte Pinzer und ließ seinem Gast den Vortritt.

Andrew trat ein. Der Constabler folgte ihm und schloss die Tür hinter sich. Direkt gegenüber befand sich ein einfaches Fenster ohne Vorhänge. An der linken Wand des recht kleinen Raumes stand ein abschließbares Sideboard. Den meisten Platz nahm ein Schreibtisch ein, auf dem kreuz und quer Papiere lagen. Davor stand ein einfacher Holzstuhl, der für Besucher gedacht war.

»Nehmen Sie Platz«, bat der Bow Street Runner, umrundete den Tisch und sammelte die herumliegenden Dokumente ein. Andrew setzte sich, während sein Gegenüber versuchte, ein wenig Ordnung zu schaffen. »Ich arbeite gerade an einem Fall«, entschuldigte sich Pinzer.

»Mich stört es nicht«, schmunzelte Andrew.

Ihm gefiel die Gewissenhaftigkeit des Bow Street Runners, und so wartete er gern, bis der Constabler ihm seine ungeteilte Aufmerksamkeit schenken konnte.

Nachdem Pinzer seine Unterlagen fortgeräumt, sich hinter seinen Schreibtisch gesetzt und die Fingerspitzen aneinandergelegt hatte, galt seine gesamte Aufmerksamkeit nun Andrew. »Was kann ich nun für Sie tun?«

»Ich hätte gern ein paar Einzelheiten zu dem mysteriösen Tod von Edward Preston, dem verstorbenen Earl of Lastborough.«

Pinzer runzelte die Stirn. »Ich habe von der Angelegenheit gehört, aber es ist nicht mein Fall. Ein Kollege arbeitet daran.«

»Wäre es möglich, einen Blick in die Akten zu werfen?« Andrew wartete gespannt auf die Reaktion des Constablers.

Diese blieb verhalten. »Darf ich fragen, was Sie mit dem Fall zu tun haben? Ich möchte Ihnen nicht zu nahetreten, aber bitte haben Sie Verständnis, dass ich Sie nicht einfach so in die Einzelheiten einweihen kann.«

Damit hatte Andrew gerechnet und bereits eine Antwort parat, gegen die Pinzer nichts einwenden konnte.

»Meine Funktion als Mitglied des Oberhauses legitimiert meine Bitte.«

Noch immer blieb der Bow Street Runner reserviert. »Ich kann gern eine Anfrage stellen.«

Es gefiel Andrew, dass Pinzer es ihm nicht einfach machte und Informationen nicht leichtfertig herausgab. Er griff in seine Innentasche und zog den Brief hervor, um ihn Pinzer zu reichen. Die Augen des Constablers weiteten sich unmerklich, als er das Siegel erkannte.

»Der Brief ist für Sie. Öffnen Sie ihn«, forderte Andrew sein Gegenüber auf.

Nur zögerlich kam Pinzer der Aufforderung nach, aber schließlich erbrach er das Siegel und überflog die Zeilen. »Selbstverständlich befugt Sie dieses Schreiben, Einsicht in die Akten zu nehmen«, stimmte Pinzer zu. »Ich werde die nötigen Unterlagen holen, dann können wir darüber sprechen.« Er erhob sich umgehend.

Obwohl er es schon oft erlebt hatte, staunte Andrew immer wieder, wie leicht man mit einem einflussreichen Namen an Informationen kam. Selbst das gut gehütete Archiv der Londoner Polizei stellte in diesem Fall kein Hindernis dar. Nur gut, dass der Commander auf der richtigen Seite stand.

Pinzer kehrte zurück, setzte sich ihm gegenüber und öffnete eine dicke Aktenmappe. »Ich muss mir selbst schnell einen Überblick verschaffen«, entschuldigte er sich und überflog die einzelnen Papiere.

»Der Kollege hat sehr sauber gearbeitet«, befand er nach einer Weile und legte Andrew die Vernehmungsprotokolle vor.

Darin waren sowohl einige Anwohner als auch der Passant, der den Leichnam gefunden hatte, ausführlich befragt worden. Leider stimmten die Aussagen aller Beteiligten überein. Niemand hatte gesehen, wie der Earl zu Tode gekommen war. Allerdings fehlten die Geldbörse, die Uhr und der Siegelring, die der Tote nach Aussagen der Familie bei sich getragen haben sollte. Andrew nahm den Bericht des Gerichtsmediziners entgegen. Er verstand zwar nur die Hälfte, doch es ging klar daraus hervor, dass Lastborough an der Stichwunde im Bauch gestorben war. Schließlich schob Pinzer ihm noch eine Skizze des Tatorts zu. Darauf war sauber festgehalten, wie der Tote aufgefunden worden war: Bäuchlings auf der Straße liegend, eine größere Blutlache vom Bauch ausgehend unter sich.

»Wenn Sie mich fragen«, schloss der Constabler, »werden wir nie erfahren, warum er gestorben ist. Ob es ein gezielter Anschlag oder Kalkül war, lässt sich nicht herausfinden.«

»Wer profitiert denn vom Ableben des Earls?«, hakte Andrew nach.

»In erster Linie sein jüngerer Bruder.« Pinzer blickte auf eine Notiz. »Charles Preston darf sich nun Earl of Lastborough nennen. Er weilt derzeit in London und wartet auf die sterblichen Überreste seines Bruders. Sobald sie freigegeben sind, will er ihn in der Familiengruft beisetzen lassen.« Der Constabler blickte kurz auf. »Ich kann mir aber nicht vorstellen, dass er etwas mit Lastboroughs Tod zu tun hat. Wie aus der Befragung hervorgeht, war Charles Preston eigentlich im Begriff, England zu verlassen, und musste nun seine Reisepläne auf unbestimmte Zeit verschieben.«

Andrew runzelte die Stirn. So interessant die Ermittlungsakte auch war, leider brachte sie ihn kein Stück weiter.

»Ich danke Ihnen.« Er schob die Papiere über den Schreibtisch zurück.

Pinzer nahm sie entgegen und stapelte die Schriftstücke ordentlich vor sich. »Kann ich sonst noch etwas für Sie tun?«

Andrew schüttelte den Kopf. »Ich denke nicht, aber ich danke Ihnen für die Hilfe.«

Der Bow Street Runner nickte, schloss die Akte und erhob sich. »Wenn Sie es wünschen, werde ich Sie zum Ausgang bringen.«

Darüber war Andrew in der Tat froh. Mit Sicherheit hätte er sich in dem weitläufigen Gebäude verlaufen.

»Sollten Sie im Nachgang noch Informationen benötigen, können Sie sich gern an mich wenden«, erbot sich der Constabler auf dem Rückweg, was Andrew dankend annahm. Diesmal war er es, der dem Bow Street Runner die Hand zum Abschied entgegenstreckte. Mit einem Lächeln schlug Pinzer ein. »Ich wünsche Ihnen viel Erfolg.«

»Vielen Dank.«

Andrew zog den Hut tiefer in die Stirn und verließ das Polizeigebäude, sich des Blicks des Constablers in seinem Rücken sehr wohl bewusst. Er hatte gelernt, keine Fragen zu stellen, dennoch interessierte ihn, ob Pinzer mit dem Commander bekannt war, oder ob allein dessen Name ausgereicht hatte, Andrew sämtliche Türen zu öffnen.

KAPITEL 12

Drei Wochen waren seit dem Tod von Edward vergangen, und noch immer fühlte Emilia sich grauenvoll. Die Welt war stehengeblieben. Ein Tag glich dem anderen in seiner tristen Belanglosigkeit. Kraftlos lag sie im Bett, starrte vor sich hin, aß lustlos, wenn Beth ihr etwas brachte, und weinte sich in den Schlaf. Der Regen, der vor ihrem Fenster niederging, spiegelte ihre düstere Stimmung wider. Beinahe hatte es den Anschein, als beweinte London selbst das grauenvolle Ableben des Earls of Lastborough.

Nach der ersten Verzweiflung über Edwards Tod folgte die Wut. Wie konnte er sie einfach zurücklassen? Wie konnte er es wagen, sie nicht zur Frau zu nehmen? Er hatte sie nicht nur verlassen, er hatte sie auch all ihrer Träume beraubt! Schlimmer noch, ihrer Zukunft! Niemals würde sie nun gemeinsam mit Edward in seinem Landhaus leben, niemals würden sie Kinder haben, die sie gemeinsam aufwachsen sehen würden. Der Verlust schmerzte so ungeheuer, dass Emilia nicht wusste, wie sie weiterleben sollte.

Ein weiterer Tag brach an und wieder glich er den vorangegangenen, bis Lady Hardstaff am späten Nachmittag in Emilias Zimmer marschierte, eine Reihe Bedienstete im

Schlepptau. Die Vorhänge wurden zurückgezogen und die Fenster aufgerissen. Zu Emilias Entsetzen schien die Sonne, und angenehm warme, frische Luft durchflutete den Raum. Ein Zuber und heißes Wasser wurden herbeigeschafft und Emilia genötigt, in die Wanne zu steigen. Dies ließ sie noch willenlos über sich ergehen, aber als Beth ein Ausgehkleid zurechtlegte, protestierte Emilia entschieden.

»Es wird Zeit, dass du aufhörst, Trübsal zu blasen«, erklärte Lady Hardstaff entschlossen.

Emilia wusste aus Erfahrung, dass bei diesem Ton Widerstand zwecklos war. Unter ihrem wachsamen Blick stieg sie in das bereitgelegte Kleid. Beth frisierte ihr Haar und trug Puder auf, um ihre Blässe zu kaschieren.

»Deine Rückkehr in die Gesellschaft ist überfällig. Die Saison ist noch nicht vorbei, und sicher findet sich ein Gentleman, der dich ehelichen wird«, sagte Lady Hardstaff, als Emilia Stunden später in eine stinkende Mietdroschke einstieg.

Emilia fand es noch viel zu früh, in die Gesellschaft zurückzukehren, und auf einen rauschenden Ball hatte sie noch weniger Lust. Dennoch fuhren sie unaufhaltsam Ranshire House entgegen, wo zu Ehren der beiden Debütantinnen, Lady Bethany und Lady Jennifer, der Erste von zwei geplanten Bällen stattfand.

Emilia starrte ihre Mutter finster an. Ihr war nicht nach vergnüglichem Tanz. Wenn es nach ihr gegangen wäre, hätte sie ihr Bett nicht verlassen. Sie war noch längst nicht bereit für die Gesellschaft anderer Leute. Daran, sich einen neuen

Mann zu suchen, dachte sie nicht im Entferntesten. Alles in ihr sträubte sich. Sie liebte Edward und daran würde sich nichts ändern. Niemals.

»Ein wenig Ablenkung wird dir guttun«, verkündete Lady Hardstaff bestimmt. »Es gibt etliche gutaussehende Gentlemen, die sich noch nicht festgelegt haben.«

»Den einen, den ich heiraten wollte, habe ich bereits gefunden.« Emilia kämpfte gegen die Tränen an.

»Du wirst jetzt nicht anfangen zu weinen«, schimpfte ihre Mutter. »Du würdest das ganze Puder verschmieren.«

Also ob Emilia dies stören würde. Dennoch verkniff sie sich tapfer die Tränen.

»Auf diesem Ball werden viele interessante Gentlemen sein. Ein Earl wäre natürlich eine hervorragende Partie, aber auch der zweite Sohn eines Marquess böte eine Möglichkeit.«

»Kennst du einen?«, fragte Emilia und starrte resigniert aus dem Fenster.

Lady Hardstaff legte die Stirn in Falten und schüttelte den Kopf. »Wenn es keinen passenden Zweitgeborenen gibt, dann eben einen Viscount oder einen Baron. Ein gutbetuchter Engländer, auch ohne Titel, käme ebenfalls in Frage«, überlegte Lady Hardstaff laut. »Ein Ausländer eher nicht.«

»Mutter.«

Die Countess reagierte nicht. »Ich habe gehört, Lord Blankers hat um Miss Regenton-Millers Hand angehalten.«

Der aktuelle Tratsch interessierte Emilia nicht. »Mutter.«

»Die beiden sind wirklich ein bezauberndes Paar. Zu bedauerlich, Lord Blankers wäre auch für dich eine hervorragende Partie gewesen. Er wird irgendwann den Titel eines Earls erben, und dann wärst du eine Countess.«

Emilia konnte das Geschwätz ihrer Mutter nicht länger ertragen. »Mutter!!!«, rief sie. »Es reicht!«

Erschrocken hielt Lady Hardstaff inne.

»Ich liebe Edward und ich kann keinen anderen Mann ehelichen.«

Lady Hardstaff kniff die Lippen zusammen »Ich fürchte, dir wird nichts anderes übrigbleiben.«

Finster starrten sie sich an. Verstand ihre Mutter nicht, dass Emilia nicht anders konnte? Auch sie hatte sich ihr Leben anders vorgestellt, und die Vorstellung, nach Hardstaff Hall, dem Landsitz ihrer Familie, zurückzukehren und dort als alte Jungfer zu enden, erfüllte sie mit Grauen. Emilia wünschte sich eine eigene Familie, einen Mann, den sie liebte, doch mit Edwards Tod waren ihre Träume zerplatzt. Sie würde nie wieder glücklich werden können. Doch das würde ihre Mutter nie akzeptieren.

Um wenigstens etwas Zeit zu gewinnen, schlug sie versöhnlich vor: »Vielleicht setze ich die Saison aus.«

Entrüstet blickte Lady Hardstaff sie an. »Unmöglich! Das kommt nicht in Frage.«

»Nur diese Saison«, bat Emilia mit aufkeimender Verzweiflung.

»Alexander ist uneinsichtig und leider einer Ehe nicht aufgeschlossen. Auch mit Zahlen hat er es nicht so. Ich habe seine Bücher gesehen und ich verstehe genug davon, um dir zu versichern, dass unsere Familie kurz vor dem Ruin steht.«

Entgeistert starrten die beiden Frauen sich an. Es war nicht zu sagen, welche überraschter war. Emilias Familie war nie überaus wohlhabend gewesen, aber es reichte, um gut zu leben. Geld gehörte ohnehin zu den Dingen, über die eine Lady nicht sprach. Dass so etwas nun ausgerechnet Lady Hardstaff herausgerutscht war, wäre überaus lustig gewesen, wenn das Thema nicht so besorgniserregend gewesen wäre.

»Die Pferde verbrauchen Unsummen und bringen viel zu wenig Gewinn. Und wenn du wüsstest, was erst ein Jockey kostet!« Lady Hardstaff verdrehte die Augen. »Ich habe mit Alexander gesprochen, mehr als einmal, aber er ist starrsinnig. Eine weitere Saison in London werden wir uns nicht leisten können. Spätestens Ende des Jahres wird dein Bruder auch das Stadthaus verkaufen müssen. Du musst noch in dieser Saison einen geeigneten Ehemann finden, damit zumindest du abgesichert bist.«

Emilia schluckte. Die Last, die ihre Mutter ihr damit aufbürdete, war erdrückend. Deutlicher hätten die Worte der Countess of Hardstaff nicht sein können. Emilia spürte die Besorgnis ihrer Mutter, was ungewöhnlich für sie war, denn normalerweise ging sie verträumt und manchmal auch etwas naiv durchs Leben. Alles Unangenehme verdrängte sie und konzentrierte sich nur auf die angenehmen Dinge des Lebens. Von einer Sekunde auf die andere war Emilias Situation, die ihr bereits desolat erschienen war, vollkommen ausweglos geworden. Erschüttert starrte sie ihre Mutter an.

Lady Hardstaff senkte traurig den Kopf. »Ich wünschte, es gäbe eine andere Lösung«, murmelte sie. Mit einem Mal ging eine seltsame Wandlung mit der Countess vonstatten. Sie hob den Kopf, und ein strahlendes Lächeln erschien auf ihren Lippen.

»Mr. Wenth!«, rief sie, als wäre der Name heilsbringend. »Mir ist zu Ohren gekommen, er sei auf der Suche nach einer geeigneten Frau. Zwar ist er nur der Sohn eines Barons, aber immerhin wird er eines Tages den Titel erben.«

»Mutter, bitte«, unterbrach Emilia Lady Hardstaff erschöpft.

Sie kannte diesen Mr. Wenth nicht, und es lag ihr fern, die Bekanntschaft dieses Gentlemans zu machen. So sehr sie das Drängen ihrer Mutter nun verstand, fühlte Emilia sich derzeit nicht in der Lage, sich auf die Suche nach einem Ehemann zu machen. Ein kleiner Lichtblick war zumindest, dass Lord Hetherford nun keinen Grund mehr hatte, ihr nachzustellen. Zwar hatte sie inständig gehofft, das Problem anders zu lösen, aber zumindest musste sie von dieser Seite nun nichts mehr fürchten.

»Nach dem Stadthaus wird das Landgut an der Reihe sein. Es wird keinen Ort geben, an dem wir wohnen können.« Die Countess beugte sich vor und strich Emilia sorgenvoll über die Wange. »Ich weiß, es ist nicht leicht für dich, aber ich muss an deine Zukunft denken und ich werde nicht zulassen, dass du alles wegwirfst. Wir werden einen Ehemann für dich finden und ein Heim, in dem du leben kannst.«

Verzweifelt schloss Emilia die Augen und kämpfte gegen die aufsteigenden Tränen an. Sie musste jetzt stark sein.

Die Kutsche hielt vor Ranshire House, und ein Lakai öffnete den Wagenschlag. Zuerst stieg Lady Hardstaff aus, Emilia folgte. Die Frauen reihten sich in den Besucherstrom ein und wurden in den Aufenthaltsraum der Damen geführt. Dort legte man die Mäntel ab, erneuerte Frisuren und Make-up und brachte sich mit einem Glas Punsch in Stimmung.

Emilia spürte die mitleidigen Blicke, mit denen die Frauen sie bedachten. Da sie mit Edward nicht verheiratet gewesen war, waren Beileidsbekundungen nicht angebracht, und so kam niemand auf sie zu. Aber das war ihr gerade recht. Sie hätte es nicht ertragen, würde sie jemand auf Edward ansprechen. Die Zeit, bis sie in den Ballsaal gehen konnten, zog sich ins Unermessliche.

KAPITEL 13

»Lächle«, mahnte Lady Hardstaff ihre Tochter, als sie Emilia in den Saal schob und grüßend nach beiden Seiten nickte.

Mechanisch setzte Emilia einen Fuß vor den anderen und lächelte verkrampft. Die Menschen, an denen sie vorbeiging, nahm sie kaum wahr. Keiner von ihnen hatte irgendeine Bedeutung für sie, denn Edward war nicht unter ihnen. Früher hatte sie große Freude beim Betreten eines Ballsaals empfunden und erwartungsvoll die gespannte Atmosphäre in sich aufgesogen, doch jetzt kam ihr alles belanglos vor. Es schien, als wären die Kleider weniger bunt, und als brannten die Kerzen weniger hell.

»Reiß dich zusammen!«, zischte Lady Hardstaff ihr zu und lächelte entschuldigend in beide Richtungen.

Eine Freundin ihrer Mutter streckte die Hände nach der Countess aus, und sie begrüßten sich herzlich. Emilia blieb unbeteiligt dabeistehen und wartete, bis sie weitergingen. Niemand nahm Notiz von ihr.

»Hier ist ein guter Platz, um gesehen zu werden«, entschied Lady Hardstaff und zog ihre Tochter an ihre Seite.

Die Countess strahlte jeden an, der sich ihnen näherte, doch die meisten machten einen großen Bogen um sie. Lediglich die eine oder andere Freundin ihrer Mutter kam zu ihnen, wechselte ein paar höfliche Worte und verabschiedete sich wieder.

»So langsam könnten die Herren sich endlich in deine Tanzkarte eintragen«, zischte die Countess zwischen zusammengebissenen Zähnen und lächelte Lord und Lady Dummer freundlich zu, die in diesem Moment an ihnen vorbeipromenierten.

Emilia konnte nicht behaupten, dass die mangelnde Aufmerksamkeit sie betrübte. Sie hatte kein Interesse an einem Tanz. Ihr Herz war schwer wie Blei, und sie vermisste Edward mit jeder Sekunde mehr. Er war immer der Erste gewesen, der sich in ihre Tanzkarte eingetragen hatte. Danach waren seine Freunde an die Reihe gekommen. Doch Edward war nicht mehr hier, und seine Freunde hatten sich anderen Damen zugewandt.

»Sieh doch nur, dort ist Charles Wenth.« Aufgeregt zupfte Lady Hardstaff am Emilias Arm. »Ein wirklich stattlicher Mann.«

Mit seiner Kniebundhose – sämtliche anderen anwesenden Herren trugen langgeschnittene Hosen, die bis zu den Knöcheln reichten – sah er reichlich lächerlich aus. Die Haare waren zu lang, um gepflegt zu wirken, und auf seinem Kinn sah man bereits einen leichten Bartschatten. Emilia legte wirklich keinen Wert darauf, näher mit ihm Bekanntschaft zu machen. In diesem Moment trat ein Mann zu ihnen, dessen Gesellschaft sie allerdings noch viel weniger ertragen konnte.

»Lady Hardstaff, Lady Emilia.« Lord Hetherford verbeugte sich tief vor den beiden Damen und grinste Emilia an.

Dabei entblößte er seine schiefen Schneidezähne, die sie so abstoßend fand. Ein dicker Kloß bildete sich in ihrem Hals. Was wollte Hetherford hier?

»Lord Hetherford. Es ist ganz reizend, dass Sie hier sind.« Lady Hardstaff war sichtlich erfreut, den Nachbarn zu sehen, dennoch galt ihre Aufmerksamkeit nach wie vor Mr. Wenth. »Wären Sie so freundlich, meiner Tochter einen Moment Gesellschaft zu leisten, gerade bietet sich eine günstige Gelegenheit, mich mit Mr. Wenth zu unterhalten. Er ist ein so reizender junger Mann, den ich Emilia unbedingt vorstellen möchte.«

»Aber gewiss, Lady Hardstaff.« Der Viscount verbeugte sich und wartete, bis sich die Countess entfernt hatte, dann wandte er sich unvermittelt Emilia zu, und seine Miene wurde ernst. Das schmierige Lächeln wich einem gierigen Funkeln in den Augen. »Ich habe dich sehr vermisst, Emilia.«

Es war regelrecht ungebührlich, wie er mit ihr sprach. Doch gerade, als sie ihn zurechtweisen wollte, kam er ihr zuvor.

»Ich hoffe, du hast unser letztes Gespräch nicht vergessen.«

Mit einem Mal wurde Emilia blass. Sie war davon ausgegangen, dass sich das Thema mit Edwards Tod erledigt hatte. Jetzt musste sie jedoch feststellen, dass sie zu naiv gewesen war.

»Nun, die Dinge haben sich in der Zwischenzeit ein wenig geändert.« Er befeuchtete seine Lippen, und Emilia musste unwillkürlich an einen sabbernden Hund denken. »Du bist nun nicht mehr verlobt, aber dennoch ruiniert, wenn Zweifel über deine Unschuld die Runde machen sollten.« Er rückte näher an sie heran. »Gib mir deine Tanzkarte.«

Emilia wollte laut protestierend ablehnen. Es wäre aber unklug gewesen, hier in aller Öffentlichkeit eine Szene zu machen, und so händigte sie ihm widerwillig die Karte aus. Er trug sich für den ersten Tanz ein.

Die Vorstellung, seine dicken Finger auf ihrer bloßen Haut zu spüren, verursachte ihr jetzt schon Übelkeit. Nein, sie konnte sich Lord Hetherford nicht hingeben. Unmöglich. Lieber nahm sie einen Skandal in Kauf. Dieser würde allerdings ihr Leben ruinieren und obendrein ein schlechtes Licht auf ihre Familie werfen. In Verbindung mit den finanziellen Problemen lief sie unter diesen Umständen jedoch ernsthaft Gefahr, alles zu verlieren. Einsam und mittellos würde sie in einer schäbigen Baracke auf dem Land sterben.

Die Angst schnürte Emilia die Kehle zu, und Verzweiflung bemächtigte sich ihrer. Sie konnte Lord Hetherford keinesfalls Zugeständnisse machen, aber ebenso wenig konnte sie ihren Ruin zulassen. Würde bekannt werden, dass sie keine Jungfrau mehr war, würde kein Gentleman sie mehr zur Frau haben wollen. Einen Kuss mit ihrem Verlobten hätte man ihr vielleicht noch verzeihen können, aber über eine verlorene Unschuld konnte kein zukünftiger Ehemann hinwegsehen. Warum hatte Edward sie nur allein gelassen? Wie hatte er ihr das antun können? Emilia schluckte und dachte fieberhaft nach.

»Ich kann nicht.« Es kostete Emilia sämtliche Anstrengung, diese Worte über die Lippen zu bringen.

Hetherford lachte leise. »Ich will großzügig sein«, sagte der Viscount großspurig. »Ich räume dir Bedenkzeit ein, aber sie wird nicht ewig sein.«

Hastig nickte Emilia. Das war besser als nichts.

Hetherford gab ihr die Karte zurück. Dabei verweilten seine Finger viel zu lange auf ihrem Handrücken. »Vielleicht finde ich genug Gefallen an dir, dass ich um dich werbe, trotz dass du schon benutzte Ware bist.«

Am liebsten hätte Emilia ihm ins Gesicht gespuckt. Was erlaubte er sich, sie als Ware zu bezeichnen? Sie war ein Mensch!

Glücklicherweise trat in diesem Moment Lady Hardstaff zu ihnen. Ein Schritt hinter ihr lief Mr. Wenth, den die Countess, kaum bei ihnen angekommen, energisch vor sich schob.

»Mr. Wenth, darf ich Ihnen meine Tochter Lady Emilia vorstellen?« Sie warf einen raschen Blick auf den Viscount. »Lord Hetherford ist unser Nachbar«, fügte sie erklärend hinzu. »Er gehört fast schon zur Familie.«

Die Männer grüßten sich höflich.

»Emilia, Mr. Wenth würde sich gern in deine Tanzkarte eintragen«, fuhr Lady Hardstaff überschwänglich fort.

Wortlos reichte Emilia dem Neuankömmling ihre Karte. Er war nicht besonders hübsch mit der großen Nase und dem tiefen Grübchen am Kinn, aber seine Augen mit dem warmen Braunton waren freundlich und nicht kalt und berechnend wie die von Lord Hetherford.

»Wie ich sehe, ist Ihr erster Tanz bereits vergeben«, stellte Mr. Wenth bedauernd fest und gab Emilia die Tanzkarte unausgefüllt zurück. »Leider habe ich für alle folgenden Tänze bereits eine Partnerin. Ich bedauere sehr, aber vielleicht haben wir bei einer anderen Veranstaltung das Vergnügen, unsere Bekanntschaft zu vertiefen.«

Lady Hardstaff griff verblüfft nach Emilias Tanzkarte.

»Bitte erlauben Sie, dass ich mich verabschiede, um noch eine Partnerin für den ersten Tanz zu finden. Es war mir eine Freude, Sie kennenzulernen, Lady Emilia.«

Hastig knickste sie.

»Lady Hardstaff. Hetherford«, verabschiedete sich der junge Mann höflich und schlenderte davon.

»Lord Hetherford, Sie haben sich eingetragen?« Die Stimme von Lady Hardstaff klang schrill und viel zu laut.

»Verzeihen Sie mir, Lady Hardstaff. Es war mir unerträglich, Lady Emilia beim ersten Tanz allein am Rand zu wissen. Diese Schmach konnte ich ihr nicht antun, deshalb habe ich mich in ihre Tanzkarte eingetragen. Hätte ich geahnt, dass ein Verehrer Interesse zeigt, hätte ich einen anderen Tanz gewählt.«

Seine Worte waren von vorne bis hinten gelogen. Emilia wünschte sich nichts sehnlicher, als das Missverständnis klarzustellen, doch sie schwieg. Ihre Mutter warf daraufhin Lord Hetherford einen versöhnlichen Blick zu.

»Wie überaus nett von Ihnen, Baron.«

Dann wandte Hetherford sich Emilia zu. »Sind Sie bereit für die erste Quadrille an diesem Abend, Lady Emilia?« Er verbeugte sich förmlich.

Unter den wachsamen Augen ihrer Mutter reichte sie ihm die Hand und hoffte, dass sie den Tanz weiterhin mit Argusaugen verfolgen würde.

»Vielen Dank.« Sie rang sich ein Lächeln ab und ließ sich von Lord Hetherford auf die Tanzfläche führen.

Etliche andere Paare nahmen neben ihnen Aufstellung. Speziell den ersten Tanz versäumten die meisten ungern. Vor allem für die Debütantinnen war es wichtig, dafür einen Partner zu finden.

Die Musik begann. Steif setzte Emilia sich in Bewegung, drehte sich, wenn es erforderlich war, und reichte dem Viscount die Hand, wenn es von ihr erwartet wurde. Sie machte ein paar Schritte geradeaus, knickste, ging rückwärts und traf wieder auf ihren Tanzpartner.

Mit einem Mal schwindelte ihr, und ihr wurde so übel, dass sie fürchtete, sie müsse sich auf der Tanzfläche übergeben. Hastig schlug sie die Hand vor den Mund, raffte ihre Röcke und stürzte davon. Es war ihr einerlei, dass sie damit für Aufsehen sorgte. Hätte sie sich auf der Tanzfläche übergeben, wäre sie ohnehin wochenlang das Hauptthema des Londoner Tratsches gewesen.

Emilia schaffte es gerade noch in den Ruheraum und von dort ins Nebenzimmer, in dem ein Abort stand. Dort hinein entleerte sie ihren Mageninhalt. Immer wieder musste sie würgen, bis ihr Magen vollkommen leer war. Erschöpft ließ sie sich auf den Boden sinken und blieb dort einfach sitzen. Dass der Boden unter ihr schmutzig war, bemerkte sie nicht einmal. Sie fühlte sich durch und durch elend.

KAPITEL 14

Sehr zu seinem Missfallen hatte der Commander Andrew aufgetragen, in der Hauptstadt zu bleiben und weiter zu beobachten, und das tat er – seit nun über drei Wochen - und langweilte sich dabei entsetzlich. Nur widerwillig war er Blankers Einladung zum Ball seiner Familie gefolgt, aber andererseits hatte er seinem Freund auch nicht absagen wollen. Allerdings kam er erst ziemlich spät und entging so ein weiteres Mal dem Geplänkel vor dem Tanz.

Blankers, der ihn nur flüchtig begrüßen konnte, führte eine seiner Schwestern auf die Tanzfläche, sein Vater, der Earl of Ranshire, folgte mit der jüngeren Tochter.

Die übrig gebliebenen Gentlemen schickten sich an, die am Rand sitzenden Damen aufzufordern, so wie es dem Brauch entsprach. Andrew ging den flehenden Blicken aus dem Weg. Inzwischen hatte sich herumgesprochen, dass der Marquess of Ashwood nicht tanzte, und so ließen sie ihn größtenteils in Ruhe. Von seinem Beobachtungsposten aus entdeckte er Lady Emilia und glaubte seinen Augen nicht zu trauen. Mit ihrer Anwesenheit hatte er nicht gerechnet.

Augenblicklich war sein Verstand wach. Der gelangweilte Ausdruck in seinem Gesicht war verschwunden. Sie stand mit ihrer Mutter einige Meter von ihm entfernt zusammen mit dem Viscount Hetherford und wirkte ein wenig blass, was er dem Verlust ihres Verlobten zuschrieb. Noch immer waren sie sich nicht offiziell vorgestellt worden, und so begnügte er sich mit der Beobachterrolle. Sie trug ein zartrosafarbenes Kleid, und mit den aufgesteckten Haaren war sie überaus reizend anzusehen. War es möglich, dass sie seit ihrer letzten Begegnung noch hübscher geworden war? Ein trauriger Zug lag um ihren Mund, aber das konnte man ihr in Anbetracht des Schicksalsschlags, der sie ereilt hatte, kaum verübeln. Doch sie würde gewiss nicht lange brauchen, um über Lastborough hinwegzukommen, dessen war Andrew sich sicher.

Stirnrunzelnd beobachtete er, wie Viscount Hetherford ihr seinen Arm bot und sie auf die Tanzfläche führte. Ein ungutes Gefühl stieg in ihm hoch. Hetherford verkörperte alles, was Andrew an der feinen Gesellschaft verabscheute. Er war ein herablassender Wüstling, der jedem Rock hinterhergaffte und sich gerne nahm, was ihm freiwillig und unfreiwillig angeboten wurde. Das Ziel seiner Begierde waren dabei von je her junge Frauen, die inzwischen problemlos seine Töchter hätten sein können.

Andrew ließ Emilia nicht aus den Augen, auch dann nicht, als die junge Frau leichenblass wurde und aus dem Saal stürmte. Für einen Moment überlegte er, ob er ihr unauffällig folgen sollte, verwarf den Gedanken aber wieder. Es dauerte ganze zwei Tänze, bis sie zurückkehrte. Mit gesenktem Kopf ging sie zu ihrer Mutter, sprach kurz mit ihr und ließ sich danach auf einem der Stühle nieder. Immer wieder warf Andrew ihr einen Blick zu. Zwei Tänze setzte sie aus, dann kam ein Gentleman in letzter Sekunde und forderte sie für die nächste Quadrille auf. Andrew gefiel die Anmut ihrer Bewegungen, und je länger der Tanz andauerte, umso mehr hellte sich ihr Gesicht auf. Am Ende lächelte sie ihren Tanzpartner sogar an.

Das rührte an etwas tief in Andrews Innerem. Auch er wollte mit einem solchen Lächeln belohnt werden. Irritiert sog er die Luft ein. Dieses Gefühl war neu für ihn. Andere Menschen hatten ihn bisher wenig interessiert. Sie konnten ihn mögen oder hassen, es war ihm gleich. Er bevorzugte ohnehin, wenn sie ihm aus dem Weg gingen. Nur wenige Personen zählte er zu seinen Freunden, und mit diesen verbrachte er tatsächlich gerne Zeit.

Mit Lady Emilia war es jedoch anders. Sie hatte etwas an sich, das ihn magisch anzog. Wenn er ehrlich mit sich war, musste Andrew sich eingestehen, dass er ihre Gesellschaft damals im Park über die Maßen genossen hatte und diese seitdem vermisste.

In der Tanzpause schlenderte Lady Emilia mit ihrer Mutter in den Nebenraum, vermutlich, um sich eine Erfrischung zu gönnen. Andrew überlegte, ob er den Damen folgen sollte, doch in dem Moment gesellte sich Blankers zu ihm.

»Gefällt dir der Ball?«

»Ich denke schon«, antwortete Andrew nachdenklich.

»Lügner.« Sein Freund grinste ihn an. »Ich danke dir trotzdem, dass du gekommen bist. Die Anwesenheit eines Marquess ist eine große Ehre für meine Familie. Bethany und

Jennifer wird dies bei der Wahl eines geeigneten Gatten zugutekommen.«

»Stets zu Diensten«, scherzte er und deutete eine Verbeugung an.

Andrew verkniff sich, darauf hinzuweisen, dass mit Lord und Lady Summerland sogar ein Duke und seine Duchess anwesend waren. Die beiden verpassten nie eine Saison in London und gehörten beinahe schon zum Inventar jedes Balls.

»Mutter hat gehofft, dass die Dowager Duchess of Lampsburry sich die Ehre gibt«, gestand Blankers.

»Ich habe gehört, sie musste in dringlichen familiären Angelegenheiten aufs Land fahren.« Zumindest hatte Andrew das im Letling's aufgeschnappt, als er sich nach Cartmar erkundigt hatte.

»Der Ball wird auch so ein großer Erfolg werden, und Bethany und Jennifer schlagen sich wirklich gut.« Voller Stolz blickte er zu seinen Schwestern hinüber. »Sie haben unheimlich viele Verehrer.«

Das war gut. Die beiden sollten sich einen anständigen Gatten wählen können. Blankers Schwestern hatten ein freundliches Wesen, sahen obendrein auch entzückend aus, und Andrew wünschte ihnen nur das Beste.

Mehr aus Gewohnheit als aus einem besonderen Grund ließ Andrew seinen Blick durch den Saal schweifen und entdeckte Miss Regenton-Miller in Gesellschaft des alten Viscount Perry-Lengh. Die Arme sah furchtbar gelangweilt aus.

»Blankers, ich fürchte, deine Verlobte benötigt Rettung.« Er wies mit dem Kinn hinüber zu der verzweifelten Dame.

Blankers ließ alles stehen und liegen und eilte seiner Herzensdame entgegen. Lächelnd blickte Andrew ihm hinterher. Er freute sich für seinen alten Freund, der ganz offensichtlich bis über beide Ohren verliebt war. Blankers hatte es überaus gut getroffen. Miss Regenton-Miller war zwar lange nicht so grazil wie Lady Emilia, aber sie passte zu ihm und würde ihm eine gute Ehefrau sein.

Das Streichquartett spielte einen Tusch, und die Paare strömten herbei, um sich für den nächsten Tanz aufzustellen. Danach musste Andrew noch einen modernen Walzer und eine weitere Quadrille über sich ergehen lassen. Mit Bedauern stellte er fest, dass Lady Emilia nicht unter den Tanzenden war, und fragte sich, warum die Gentlemen sie nicht aufforderten. Zu gern hätte er ihr beim Tanzen zugesehen. Stattdessen saß sie am Rand und blickte traurig zu Boden.

Endlich verabschiedete sich das Streichquartett in eine wohlverdiente Pause. Die Menschen verließen in angeregte Unterhaltungen vertieft die Tanzfläche und sammelten sich am Rand. Wie lange würde es noch dauern, bis zum Abendessen gerufen wurde? Erst danach konnte Andrew sich verabschieden, ohne Blankers und seine Familie zu brüskieren.

Aus den Augenwinkeln bemerkte er, dass der Earl of Flowerskin ihn ins Visier genommen hatte. Schon am gestrigen Abend hatte der Earl ihn im Club in ein sterbenslangweiliges Gespräch verwickelt. Noch einmal würde er das nicht durchstehen. Mit schnellen Schritten durchquerte Andrew den Raum, als sein Blick auf einmal an Lady Emilia hängen blieb, die einsam auf ihrem Stuhl saß. Ihre Mutter unterhielt sich angeregt mit Lady Miles. Das wiederum kam ihm sehr entgegen, denn mit der Viscountess war Andrew bekannt, und so beschloss er, dass es nun an der Zeit war, offiziell Lady Emilia und ihrer Mutter vorgestellt zu werden. Zielstrebig ging er auf die Damen zu.

»Lady Miles, wie schön, Sie hier zu sehen.«

Überrascht von der ungewohnten Aufmerksamkeit eines Marques bekam sie beinahe Schnappatmung. »Lord Ashwood«, säuselte sie und fiel in einen tiefen Knicks. Mit einem strahlenden Lächeln hob sie den Kopf, dann besann sie sich auf ihre guten Manieren. »Kennen Sie die Countess of Hardstaff bereits?«

Lady Hardstaff knickste ebenfalls, zwar nicht so tief wie ihre Freundin, aber mindestens so entzückt.

Galant verbeugte Andrew sich. »Ich fürchte, wir hatten bisher nicht das Vergnügen.«

»Das stimmt«, flötete Lady Hardstaff. »Dabei wohnen wir gar nicht weit voneinander entfernt. Wir sind an Ihrem Haus vorbeispaziert, als Sie eingezogen sind. Ein prächtiges Pianoforte haben Sie.«

Andrew erinnerte sich, dass das alte Instrument derart verzogen war, dass er den Butler angewiesen hatte, ein neues Pianoforte zu ordern.

»Spielen Sie?«, erkundigte er sich, froh darüber, einen Anknüpfungspunkt zu haben.

Lady Hardstaff winkte verlegen ab. »Nicht sonderlich gut, aber meine Tochter …« Mit einem Mal hielt sie inne.

Andrew kannte das gefährliche Funkeln in den Augen der Countess allzu gut. Er hatte es in unzähligen ehrgeizigen Mütteraugen gesehen, die bemüht waren, ihre Töchter unter die

Haube zu bekommen, und ihn als geeigneten Kandidaten befanden. Die Alarmglocken in ihm schrillten bereits, und eigentlich wäre jetzt der richtige Zeitpunkt gekommen, um sich schleunigst zu verabschieden. Doch er war noch nicht am Ziel. Er wollte Lady Emilia vorgestellt werden und da der Weg nur über ihre Mutter führte, würde er notgedrungen bleiben.

»Ihre Tochter?«, hakte er nach.

Lady Hardstaff wirbelte herum.

»Emilia!«, rief sie aufgeregt, hastete zu dem ein paar Schritte entfernten Stuhl und zog ihre Tochter hoch. Dann zerrte sie hektisch an ihr, bis sie sich endlich in Bewegung setzte.

»Lord Ashwood, darf ich Ihnen meine Tochter, Lady Emilia Colby, vorstellen. Emilia, der Marquess of Ashwood.«

Er hatte es geschafft! Andrew jubilierte innerlich. Damit waren sie offiziell miteinander bekannt und wann immer er Lust verspürte, sich mit ihr zu unterhalten, würde er sie nun ansprechen können. Vielleicht bedachte sie ihn auch bald mit diesem scheuen, aber grundehrlichen Lächeln. Jetzt gerade starrte sie ihn jedoch aus großen erschrockenen Augen an.

Andrew wusste sehr wohl, aus welchem Grund, und verbiss sich ein Schmunzeln. Er verbeugte sich. Erst als Lady Hardstaff ihrer Tochter sanft in die Seite stieß, löste sich Emilias Erstarrung. Hastig knickste sie und blickte dann wieder mit ihren großen goldbraunen Augen zu ihm auf.

»Wie bezaubernd, Sie kennenzulernen.« Andrew fragte sich, ob sie noch schöner geworden war. Oder lag es daran, dass er sie nun im Licht sah?

»Meine Tochter beherrscht das Pianoforte meisterlich.«

Tatsächlich errötete sie auf entzückende Weise, als ihre Mutter sie in den höchsten Tönen anpries. In diesem Moment spielte das Streichquartett einen Tusch und rief zum nächsten Tanz.

Aus einer impulsiven Regung heraus, beugte er sich ein wenig vor. »Lady Emilia, ist Ihr nächster Tanz bereits vergeben?«

Abrupt hob sich ihr Kopf, und sie starrte ihn fassungslos an. Wortlos verneinte sie.

»Lady Hardstaff, wären Sie so freundlich?« Andrew reichte der Countess seinen Gehstock, dann bot er Lady Emilia den Arm an. Er hatte nicht die geringste Ahnung, welcher Teufel ihn gerade geritten hatte, als er die junge Frau auf die Tanzfläche führte. »Ich muss mich bereits im Voraus bei Ihnen entschuldigen. Leider bin ich ein wenig eingeschränkt.« Er klopfte auf sein Bein.

Lady Emilias Blick folgte seiner Geste, bevor sie wieder zu ihm aufsah. Andrew streckte seine Hand aus, und sie nahmen die Ausgangsposition für den Walzer ein. Zwar setzten sie sich daraufhin in Bewegung, doch von der Anmut, die er zuvor bei ihr beobachtet hatte, war nicht viel übriggeblieben. Er hatte zumindest einen Grund, steif zu tanzen, Lady Emilia hingegen nicht. Doch sie bewegte sich noch hölzerner als er.

»Fühlen Sie sich nicht wohl?«, erkundigte er sich besorgt.

»Mir geht es gut«, hauchte sie und wich seinem Blick aus.

War seine Nähe so abstoßend für sie, dass sie ihn nicht einmal ansehen konnte?

Noch während er grübelte, brach es schließlich aus ihr heraus. »Es tut mir so schrecklich leid!«

Andrew verstand nicht. Warum entschuldigte sie sich? Sie war ihm weder auf den Fuß getreten, noch gab es einen anderen Grund für eine Entschuldigung.

»Ich habe nicht gewusst, wer Sie sind. Hätte ich geahnt, dass Sie ein Marquess sind, hätte ich nie gewagt …« Ihre Wangen waren zauberhaft gerötet.

Ihm ging ein Licht auf, und er konnte ein vergnügtes Lächeln nicht verhindern. »Es war eine der amüsantesten Unterhaltungen, die ich je geführt habe«, unterbrach er seine entzückende Tanzpartnerin.

Erneut blickte sie scheu zu ihm auf, und für einen Moment versank er in ihren wunderschönen warmen Augen. Er blinzelte und rief sich zur Ordnung. Andrew räusperte sich. Es war keine gute Idee, sich noch länger in ihrem Anblick zu verlieren. Sein Blick wanderte weiter und blieb an ihrem Hals hängen, den eine einfache Perlenkette zierte. Da fielen ihm wieder das Smaragd-Collier und sein Auftrag ein, den er vollkommen verdrängt hatte.

»An dem Abend sahen Sie ganz bezaubernd aus, Lady Emilia.« Er betrachtete die edle Perlenkette. »Eine hübsche Kette, die Sie tragen.«

Das entlockte ihr ein kleines Lächeln, und er lechzte nach mehr. »Sie haben eine Vorliebe für Schmuck«, scherzte sie.

»Nur an Ihrem Hals«, gestand er frei heraus. »Wobei das Smaragd-Collier schon sehr besonders war.«

Ein trauriger Zug legte sich um ihren Mund, und Andrew schimpfte sich einen rücksichtslosen Unhold, dass er sie indirekt auf den Verlust ihres Verlobten angesprochen hatte.

»Das Schmuckstück war eine Leihgabe meines Verlobten. Wie Sie sicher gehört haben, weilt er nicht mehr unter den Lebenden.« Ihre Worte waren so unendlich aufrichtig.

Jeder Mann konnte sich glücklich schätzen, wenn er von einer Frau so ehrlich geliebt wurde. Zu seiner eigenen Überraschung ergriff ihn Eifersucht auf einen längst Verstorbenen.

»Mein Beileid zu Ihrem Verlust.« Es erschien ihm richtig, obwohl Beileidsbekundungen bei einem Verlobten nicht angemessen waren.

»Danke.« Tapfer bemühte sich Emilia, die Tränen zu unterdrücken, die bereits in ihren Augen funkelten.

Wieder schimpfte er sich einen unsensiblen Schuft, als er weiter in der Wunde bohrte. »Haben Sie noch Kontakt zur Familie Ihres verstorbenen Verlobten?«

Lady Emilia schüttelte den Kopf und sah an ihm vorbei in die Ferne. Jetzt wagte nicht einmal mehr er, noch weiter in sie zu dringen. Eigentlich hatte er ihr schon längst zu viel zugemutet. Eine ganze Zeit lang tanzten sie schweigend. Normalerweise hätte Andrew dies als bedrückend empfunden, doch mit dieser ungewöhnlichen Frau an seiner Seite war es durchaus angenehm.

»Ich danke Ihnen für Ihr Mitleid.«

Er blinzelte. »Mitleid?«

Sie verzog ihre Lippen, und sein Blick heftete sich unwillkürlich auf ihren Mund. »Warum sollten Sie mich sonst zum Tanzen auffordern? Seit Sie in London sind, haben Sie nicht ein einziges Mal getanzt.«

»Und das haben Sie verfolgt?«

In der Tat war er ein wenig überrascht.

»Nein«, gab sie offen und ehrlich zu. Da war sie wieder, diese Unbefangenheit, die ihn so sehr faszinierte. »Aber Ihr Ruf eilt Ihnen voraus.«

»Ich dachte, Sie kennen mich nicht«, bemerkte er beiläufig. Gleichzeitig hing er an ihren Lippen und brannte auf eine Antwort.

Ihre Zugewandtheit verschwand nicht, und sie schenkte ihm ein weiteres bezauberndes Lächeln. »Ich habe nicht gewusst, dass *Sie* Lord Ashwood sind, aber sehr wohl mitbekommen, dass der verschlossene Marquess in London weilt und dass er eine Beinverletzung vorschiebt, um nicht tanzen zu müssen.«

Es zuckte um seinen Mund. »Wie Sie sehen, haben diejenigen unrecht, die derartiges behaupten.«

»In der Tat.« Sie schenkte ihm das langersehnte Lächeln. Alles in ihm jubilierte. »Ich muss Sie aber darauf hinweisen, dass Ihre Ausrede ab sofort nicht mehr zählen wird.«

Das war ihm einerlei. Allein ihr Lächeln war es ihm wert gewesen.

»Ich werde mit den zielstrebigen Debütantinnen und ihren eifrigen Müttern schon fertig werden«, versprach er leichthin.

Erst jetzt fiel Andrew auf, dass sein Bein ihn kaum behinderte. Den fehlenden Stock glich seine Tanzpartnerin aus.

»Allen voran meine Mutter«, seufzte Lady Emilia und schaute an ihm vorbei ins Leere.

Der Schmerz in ihren Worten galt nicht dem Verhalten ihrer Mutter, sondern dem Mann, den sie verloren hatte. Eigentlich hätte ihre Aussage all seine Warnglocken zum Klingen bringen müssen. Er sollte den Tanz unterbrechen und Lady Emilia zu ihrer Mutter zurückbringen, doch das tat er nicht. Wider besseres Wissen war er nicht bereit, den Tanz zu beenden, und wollte ihre Nähe bis zur letzten Sekunde auskosten.

Als die Musik letztendlich doch verklang, hatte Andrew plötzlich alle Zeit der Welt, ließ einigen anderen Paaren den Vortritt, und so dauerte es, bis er seine Tanzpartnerin schließlich zu Lady Hardstaff zurückbrachte.

»Vielen Dank, Lord Ashwood.« Emilia knickste grazil und schenkte ihm ein weiteres bezauberndes Lächeln.

»Ich habe zu danken, Lady Emilia.«

Lady Hardstaff seufzte entzückt und beglückwünschte ihn, dass sie ein ganz zauberhaftes Tanzpaar abgegeben hätten.

»Das ist einer Wiederholung würdig«, drängte sie.

Doch Andrew entschied, dass es für sein Seelenheil besser war, sich schleunigst zu verabschieden. Er nahm seinen Stock entgegen, entschuldigte sich galant und flüchtete ins Herrenzimmer, wo er ungeduldig auf das Dinner wartete.

KAPITEL 15

Emilias Bewegungen waren fahrig, als Beth ihr in aller Eile in das Morgenkleid half. Alexander hatte nach ihr verlangt. Eigentlich war es noch viel zu früh, Emilia hatte noch nicht einmal gefrühstückt. Aber womöglich war das auch besser, denn in der Magengegend verspürte sie schon wieder dieses flaue Gefühl. Vielleicht war sie krank oder – und das war viel wahrscheinlicher – war ihr Lord Hetherford auf den Magen geschlagen. Denn nachdem sie sich auf dem Abort in Ranshire House erleichtert hatte, war es ihr wieder gut gegangen, und sie hatte auch das köstliche Abendmahl ohne Probleme vertragen.

Wenn Alexander so dringend mit ihr sprechen wollte, konnte sie sich ihm bei dieser Gelegenheit vielleicht anvertrauen, um gemeinsam eine Lösung für den widerlichen Erpressungsversuch Lord Hetherfords zu finden. Emilia war sich zwar unsicher, ob Alexander der Richtige war. Verhandlungsgeschick war nicht unbedingt etwas, das man dem Earl of Hardstaff nachsagte. Allerdings war ihr Bruder der einzige, an den sie sich wenden konnte.

Beth schloss die letzten Knöpfe an Emilias Morgenkleid. Ungeduldig ließ sie sich auf dem Schemel nieder und wartete, bis die Zofe ihre Haare fertig frisiert hatte. Ein einfach geschwungener Knoten, der ihr langes braunes Haar im Nacken zusammenfasste. Nicht wirklich hübsch, aber alltagstauglich. Da Emilia nicht noch mehr Zeit verstreichen lassen wollte, machte sie sich eilig zu Alexanders Arbeitszimmer auf.

Das Büro war die Domäne des Hausherrn, und es war einige Zeit her, seit sie es das letzte Mal betreten hatte. Ihr Magen verkrampfte sich unangenehm, als sie vor der dunklen Holztür stand. Nervös strich sie sich noch einmal die Röcke glatt und klopfte dann.

»Herein!«, ertönte die Stimme ihres Bruders.

Emilia atmete noch einmal tief durch, kämpfte gegen die aufsteigende Übelkeit an und ermahnte sich, dass das Gespräch nicht so schlimm werden würde und sie sich keine Sorgen machen musste.

Zu Emilias Überraschung wartete jedoch nicht nur Alexander, sondern auch ihre Mutter auf sie. Während ihr Bruder am Kamin stand, hatte die Countess in einem Sessel Platz genommen, saß aber so weit an der Kante, als würde sie jeden Moment aufspringen wollen.

»Da bist du ja endlich«, seufzte Lady Hardstaff ungeduldig und knetete ein blütenweißes Taschentuch zwischen den Fingern.

»Setz dich!«, forderte Alexander sie auf. Ein ernster Zug lag um seinen Mund.

Emilia tat, wie ihr geheißen, und ließ sich auf der Sitzfläche des Zweisitzers nieder. Alexander blieb am Kamin stehen.

»Was gibt es?«, fragte sie in die Runde und rang sich ein Lächeln ab.

Da ihre Mutter anwesend war, würde sie das Problem mit Lord Hetherford nicht ansprechen können. Dafür wartete sie besser einen geeigneteren Augenblick ab. Doch zu viel Zeit durfte sie sich nicht mehr lassen. Sie wusste nicht, wie lange der Viscount ihr noch einräumte, bis die Frist ablief. Die angespannte Atmosphäre trug nicht unbedingt dazu bei, dass sich das flaue Gefühl in ihrem Buch legte. Die Nervosität ihrer Mutter und das düstere Gesicht ihres Bruders ließen nichts Gutes erahnen. Als Alexander das letzte Mal so ernst gewesen war, hatte er ihr Edwards Tod mitgeteilt.

»Ich habe mit Mutter gesprochen, und wir sind uns einig«, begann Alexander.

Emilia runzelte die Stirn. Es kam nicht häufig vor, dass die beiden einer Meinung waren. Wenn sie es sich recht überlegte, eigentlich nie. Stattdessen stritten sie unentwegt.

»Ich habe heute Morgen einen äußerst überraschenden Besuch erhalten. Du kannst dir meine Verblüffung nicht vorstellen. Vor allem, weil du kein Wort darüber verloren hast.«

Emilia legte den Kopf schief. Sie hatte keine Ahnung, wovon ihr Bruder sprach »Ich verstehe nicht.«

»Du weißt um Mutters Bemühungen, einen geeigneten Heiratskandidaten für dich zu finden.«

Emilia nickte und betete im Stillen, dass kein Gentleman im Nebenraum wartete und beschlossen hatte, ausgerechnet jetzt ihre Bekanntschaft zu vertiefen. Sie fühlte sich derzeit alles andere als wohl in ihrer Haut, und der Druck in ihrem Magen wuchs.

»Mutter und ich sind uns einig, dass du zügig heiraten solltest.« Hilfesuchend sah Alexander zu Lady Hardstaff, die jedoch nicht einmal blinzelte.

Entsetzt blickte Emilia von Alexander zu ihrer Mutter und wieder zu ihrem Bruder zurück.

»Wir waren uns einig, dass du den erstbesten standesgemäßen Mann ehelichen wirst.« Erneut huschte sein Blick zu Lady Hardstaff, die noch immer nicht reagierte und mit ihren Fingern weiter das Taschentuch malträtierte. Gerade wollte Emilia zu einem Protest ansetzen, als Alexander fortfuhr: »Lord Hetherford hat heute Morgen um deine Hand angehalten, und ich habe ihm meinen Segen gegeben.«

Emilia wurde eiskalt. Maßloses Entsetzen breitete sich in ihr aus. Was hatte der Baron ihrem Bruder erzählt, damit er sein Einverständnis gegeben hatte?

»Das kann unmöglich dein Ernst sein!«, stieß sie fassungslos hervor.

»Natürlich hätten wir uns eine noch bessere Partie für dich gewünscht, aber Lord Hetherford ist ein achtbarer Gentleman, der nicht nur über Ansehen, sondern auch über beträchtliche Ländereien verfügt«, pflichtete Lady Hardstaff ihrem Sohn bei.

»Nein!« Ohne nachzudenken, sprang Emilia auf. »Das kann ich nicht.«

»Emilia!« Lady Hardstaffs Stimme klang tadelnd. »So benimmt sich eine junge Dame nicht!«

Emilia rang um Fassung. »Ich werde Lord Hetherford nicht heiraten! Niemals!«

»Ein Mann mit Lebenserfahrung ist nicht das schlechteste«, setzte Lady Hardstaff an.

»Er ist ein lüsterner alter Widerling!«

»Emilia! Ich verbitte mir diesen Ton. Lord Hetherford ist ein standesgemäßer Gentleman, der gewillt ist, dich zur Frau zu nehmen.«

Sie konnte ihn nicht heiraten. Warum begriff ihre Mutter das nicht? Hilfesuchend wandte sie sich an Alexander, der noch immer am Kamin stand.

»Ich habe mich mit ihm bereits auf eine – zugegeben spärliche – Mitgift geeinigt.«

Emilia schnappte nach Luft. Ihre Familie, die ihr eigentlich beistehen sollte, hatte sie schmerzlich verraten. Diese Farce musste aufhören. Tränen rannen über ihre Wangen. Ihre Mutter und Alexander konnten doch nicht allen Ernstes von ihr verlangen, Lord Hetherford zu heiraten?

»Er ist ein Baron, seine Ländereien sollen sehr schön sein, und er wird gut für dich sorgen.« Die Stimme der Countess war bar jeder Emotion.

»Nein!« Heftig schüttelte Emilia den Kopf. Der Knoten in ihrem Nacken löste sich, und das widerspenstige Haar fiel ihr auf die Schultern und den Rücken hinab.

»Er wünscht sich Kinder. In ein paar Jahren hast du eine ganze Schar um dich, die du umsorgen kannst.«

Das brachte das Fass zum Überlaufen. »Wenn dir so sehr an Lord Hetherford gelegen ist, dann heirate ihn doch selbst!«, brüllte Emilia ihre Mutter an. Der Zorn, der in ihr tobte, brach mit aller Gewalt hervor, und sie konnte sich nicht mehr bremsen. »Ich bin nicht schuld an der finanziellen Situation unserer Familie, aber ich bin nicht gewillt, den Sündenbock zu spielen. Wenn es sein muss …«

Mit einem Mal wurde ihr speiübel. Alles drehte sich um sie. Ohne ein weiteres Wort stürzte Emilia hinaus. Weit kam sie jedoch nicht, bevor sie sich inmitten der großen Halle erbrach. Lady Hardstaff und Alexander waren ihr gefolgt.

»Holt einen Doktor«, krächzte die Countess und verzog bei dem Anblick von Emilias Mageninhalt angewidert das Gesicht.

Emilia wollte protestieren, doch sie fühlte sich zu schwach. Beth eilte herbei und half ihr die Treppenstufen hinauf in ihr Zimmer. Dort ließ Emilia sich kraftlos auf das Bett fallen. Die Erschöpfung übermannte sie. Nur für einen Augenblick wollte sie die Augen schließen und sich ausruhen, doch kaum hatte sie die Lider gesenkt, döste sie ein.

Erst als sie reichlich unsanft an der Schulter gepackt und geschüttelt wurde, schreckte sie hoch. Beth stand über ihr. Emilia wollte sie schon fortschicken, doch dann bemerkte sie die Countess, die in Begleitung eines älteren Herren in ihrer Kammer stand.

Höchst dramatisch berichtete Lady Hardstaff dem Doktor von Emilias Leiden. Mit einem freundlichen Lächeln trat der Mann auf Emilia zu, stellte seine Tasche am Fuß ihres Bettes ab und öffnete sie.

»War dies das erste Mal?«, fragte der Arzt sanft und tastete mit fachkundigen Händen den Hals, ihre Seiten und den Bauch ab.

»Gestern Abend musste ich mich ebenfalls übergeben«, gestand Emilia.

Finster starrte die Countess sie an. »Davon hast du überhaupt nichts erzählt.«

Emilia wandte den Kopf ab. Noch immer fühlte sie sich von ihrer Mutter verraten. Wie sollte sie ihr je wieder vertrauen können?

»War Ihnen davor auch schon gelegentlich übel?«, erkundigte sich der Doktor.

Langsam nickte Emilia.

»Vorwiegend am Morgen?«

Emilia bestätigte stumm. Gleichzeitig atmete ihre Mutter scharf ein.

»Abgeschlagenheit? Müdigkeit? Manchmal vielleicht schwarze Punkte, die vor den Augen tanzen?«

»Mitunter«, gestand sie kleinlaut.

»Ungewöhnlich gesunder Appetit, der ganz plötzlich auftritt?«

Abermals ein Nicken.

Der Doktor wandte den Kopf und sah das Dienstmädchen an. »Die letzte Regelblutung der Lady?«

Etwas hilflos zuckte Beth mit den Schultern.

Lady Hardstaff quiekte entsetzt und schlug die Hände vor den Mund.

Emilia schloss die Augen. Die Wochen hatte sie nicht mitgezählt, aber es war viel zu lange her. Sie mochte eine unverheiratete, behütet aufgewachsene Frau sein, aber sie war nicht dumm. Auch wenn man in gewissen Kreisen nicht darüber sprach, wusste Emilia, wie Frauen schwanger wurden. Aber dass dies ausgerechnet ihr passieren sollte … Das war doch nicht möglich. Sie hatten doch nur ein einziges Mal … Von verheirateten Damen hatte Emilia gehört, dass es unter Umständen Monate, wenn nicht sogar Jahre gedauert hatte, bis sie ein Kind empfangen hatten. Lediglich ein einziges Mal hatte sie sich Edward hingegeben. Es war doch so schnell vorbei und nicht einmal sonderlich spektakulär gewesen. Unmöglich, dass sie davon schwanger sein sollte. Ein Kind. Ein Kind von Edward. Ihre Verzweiflung wuchs.

»Nun denn«, stellte der Arzt fest. »Ich würde der Lady viel Ruhe empfehlen.« Er griff nach seiner Arzttasche und wandte sich zum Gehen.

Mit einem Mal fühlte Emilia sich schwach und matt.

»Beth, begleite den Doktor nach unten und sorge dafür, dass James ihn bezahlt.«

Damit schickte Lady Hardstaff das Dienstmädchen fort. Dankbar, der angespannten Atmosphäre zu entkommen, nickte dieses hastig und begleitete den Arzt hinaus.

Emilia wandte sich ab. Den Anblick ihrer Mutter ertrug sie in diesem Moment nicht. Noch immer konnte sie ihre Situation nicht gänzlich erfassen. Dazu war alles viel zu schnell gegangen. Ein einziges Mal. Immer wieder drehten sich ihre Gedanken darum. Es war so ungerecht! Edward hätte nicht sterben dürfen. Sie sollte längst seine Frau sein, dann wäre ihr Zustand überhaupt kein Desaster, sondern ein Grund zur Freude. Lady Hardstaff schwieg lange. Schließlich trat sie an das Fußende. Emilia blickte nicht zu ihr.

»Ich werde nicht zulassen, dass du den Namen unserer Familie beschmutzt. Du wirst Lord Hetherford heiraten und das so schnell wie möglich. Das ist die einzige Möglichkeit – unbeschadet aus der Sache herauszukommen.«

Emilia hatte nicht mehr die Kraft, gegen ihre Mutter anzukämpfen, und so schwieg sie. Eines war sicher, sie würde nicht Lady Hetherford werden.

»Das hast du dir selbst zuzuschreiben. Wer würde dich in deinem Zustand sonst noch nehmen? Sei dankbar, dass der Lord ausgerechnet heute um deine Hand angehalten hat.«

Emilia weinte stumm, wagte nicht, auch nur einen Laut von sich zu geben.

»Wenn wir etwas mehr Zeit hätten, könnten wir Mr. Wenth noch einmal ins Auge fassen. Doch in Anbetracht der Umstände bleibt dir keine andere Wahl. Die Leute werden auch so schon reden, wenn das Kind zu früh geboren wird.«

Sie konnte nicht.

Doch die Worte kamen nicht über ihre Lippen.

»Ich werde mit Alexander reden. Er muss zu Lord Hetherford gehen und einen zeitnahen Termin mit ihm vereinbaren. Eine Sondererlaubnis ist unabdingbar.«

Mit angehaltenem Atem lauschte Emilia den Schritten ihrer Mutter, die sich Gott sei Dank entfernten. Erst als sie nichts mehr hörte, ließ die Anspannung nach. Zitternd und schluchzend umklammerte Emilia ihr Kopfkissen und weinte hemmungslos hinein. Es gab nur eine einzige Lösung: Sie musste fortgehen.

Nachdem sie sich ein wenig beruhigt hatte, stand Emilia lautlos auf und musste sich einen Moment am Bettpfosten festhalten, weil sich alles um sie drehte. Wie betäubt schlüpfte sie in die Schuhe, die sie in der vergangenen Ballnacht getragen hatte und die noch vor dem Bett standen, und schlich aus dem Zimmer die Treppe hinunter. Sie nahm weder einen Umhang noch eine Haube mit. Noch immer weinend verließ sie das Haus durch einen der Dienstbotenausgänge, fest entschlossen, nie wieder zurückzukehren.

Ihr Leben war ruiniert, zweifellos, aber sie würde nie so tief sinken, Lord Hetherford zu heiraten. Lieber gebar sie das Kind auf der Straße und zog es dort groß.

Ziellos irrte Emilia durch die Gassen, wusste nicht wohin, und es war ihr auch einerlei.

Sie lief einfach weiter und immer weiter.

KAPITEL 16

Da Emilia das Collier nicht mehr besaß und es nur eine Leihgabe gewesen war, musste es an die Familie Lastboroughs zurückgegangen sein. Charles Preston, der neue Earl of Lastborough, hatte seinen Bruder inzwischen begraben und war nach London zurückgekehrt, um den Familiennachlass zu sortieren.

Damit hatte das stetige Warten und Nichtstun ein Ende, denn endlich hatte Andrew den Auftrag bekommen, das Smaragd-Collier in seinen Besitz zu bringen. Danach konnte er London verlassen und wieder klar im Kopf werden. Bis heute konnte er sich nicht erklären, was ihn dazu getrieben hatte, Emilia zu einem Tanz aufzufordern.

Vor sich selbst rechtfertigte er seine Handlung damit, dass dies allein dazu gedient hatte, mehr über das Collier in Erfahrung zu bringen. Doch tief in seinem Innern musste er sich eingestehen, dass ihn etwas ganz anderes angetrieben hatte. Niedere Instinkte – denen er keinesfalls nachgeben würde. Er war nicht der richtige Mann für eine Frau wie Emilia. Und nicht nur das. Zweifelsohne war er der denkbar schlechteste Gemahl, den es für jedwede Frau gab, und deswegen würde er nie heiraten.

Gerade wollte er das Haus verlassen, als ihm ein überaus gut gelaunter Blankers entgegenkam.

»Du gehst aus?«, erkundigte dieser sich leicht enttäuscht, als er seiner ansichtig wurde. »Ich wollte dir gerade einen Besuch abstatten.«

Andrew griff nach seiner Taschenuhr und warf einen Blick darauf. »Wir können uns gern für heute Nachmittag im Club verabreden«, schlug er dem Viscount vor.

Sein Freund blickte an ihm vorbei und musterte das Haus, aus dem er soeben getreten war. »Ich hätte zu gern gewusst, wie es sich in einem Haus am Berkeley Square lebt.«

»Lady Sutterspear würde sich sicher freuen, wenn du ihr deine Aufwartung machst.« Der Vorschlag war natürlich nicht ernst gemeint, denn den Tee bei der Duchess traute sich aufgrund ihres hohen Ranges niemand abzulehnen.

Allerdings schoss Lady Sutterspear regelmäßig über das Ziel hinaus und bemühte sich verzweifelt, junge Leute miteinander bekannt zu machen, die einfach nicht zusammenpassten. Nicht eine einzige Verbindung war bisher aus den Verkupplungsversuchen hervorgegangen, und so waren die Einladungen zum Tee unter den Debütantinnen ebenso gefürchtet wie bei den Lords. Die Lady fühlte sich ab und an berufen, eine Teerunde für Unverheiratete zu veranstalten, und hielt sich für die beste Ehestifterin Londons. Dass aus ihren Teepartys bisher keine Verbindung hervorgegangen war, schien sie dabei nicht im mindesten aus dem Konzept zu bringen.

»Ich bin heute Nachmittag mit Victoria verabredet«, lehnte Blankers den Vorschlag breit grinsend ab.

»Wir holen die Hausbesichtigung ein anders Mal nach«, versprach Andrew seinem Freund und schlug ihm kameradschaftlich gegen den Oberarm, als seine Kutsche vorfuhr.

Er bedauerte, Blankers stehen lassen zu müssen, aber sein Besuch bei Lastborough duldete keinen Aufschub. Womöglich war der neue Earl nur kurze Zeit in London und verließ die Hauptstadt wieder, bevor Andrew ihn zu Gesicht bekam. Das galt es zu vermeiden.

Noch während Andrew auf den Landauer zueilte, gab er dem Kutscher ein Zeichen, dass er keine Hilfe beim Einsteigen benötigte. Kaum hatte er die Tür hinter sich geschlossen und mit dem Stock gegen die Decke geklopft, fuhren sie auch schon los. Die Fahrt zu Lastborough House dauerte nicht lange. Er wartete, bis der Kutscher die Tür öffnete, und stieg aus. Abschätzend musterte er das bestens instandgehaltene Stadthaus. Dem Treffen mit dem neuen Earl sah er mit Spannung entgegen.

Andrew stieg die Steinstufen zum Eingang hinauf und betätigte den Klopfer an der schweren Holztür. Glücklicherweise dauerte es nicht lange, bis ein ergrauter Butler die Tür öffnete. Dass der Bedienstete ihn erkannte, merkte Andrew daran, wie sich seine Augen weiteten, er hastig zurücktrat und ihn ehrerbietig eintreten ließ.

Andrew reichte dem Butler seine Karte. »Ich möchte mit Lord Lastborough sprechen.«

Inzwischen hatte sich der Butler wieder gefangen und gab sich, als ob sein Herr jeden Tag einen Marquess zu Besuch hatte.

»Darf ich Ihnen beim Ablegen behilflich sein und Sie in die Bibliothek führen, Mylord?«

»Danke, ich behalte meine Sache an«, erklärte Andrew.

Es hatte in der letzten halben Stunde angenehmerweise nicht geregnet, sodass sein Umhang trocken geblieben war. Sollte die Ablehnung ihn irritieren, ließ der Butler es sich nicht anmerken.

»Selbstverständlich, Mylord.« Er drehte sich um und führte Andrew den Flur entlang, an dessen Ende er eine Tür öffnete. »Ich werde Lord Lastborough umgehend verständigen. Bitte warten Sie hier einen Augenblick, Mylord.«

Andrew trat ein und sah sich interessiert um. Er stand in einer kleinen Bibliothek mit verstaubten Regalen. Dem muffigen Geruch nach zu urteilen, war der Raum schon länger nicht mehr gelüftet worden. Sehnsüchtig warf er einen Blick auf die französischen Fenster, die in den Garten führten, und überlegte kurz, sie zu öffnen. Letztendlich entschied er sich dagegen.

Stattdessen nahm er nun den Raum genauer unter die Lupe. Der schmale Sekretär, auf dem einige Utensilien lagen, sah ebenso unbenutzt aus wie die Sitzecke vor dem Kamin. In diesem Raum hielt man sich offenbar nicht sonderlich häufig auf. Der Kamin war blitzblank, es lag nicht einmal aufgeschichtetes Holz darin. In einem Raum, dem die behagliche Wärme eines Feuers fehlte, würde man sich nie niederlassen, um ein Buch zu lesen.

Hinter ihm öffnete sich die Tür. Andrew wandte sich um und stand einem sehr jungen, schwarz gekleideten Mann gegenüber. Meine Güte, wie alt mochte er sein? Vielleicht Anfang zwanzig, den Kinderschuhen gerade entwachsen.

»Lord Ashwood, welche Freude, Sie zu sehen. Was verschafft mir die Ehre Ihres Besuches? Waren Sie ein Freund meines Bruders?«

Charles Prestons Gesichtszüge waren noch knabenhaft, die Statur schlaksig. Er besaß dieselben braunen Augen und das hellbraune Haar wie sein verstorbener Bruder. Was jedoch Andrews Aufmerksamkeit auf sich zog, war das bläulich verfärbte Auge seines Gegenübers.

»Wir waren miteinander bekannt, in der Tat«, stimmte Andrew zu und fragte sich, was dem armen Kerl widerfahren war.

»Sind Sie hier, weil mein Bruder Ihnen Geld schuldete?« Verlegen fuhr sein Gegenüber sich durch das dichte braune Haar, und Andrew empfand Mitleid für den jungen Lord, der sich in die neue Rolle erst einmal einfinden musste.

Dabei erinnerte ihn Lastborough an sich selbst damals, als er nach London gekommen war, um das Erbe seines Bruders anzutreten, der nur zwei Wochen nach seinem Vater unglücklich ums Leben gekommen war. Auch damals hatten die Geier ihre Aufwartung gemacht, um sich ein Stück vom Kuchen abzuholen. Bis heute wusste Andrew nicht, ob sein Bruder tatsächlich so viel Schulden gemacht hatte oder die gierigen Ganoven nur ihre Chance gewittert hatten. Allerdings hatte sein Vater die Geschicke der Familie so gut geleitet, dass es Andrew nie an Geldmitteln mangelte.

»Ihr Bruder war im Besitz eines Colliers«, begann Andrews und musterte dabei sein Gegenüber genau.

Erschrocken weiteten sich die Augen des jungen Earls. »Ich habe es nicht. Wirklich nicht.« Abwehrend hob er die Hände.

Andrew ließ sich nichts anmerken. Hatte das Collier etwas mit seinem blauen Auge zu tun?

»Wo ist es?«, verlangte er zu wissen.

Lastborough atmete tief durch und fuhr sich noch einmal durch das dichte Haar, das bereits nach allen Seiten abstand.

»Mister Lonyer hat es sich geholt. Er hat mir glaubhaft versichert, der Besitzer zu sein. Ich wusste nicht, dass Ihr …«

Argwöhnisch wartete er ab, aber der Knabe, der die Bürde eines Adelstitels auferlegt bekommen hatte, vervollständigte seinen Satz nicht.

»Lonyer?«, hakte er nach.

Hastig nickte Lastborough und rannte beinahe quer durch den Raum zum Sekretär. Dort griff er sich ein Stück Papier, tauchte die Feder ein und schrieb etwas. Schließlich streute er Sand darauf, um die Tinte trocknen zu lassen, und schüttelte das Papier aus. Dann reichte er Andrew den Zettel. Verwundert nahm er ihn entgegen. Es stand lediglich ein Name darauf: *S. D. Lonyer.* Nachdenklich blickte er auf die Buchstaben und beschloss, den Mann aufzusuchen.

»So wie seine Begleiter aussahen, kamen die Männer aus East End.« Lastborough zögerte und schien zu überlegen, ob er noch etwas sagen sollte. »Diese Männer sind gefährlich«, schob er eingeschüchtert hinterher.

»Lassen Sie das getrost meine Sorge sein«, entgegnete Andrew lächelnd.

Im Gegensatz zu Lastborough war er nicht mehr grün hinter den Ohren. Das Leben hatte ihn einiges gelehrt, nicht einmal der Krieg hatte ihn niedergerungen. Er fürchtete keinen zwielichtigen Mann, der, so wie es den Anschein hatte, mit einigen Schlägern aufgekreuzt war.

»Danke.« Andrew wandte sich zum Gehen.

Als besäße der Butler die Gabe der Vorhersage, tauchte er in der Tür auf und geleitete ihn hinaus. Andrews Kutsche wartete vor dem Haus. Inzwischen hatte es leicht zu nieseln begonnen, und er war froh, rasch in den trockenen Landauer einsteigen zu können.

»Wir fahren nach East End«, informiert er seinen Kutscher, der mit unbewegter Miene nickte, die Treppe hochklappte und die Tür schloss.

Die Kutsche ratterte Richtung Osten los. Ohne die vorbeiziehenden Häuser wahrzunehmen, blickte Andrew aus dem Fenster und rekonstruierte ein ums andere Mal das Gespräch mit Lastborough.

Wie zu erwarten, wurden die Straßen immer schmutziger. Schon längst hatten sie die vornehmen Gegenden Londons hinter sich gelassen und befanden sich in einem der verdreckten Arbeiterviertel, nicht weit von den zwielichtigen Straßen des Hafens entfernt. Obwohl die Federung seines Gefährts gut war, wurde Andrew ordentlich auf dem unebenen Kopfsteinpflaster durchgeschüttelt. Mit dem Stock klopfte er gegen die Decke.

»Etwas langsamer«, wies er den Kutscher an, der sofort die Geschwindigkeit drosselte.

Mit unbewegter Miene blickte er die Menschen an, die in ihren schmutzigen und abgewetzten Kleidern stehengeblieben waren und seine noble Kutsche begafften. Etliche Kinder liefen barfuß neben dem Gefährt her, dabei war es viel zu kalt, um auch nur ohne Mantel auf die Straße zu gehen. Bettler und Kranke lagen am Wegrand und warteten auf eine milde Gabe. Unwillkürlich tastete er nach seiner Börse. Doch leider enthielt sie zu wenig, um all das Leid, das hier herrschte, zu mildern. Alles was er geben konnte, war nicht mehr als ein Tropfen auf den heißen Stein.

Der Kutscher zügelte die Pferde, da vermutlich etwas ihren Weg blockierte. Ein größerer Bursche klopfte an sein Fenster. Unwillkürlich wich Andrew ein Stück zurück. Sollte es einer von ihnen wagen, die Kutsche zu öffnen, würde derjenige seinen Stock zu spüren bekommen.

Eine Bewegung neben dem Landauer erregte seine Aufmerksamkeit. Es war eine Frau, die im Gegensatz zu den anderen umherstehenden keine Notiz von seiner Kutsche nahm und sich durch die Menge drängte. Andrew konnte nicht erklären, was genau seine Wachsamkeit erregte, doch die Gestalt kam ihm seltsam vertraut vor. Neugierig beugte er sich vor, um noch einen Blick auf sie zu erhaschen. Die Frau passte nicht in diese Gegend. Ihr Kleid war zu sauber, der Stoff zu fein. Als die Frau einem herbeirennenden Kind auswich, drehte sie sich leicht, und er konnte ihr Profil erkennen.

Andrew wurde blass. Emilia!

Nein, er musste sich getäuscht haben. Lady Emilia Colby würde er nie in diesen Straßen Londons antreffen.

Ratternd setzte sich die Kutsche wieder in Bewegung, und Andrew beugte sich vor, um sich zu versichern, dass er sich geirrt hatte. Doch die Frau war nicht mehr zu sehen.

Er fluchte.

War sie es oder nicht? Es ließ ihm keine Ruhe.

»Anhalten!«, brüllte er und hatte die Tür bereits aufgerissen, noch ehe die Räder zum Stehen kamen.

Er stieß die Tür komplett auf und stürzte an den Menschen vorbei, die verunsichert zurückwichen und ihn mit offenen Mündern angafften. Andrew achtete nicht auf sie. Suchend sah er sich um und erspähte einige Meter vor sich den dunkelblauen Stoff. Das musste die Frau sein.

Er ging los, so schnell es ihm mit seinem Stock möglich war. Wenigstens wich das Gesindel eingeschüchtert vor ihm zurück und machte ihm Platz. Andrew beschleunigte seine Schritte. Sie durfte ihm nicht entwischen. Er musste sich beeilen, ehe die Frau in den verwinkelten Gassen verschwunden war und er sie nicht mehr finden würde.

Eigentlich konnte es nicht Emilia sein, dessen war er sich sicher. Gleichzeitig musste er Gewissheit haben und wollte der Frau ins Gesicht sehen, um festzustellen, dass es nicht die warmen goldbraunen Augen jener jungen Dame waren, die ihn so aus dem Gleichgewicht gebracht hatten.

Fast hatte er sie eingeholt. Bisher hatte sie ihn noch nicht bemerkt und ging, nein, sie stolperte eher weiter. Andrew kam ihr immer näher. Nur noch ein paar Schritte, dann konnte er sie erreichen. Kurz bevor sie ein weiteres Mal abbiegen konnte, bekam er sie am Oberarm zu fassen.

»Warte!«

Inzwischen war er ein wenig außer Atem. Eine so lange Strecke in zügigem Tempo war er schon seit einer Weile nicht mehr gelaufen. Vermutlich sogar noch nie, seit er auf den verdammten Stock angewiesen war.

Die Frau zuckte zusammen und fuhr herum. Ihre Augen weiteten sich vor Entsetzen, als sie ihn erkannte und er war mindestens ebenso überrascht, *sie* hier zu sehen.

Es war tatsächlich Emilia.

Andrew konnte nicht sagen, was ihn mehr aus der Fassung brachte. Dass sie es wirklich war oder dass sie ohne Haube, ohne Umhang und ohne Handschuhe, lediglich in ein einfaches Morgenkleid gehüllt, mutterseelenallein in dieser Gegend unterwegs war. Dazu die zarten Seidenschuhe, die für eine Ballnacht geschaffen sein mochten, dem Morast der Straßen jedoch nichts entgegenzusetzen hatten und längst durchweicht waren.

»Was machen Sie hier?«, krächzte er entgeistert, während er sich langsam wieder fing.

Emilia wandte sich ab. »Bitte lassen Sie mich gehen!«

Die greifbare Verzweiflung in ihrer Stimme und ihr jämmerliches Aussehen rührten Andrew, sodass er um ein Haar ihrem Wunsch entsprochen und ihren Arm freigegeben hätte. Doch in letzter Sekunde besann er sich. Er konnte sie unmöglich ihren Weg fortsetzen lassen. Nicht in einer Gegend, in der hinter jeder Straßenbiegung Halunken lauern konnten. Dieser Teil Londons war lebensgefährlich, ganz besonders für eine unschuldige junge Dame wie sie.

»Das ist kein Ort für eine Lady.« Seine Finger krallten sich fester um ihren Oberarm, als fürchtete er, sie wolle sich jeden Moment losreißen.

»Ich bin keine Lady.« Abermals durchlief ein Beben ihren Körper, doch diesmal schluchzte sie. Oder zitterte sie vor Kälte?

Nun ließ Andrew sie doch los, aber nur, um seinen Umhang abzunehmen und um ihre zierliche Gestalt zu legen.

»Lady Emilia.« Er konnte seine Erschütterung über ihren aufgelösten Zustand nicht verbergen.

Ein Blick auf seine Umgebung verriet ihm, dass sie viel zu viel Aufsehen erregten. Die Menschen standen um sie herum und gafften sie ungeniert an. Er musste Emilia schleunigst von hier fortbringen.

»Kommen Sie mit.« Er legte schützend einen Arm um ihre Schultern und wollte sie zu seiner Kutsche geleiten, doch sie sträubte sich.

»Nein, ich kann nicht.« Verzweifelte schüttelte Emilia den Kopf.

»Ich kann Sie unmöglich an diesem gefährlichen Ort lassen. Meine Kutsche steht nicht weit entfernt. Seien Sie also vernünftig und kommen Sie mit, wenn Ihnen Ihr Leben lieb ist!«

Verschreckt sah sie sich um, und abermals weiteten sich ihre Augen, als die Erkenntnis in ihren Verstand sickerte, dass sie im Mittelpunkt der Aufmerksamkeit stand. Endlich gab sie ihren Widerstand auf und ließ sich von ihm fortführen.

Die Leute starrten ihnen neugierig hinterher. Ihrer beider Anwesenheit in einer solchen Gegend würde zweifelsohne für ordentlich Gesprächsstoff sorgen und binnen Kürze auch die vornehme Gesellschaft Londons erreichen.

Verdammt. Doch darüber würde Andrew sich Gedanken machen, wenn Emilia in Sicherheit war.

»Mylord.« Offensichtlich erleichtert, ihn zu sehen, öffnete der Kutscher den Wagenschlag.

Andrew half Emilia beim Einsteigen und folgte ihr unmittelbar.

»Wohin soll ich fahren?«, erkundigte sich der Kutscher irritiert.

»Raus aus dieser Gegend«, entschied Andrew und zog die Kutschentür hinter sich zu.

Endlich waren sie allein. Die Vorhänge an den Fenstern verhinderten, dass Neugierige in das Innere der Kutsche blicken konnten. Hier waren sie sicher vor den Gaffern und dem Getratsche der Klatschmäuler.

Andrew musterte Emilia. Zusammengesunken saß sie da und sah entsetzlich mitgenommen aus. Sie war blass und vollkommen verängstigt. Ein Glück, dass er sie gefunden hatte. Er wagte nicht, sich auszumalen, was ihr alles hätte zustoßen können.

Doch was machte sie hier?

Andrew brannte auf eine Antwort.

KAPITEL 17

Emilia fror. Schützend zog sie den Umhang, den Lord Ashwood ihr umgelegt hatte, enger um sich. Von seiner Körperwärme war er noch warm. Der Stoff war angenehm weich und roch überraschend gut: Herb und männlich.

Für einen Moment schloss Emilia die Augen und gab sich dem Trugbild hin, dass alles gut werden würde. Sie fühlte sich sicher und beschützt, aber damit täuschte sie sich nur selbst. Sobald sie Lord Ashwood alles gestanden hatte, würde er sie wieder auf die Straße werfen. Ihr Leben war ruiniert und wie auch immer man es drehte und wendete, es hatte keinen Sinn mehr. Lediglich das Wissen, dass sie nicht mehr nur für sich allein verantwortlich war, hatte sie bisher davon abgehalten, eine Dummheit zu begehen.

Doch wie sollte es jetzt weiter gehen? Welche Zukunft hatte sie noch? Als mittellose Frau bekäme sie sicherlich Arbeit als Gesellschafterin oder Gouvernante bei einfachen Landadeligen, aber nicht als Schwangere oder ledige Mutter. Niemand würde sie so einstellen. Vielleicht mochte sie ihren Zustand noch ein paar Monate verbergen können, aber dann? Außerdem hatte sie nicht die geringste Ahnung, welche Arbeiten sie in einem Haushalt erledigen müsste. Verwandte, zu denen sie gehen konnte, gab es ebenso wenig wie Freunde, die ihr Unterschlupf gewähren würden. Sie benötigte dringend ein Zimmer, aber selbst in dieser schäbigen Gegend kostete das mehr, als sie besaß, denn sie hatte nichts. Lediglich die Kleider, die sie am Leib trug.

Es gab niemanden, auf den sie sich verlassen konnte, außer auf sich selbst. Sie musste das Kind – Edwards Kind – schützen. Auch wenn sich alles in ihr dagegen sträubte, wusste sie, dass das einzige Vernünftige war, nach Hause zurückzukehren.

Emilia kuschelte sich tiefer in den schützenden Umhang und schloss die Augen. Sie kämpfte um jede Minute und wusste doch, dass sie sich der bitteren Realität stellen musste.

Das Rattern der Kutsche wirkte beruhigend. Inzwischen fror Emilia auch nicht mehr. Lord Ashwood saß ihr schweigend gegenüber und beobachtete sie aufmerksam. Bisher war sie seinem Blick ausgewichen und hatte aus dem Fenster gestarrt, obwohl die Vorhänge zugezogen waren. Doch nun zwang sie sich, ihn anzusehen.

Ausgerechnet Lord Ashwood hatte sie in dieser desaströsen Situation gefunden, ausgerechnet der Marquess, der so überaus nett zu ihr gewesen war. Auch wenn er über das Treffen im Garten Stillschweigen bewahrt hatte, war mit diesem Zusammentreffen ihr gesellschaftlicher Abstieg besiegelt. Das war jedoch nicht das Schlimmste. Es wäre die Enttäuschung in seinem Blick, vor dem sie sich am meisten fürchtete.

»Wie geht es Ihnen?« Die Besorgnis stand klar in seinen wachsamen grün-grauen Augen, doch es lag keinerlei Zorn oder Bestürzung darin, womit sie gerechnet hätte. »Möchten Sie mir verraten, was Sie in so einer Gegend zu suchen hatten?«

Emilia hatte keine Ahnung, wo sie gewesen war. Nachdem sie das Haus verlassen hatte, war sie einfach gelaufen und gelaufen. Sie spürte die unangenehme Nässe in den viel zu leichten Schuhen, die nicht für einen Ausflug auf die Straße gemacht waren. Langsam schüttelte sie den Kopf. Sie brachte kein Wort über die Lippen. Für ihr Verhalten gab es keine Entschuldigung und was auch immer sie sagte, sie würde alles nur noch schlimmer machen.

»Ich werde Sie nach Hause fahren«, entschied Lord Ashwood daher.

Erschrocken hob Emilia den Kopf. »Nein!« Entsetzt starrte sie ihn an. Er konnte sie nicht nach Hause fahren, sie konnte nicht mehr zurück!

»Lady Emilia.« Seine Stimme war eindringlich und unendlich sanft. »Bitte erzählen Sie mir, was geschehen ist, und ich helfe Ihnen, damit alles wieder in Ordnung kommt.«

Tränen stiegen ihr in die Augen. Das konnte er nicht. Niemand konnte ihr helfen. Emilia drehte den Kopf und blickte fort. Abermals sah sie aus dem Fenster, konnte aber hinter dem Stoff nur vage Umrisse erkennen. Sie wollte nicht weinen. Um Himmelswillen, doch nicht hier vor Lord Ashwood!

»Bitte lassen Sie mich gehen«, bat sie leise.

»Seien Sie nicht töricht!« Der Marquess beugte sich vor und war ihr auf einmal sehr nahe. »Sie werden sich den Tod holen. Ihre arme Mutter ist sicherlich längst krank vor Sorge.«

Nun konnte Emilia ihre Tränen nicht mehr zurückhalten. Sie schluchzte auf und begann bitterlich zu weinen. Wenn der Marquess nur wüsste ... Ihre Mutter mochte zwar aufgelöst sein, doch nicht, weil Emilia fortgelaufen war, sondern weil sie Schande über die Familie bringen würde.

»Ich kann nicht zurück.« Verzweiflung bemächtigte sich ihrer, und Emilia wusste nicht, was sie tun sollte.

Lord Ashwood sagte nichts. Er hatte den Kopf leicht schräg gelegt und blickte sie abwartend an. Sie hatte mit Protest gerechnet, einer Belehrung oder Ermahnung, doch nachdem er noch immer schwieg, wurde ihr zunehmend mulmig zumute. Vorsichtig schielte sie zu ihm hinüber, wurde gefangen von seinem warmen sorgenvollen Blick, der so vollkommen bar jedes Vorurteils war.

Auch ohne Worte drängte er sie, das Unaussprechliche in Worte zu fassen. Doch dann würde die Freundlichkeit verschwinden, und er hätte nur noch Verachtung und Missbilligung für sie übrig.

Wieder wandte sie das Gesicht von ihm ab. »Ich habe etwas Unverzeihliches getan«, gestand sie ergeben. Sie wartete darauf, dass er etwas sagte und als er das nicht tat, wagte sie, ihn vorsichtig anzusehen.

»Davon wird die Welt nicht untergehen. Jeder von uns macht Fehler«, erklärte er noch immer freundlich.

Im ersten Punkt irrte er. Ihre Welt würde unweigerlich untergehen und den Fehler, den sie begangen hatte, würde ihr die Londoner Gesellschaft nie verzeihen – ebenso wenig wie ihre Familie.

Seine ungeteilte Aufmerksamkeit lag noch immer auf ihr, und Emilia musste fortfahren. Woher sie die innere Stärke für ihre nächsten Worte nahm, wusste sie nicht.

»Ich erwarte ein Kind«, stieß sie tonlos hervor. Dann schloss sie die Augen und kämpfte gegen die erneut aufsteigenden Tränen an. Es auszusprechen, machte es so viel realer. »Ich habe alle enttäuscht.« Ihre Stimme brach.

Mit gesenktem Kopf saß sie da und wagte nicht aufzublicken. Sie wollte die Verachtung in seinem Blick nicht sehen. Wortlos streckte ihr Lord Ashwood ein blütenweißes Taschentuch entgegen. Emilia nahm es und wischte damit die Tränen fort, die über ihr Gesicht liefen. Undamenhaft schniefte sie und klammerte sich an das Baumwolltuch, als wäre es ihr Rettungsanker.

Es dauerte eine ganze Weile, bis Lord Ashwood wieder sprach. »Es gibt für alles eine Lösung.«

Mit einem Mal erfasste sie unbändige Wut. So etwas Unsinniges konnte auch nur ein Mann behaupten. Was wusste er schon davon, wie es war, eine Frau zu sein? Als Gentleman waren ihm Einschränkungen und gesellschaftliche Zwänge fern.

»Es gibt keine Lösung!«, brach es aus ihr heraus. Sie ertrug es nicht länger, und so sprudelten die Worte aus ihr hervor. »Ich bin schwanger, und der Mann, den ich liebe, hat mich für immer verlassen. Lord Hetherford stellt mir nach, aber da Edward tot ist, habe ich niemanden, der mich vor diesem schmierigen, abartigen Lüstling schützt. Sogar Mutter und Alexander halten es für eine gute Idee, dass ich ihn heirate. Lord Hetherford könnte vom Alter her mein Vater sein!« Instinktiv legte sie eine Hand auf ihren flachen Bauch. »Aber wenn es nach meiner Mutter geht, werde ich ihn noch diese Woche heiraten, denn dann kann ich der Londoner Gesellschaft einen legitimen Vater für mein Kind präsentieren. Für Edwards Kind.« Erneut liefen ihr Tränen über die Wangen. »Es gibt für mich keine Lösung.«

Eine ganze Zeitlang herrschte Schweigen in der Kutsche.

»Sie wären nicht die erste Lady, die ein Kind bekommt.« Voller Mitgefühl sah er sie an. »Haben Sie schon einmal darüber nachgedacht, aufs Land zu fahren und dort Ihr Kind zu bekommen? In ein oder zwei Jahren können Sie dann nach London zurückkehren.«

Emilia reagierte nicht. Sie wusste nicht, in welcher Welt der Marquess lebte, aber ihr war keine Dame der Gesellschaft bekannt, bei der dies funktioniert hatte. Diejenigen, die in Schimpf und Schande davongejagt worden waren, kehrten nicht zurück.

»Sie wären überrascht, bei wie vielen Damen das funktioniert hat«, schob Lord Ashwood lächelnd hinterher.

Emilia blinzelte. Konnte das wirklich wahr sein? Gab es Frauen, deren Ruf so etwas unbeschadet überstanden hatte? Wenn die Familien und das Personal Stillschweigen darüber bewahrten und sonst niemand Bescheid wusste, war dies sogar vorstellbar. Doch Emilia erlaubte sich nicht, Hoffnung zu schöpfen. Für sie würde es keine weitere Saison geben, daher schüttelte sie entschieden den Kopf. Bis sie bereit wäre, in die Gesellschaft zurückzukehren, besäße ihre Familie in London kein Haus mehr. Wobei sie sich ohnehin nicht vorstellen konnte, ihr Kind in der Obhut Fremder zurückzulassen.

»Hetherford erscheint mir in der Tat nicht der Richtige zu sein, aber eine baldige Vermählung würde Ihnen Schutz bieten und Ihr Kind legitimieren«, überlegte Lord Ashwood laut.

Emilia hatte nicht die Kraft, sich mit ihm auseinanderzusetzen. »Und welcher Lord würde sich freiwillig ein Kuckuckskind unterschieben lassen?«

Die Frage blieb zwischen ihnen hängen, unbeantwortet. Der Marquess hatte aufgegeben, ihr weitere Lösungsmöglichkeiten vorzuschlagen, und dafür war Emilia äußerst dankbar. Sie zog den Umhang ein Stück höher und schottete sich so vor der Außenwelt ab. Lord Ashwood hob den Stock und klopfte gegen das Dach der Kutsche. Das Geräusch ließ Emilia zusammenzucken.

»Hardstaff House«, wies er den Fahrer an.

Entsetzt riss Emilia die Augen auf und setzte sich gerade hin. Sie konnte nicht zurück zu ihrer Familie. Lord Ashwood konnte sie unmöglich nach Hause fahren!

»Nein!«

»Ich bringe Sie zu Ihrer Familie, und dort klären wir die Sache.« Seine Worte waren unmissverständlich und klar, sodass Emilia nicht wagte zu widersprechen.

Ängstlich versteckte sie sich in dem schützenden Umhang des Marquess, starrte die gegenüberliegende Kutschenwand an und wünschte sich, sich in Luft auflösen zu können. Lähmende Kraftlosigkeit legte sich bleischwer auf ihre Glieder, und ihr fielen die Augen zu, ohne dass sie dagegen etwas tun konnte.

KAPITEL 18

Andrew saß in der schaukelnden Kutsche und betrachtete die schlafende Frau ihm gegenüber. Sie wirkte so zart und zerbrechlich. Es war gut, dass der Schlaf sie übermannt hatte.

Der Auftrag des Commanders war einer wesentlich wichtigeren Angelegenheit gewichen. Das Bedürfnis, Emilia zu helfen, war übermächtig. Auch wenn Andrews Verstand sich noch ein wenig sträubte, hatte sein Herz die Entscheidung längst getroffen.

Emilias Verzweiflung ging ihm sehr nahe. Viel näher, als es hätte sein dürfen. Zweifelsohne hatte sie sich nicht ganz vorbildlich verhalten, aber als sie dann von Hetherford erzählte, hatte er das dringende Bedürfnis verspürt, dem Mistkerl mit der Faust ins Gesicht zu schlagen. Allein die Vorstellung, Emilia an der Seite eines solchen Wüstlings zu wissen, trieb ihm die Schweißperlen auf die Stirn. Ihr Schicksal sollte ihn nicht berühren, aber es tat es. Zwar war er nicht für sie verantwortlich, dennoch zwang ihn etwas, ihre Schwierigkeiten zu den seinen zu machen und damit Emilia ins Verderben zu stürzen. Zwangsläufig würde er sie unglücklich machen. Aber seine Selbstsucht war zu groß.

Also hatte er im vollen Bewusstsein, dass er eine große Dummheit beging, den Kutscher angewiesen, nach Hardstaff House zu fahren. Halb London würde mitbekommen, dass die Kutsche des Marquess of Ashwood bei den Colbys halten würde, und damit nicht genug. In Windeseile würde sich herumsprechen, dass er und Lady Emilia unbegleitet in der Kutsche gefahren waren, und das würde den gesellschaftlichen Ruin der jungen Frau besiegeln.

Natürlich hätte sich die Angelegenheit auch diskreter regeln lassen, doch das war nicht in seinem Sinne. Dass Emilia vor aller Augen seine Kutsche verlassen würde, dafür würde er schon sorgen. Seinen eigenen Namen brachte er aus purem Egoismus ins Spiel. Er hatte soeben über ihre Zukunft entschieden, und Emilia würde nichts anderes übrigbleiben, als seinen Wünschen zu entsprechen. Dabei war es ihm vollkommen egal, dass er sich ihr aufzwingen würde. Andrew wollte Emilia, wie er noch nie im Leben etwas begehrt hatte, und das, was er tun würde, geschah aus purem Eigennutz.

Nachdenklich sah er zum Fenster, betrachtete intensiv das Muster des schweren Vorhangs, der ihm die Sicht nahm. Doch das war ihm im Moment nur recht.

Die Kutsche hielt, und ein unsicherer dürrer Lakai, der von Hardstaff House herbeigeeilt kam, öffnete den Wagenschlag. Seine Augen weiteten sich vor Entsetzen, als er Emilia erblickte. Hastig drehte er sich um und rief den Butler herbei. Auch eine ältliche Hausdame kam angelaufen.

Stumm und mit gesenktem Kopf stieg Emilia aus. Andrew folgte ihr im gebührlichen Abstand. Emilia wirkte, als hätte sie aufgegeben. Ihre Schultern hingen kraftlos nach unten, ihre ganze Körperhaltung drückte Hoffnungslosigkeit aus. Dabei sah sie in seinem übergroßen Umhang so zerbrechlich aus, dass sich dieser Anblick schmerzhaft in Andrews Herz bohrte. Die resolute Hausdame legte schützend einen Arm um Emilia und führte sie hinein.

Damit hatte Andrew eigentlich seine Schuldigkeit getan und wenn ihm wirklich Emilias Wohl am Herzen gelegen hätte, hätte er sich umgedreht, wäre in die Kutsche gestiegen und weitergefahren. Andrew konnte nicht. Sie gehörte ihm, und er würde sie bekommen und gleichzeitig sicherstellen, dass Hetherford aus dem Rennen war.

Entschlossen wandte er sich dem Bediensteten zu. »Ich möchte mit Lord Hardstaff sprechen!« Trotz der höflichen Formulierung war es keine Bitte, sondern ein Befehl.

Der dürre Lakai erbleichte und verbeugte sich ungelenk.

»Mylord«, hauchte er ehrfürchtig und wusste nicht wohin mit seinen Augen.

Als der Butler aus dem Haus trat und der Lakai ihm die Angelegenheit übergeben konnte, wirkte er regelrecht erleichtert.

»Mylord.« Der alte Butler trat auf ihn zu. »Bitte folgen Sie mir.« Im Gehen wies er jedoch noch den Lakai an: »Kümmere dich um den Kutscher und die Pferde des Marquess und hole sie von der Straße.«

Andrew betrat Hardstaff House zum ersten Mal. Die Eingangshalle war schlicht gehalten, ohne unnötigen Prunk und Protz, wie er es aus vielen Londoner Stadthäusern kannte.

Die Familie Colby pflegte einen einfacheren Lebensstil oder konnte sich nichts anderes leisten.

»Möchten Sie ablegen?«, erkundigte sich der Butler.

Die Handschuhe hatte Andrew in der Kutsche gelassen, den Umhang trug Emilia, aber den Hut reichte er dem Bediensteten. Den Stock behielt er wie gewohnt bei sich.

»Bitte folgen Sie mir.« Der gediegene Butler führte Andrew in das Arbeitszimmer des Hausherrn.

»Ich werde Lord Hardstaff informieren, dass Sie ihn zu sprechen wünschen.« Mit einer knappen Verbeugung zog sich der Butler zurück.

Andrew blickte sich im Arbeitszimmer des Hausherrn um. Der massive Sekretär, der den Raum dominierte, verschwand unter einem Berg Schriftstücke. Eine derartige Schlamperei gab es bei ihm nicht. Von seinem Vater hatte er gelernt, wie wichtig Ordnung war, und auch, wenn er nicht alle Entscheidungen seines Vaters gutgeheißen hatte, hatte er ihn doch zum Vorbild genommen, wie er sein Vermögen verwaltete.

Auch in dem Wandregal hinter dem Schreibtisch herrschte Unordnung. Es stapelten sich lose Papiere, gebundene Ledereinbände, das eine oder andere Buch und diverse Briefumschläge auf der Arbeitsfläche. Neugierig trat Andrew näher und warf einen interessierten Blick auf den Sekretär. Zwar würde er niemals fremde Unterlagen durchwühlen, wenn es dafür keinen Grund gab, aber er hatte keine Scheu, offene Briefe zu lesen. Es handelte sich größtenteils um Schuldschreiben und Aufstellungen fälliger Beträge, die dringend zu zahlen waren. Offenkundig hatte Hardstaff massive Probleme, seine Rechnungen zu begleichen.

Die Tür hinter ihm ging auf. Andrew drehte sich um und ließ sich dabei nicht anmerken, was er soeben über den Hausherrn erfahren hatte. Alexander Colby, der 3. Earl of Hardstaff, stand mit sorgenvoller Miene vor ihm. Andrew war dem jungen Mann noch nie begegnet, war aber gewillt, sich um Emilias Willen mit ihm gutzustellen.

»Lord Ashwood, ich bin untröstlich«, versicherte der hochgewachsene junge Mann schnell.

Mit langen Schritten ging er an Andrew vorbei, um sich vor seinem Schreibtisch zu positionieren. Der Marquess nahm den strengen Duft von Pferden und Heu wahr. Er kannte den Ruf des Earls, der sich lieber auf der Rennbahn herumtrieb, anstatt an gesellschaftlichen Ereignissen teilzunehmen. Allerdings war der Reitsport ein teures Hobby, und manch einer schien sich das nicht leisten zu können.

»Ich kann mein Bedauern über die furchtbare Situation nicht in Worte fassen. Welche Zumutung für Sie, Ihre Lordschaft.«

Für einen Moment stutzte Andrew. Er hatte erwartet, dass Emilias Bruder sich bei ihm für die Rettung seiner Schwester bedanken würde, doch keine Entschuldigung.

»Ich weiß nicht, was sie Ihnen erzählt hat, aber ich hoffe, Sie haben ihr Geschwätz nicht ernstgenommen. Sie ist verwirrt und derzeit nicht ganz zurechnungsfähig.«

So also wollte Hardstaff ihm die Situation erklären. Andrew gefiel es nicht, wie der Earl seine Schwester darstellte.

»Ich habe Lady Emilia allein, durchgefroren und in einem desolaten Zustand mitten in London gefunden, nur wenige Straßen vom East End entfernt.« Andrew konnte sich die scharfe Zurechtweisung nicht verkneifen.

»Ich entschuldige mich für die Unannehmlichkeiten, die meine Schwester Ihnen bereitet hat. Wenn sie Ihrem Eigentum Schaden zugefügt hat, komme ich selbstverständlich dafür auf.«

Andrew schnappte nach Luft. Das Verhalten des Earls war für ihn nicht nachvollziehbar. Ihm musste doch an dem Wohlergehen seiner Schwester gelegen sein. Geld war Andrew ohnehin egal, und Hardstaff hätte sicher nicht die finanziellen Mittel, um ihn zu entschädigen.

»Ich denke nicht, dass das nötig sein wird«, antwortete er daher scharf. »Ich möchte nur, dass Sie sicherstellen, dass Ihre Schwester nie mehr allein umherirrt.«

Der Earl betrachtete seine Hände, als gäbe es daran etwas Außergewöhnliches zu sehen. »Ich garantiere Ihnen, es wird nicht wieder vorkommen.«

Andrew beschloss, das Thema fallen zu lassen. Es gab Wichtigeres zu besprechen, und danach wäre Hardstaff nicht mehr für das Wohlergehen seiner Schwester verantwortlich.

»Lady Emilia wurde gesehen, wie sie unbegleitet meiner Kutsche entstiegen ist.«

Hardstaff hob den Kopf, und in seinen Augen las er eine ungewöhnliche Härte und Entschlossenheit, die er bei dem jungen Mann nicht für möglich gehalten hatte. »Es ist überaus nobel von Ihnen, dass Sie sich um die Belange meiner

Familie kümmern, aber ich kann Ihnen versichern, das müssen Sie nicht.«

»Der Ruf Ihrer Schwester wird damit ruiniert sein.«

»Sie ist so gut wie verheiratet.« Hardstaff lächelte gequält. »Dieser bedauerliche Zwischenfall wird daran nichts ändern.«

Andrew überlegte einen Moment, wie er seinem Gegenüber erklären konnte, dass Emilia Hetherford nicht heiraten würde. »Ihre Schwester hat mir von der geplanten Vermählung mit Hetherford berichtet.«

Hardstaff nickte eifrig. »In der Tat, wir sind uns bereits einig geworden.«

Demonstrativ verschränkte Andrew die Arme vor der Brust und blickte den Earl herausfordernd an.

»Unter uns Männern«, begann er im vertraulichen Ton. »Wollen Sie Ihre Schwester wirklich mit einem Mann wie ihm verheiraten? Wir wissen doch beide, dass er seine Hände nicht bei sich behalten wird.« Es war ein offenes Geheimnis, wie regelmäßig Hetherford das Bordell aufsuchte und verwerfliche Veranstaltungen mit seiner Anwesenheit beehrte. »Denken Sie wirklich, er ist ein geeigneter Gatte für Ihre Schwester?«

Hardstaff erblasste, wandte sich ab und starrte auf das große Bild, das über den Kamin hing. Ein Gentleman in der Kleidung des letzten Jahrhunderts war darauf abgebildet. Andrew vermutete, dass es sich um den ersten Earl of Hardstaff und Emilias Großvater handelte.

»Meine Mittel sind beschränkt, und glauben Sie mir, für Emilia ist es die beste Option.«

Demonstrativ stellte Andrew sich vor den Kamin und verschränkte die Arme vor der Brust. »Dann geht es also um geschäftliche Belange«, fasst er zusammen.

Hardstaff wurde noch eine Spur blasser.

Es ging also tatsächlich um Geld. Davon besaß er mehr als genug, um den Viscount aus dem Rennen zu werfen.

»Wie viel?«

»Wie viel?«, echote Hardstaff und setzte eine verwirrte Miene auf.

»Wie viel wollen Sie für Emilia?«

Auch wenn es ihm missfiel, um eine Frau zu feilschen wie um ein Pferd, waren ihm die Spielregeln sehr wohl bekannt. Andrew würde als klarer Sieger aus diesem Duell hervorgehen.

»Ich glaube nicht, dass …«, stammelte Hardstaff.

»Nennen Sie mir eine Summe.« Andrew machte einen Schritt auf ihn zu. In den Augen des Earls spiegelte sich dessen innerer Kampf. Schließlich überwog die Gier, und er nannte einen Betrag, der jenseits jeglicher Vernunft lag. Auf die Hälfte hätte Andrew sich womöglich eingelassen, aber das hier war mehr als unverschämt.

»Mir ist Lady Emilias Zustand bekannt.« Mit ruhiger Stimme fuhr er fort: »Ich gehe davon aus, Hetherford weiß nichts von dem Kind. Wie viel hätte er Ihnen für Emilia gezahlt?«

Ein Teil von Andrew wünschte sich, der Earl würde ihm entrüstet widersprechen, doch er tat nichts dergleichen. Obwohl er es bereits geahnt hatte, konnte Andrew es kaum glauben. Hardstaff hatte seine Schwester an einen alten Lüstling wie Hetherford verkauft. Den Zorn, der ihn erfasste, nur mühsam im Zaun haltend, machte er einen Schritt auf Emilias Bruder zu.

»Ich zahle Ihnen die gleiche Summe wie Hetherford und keinen Penny mehr.« Herausfordernd starrte er Hardstaff an. »Außerdem begleiche ich die Außenstände auf Ihrem Sekretär und übernehme die Unterhaltskosten für dieses Haus bis Ende nächsten Jahres.«

Hardstaffs Augen wurden groß wie Untertassen.

»Emilia wird sich freuen, wenn ihre Mutter in der nächsten Saison eine standesgemäße Unterkunft hat.« Nur deswegen war er so großzügig.

Eifrig nickte Hardstaff.

»Sie unterrichten Hetherford unverzüglich darüber, dass Sie Ihre Meinung geändert haben, und ich rede mit Emilia – und zwar allein«, verlangte er.

Eingeschüchtert stimmte ihm Hardstaff ein weiteres Mal wortlos zu. »Ich werde Emilia holen lassen.«

Während der Earl sich auf den Weg machte, der Dienerschaft Anweisungen zu geben, atmete Andrew auf. Es war vorbei. Tatsächlich war er davon ausgegangen, deutlich mehr verhandeln zu müssen. Umso besser, dass sein Gegenüber nicht wusste, dass er nicht nachgegeben und sogar noch mehr Geld für Emilia bezahlt hätte.

Doch gleichzeitig vermochte er nicht, sich über diesen Sieg zu freuen. Was würde Emilia zu der Abmachung sagen? Er stellte sie vor vollendete Tatsachen. Im Gegensatz zu ihm hatte sie keine Wahl. Das schlechte Gewissen nagte am ihm, doch er war nicht bereit, sie gehen zu lassen. Emilia bot ihm die Erfüllung eines lang gehegten Traumes, von dem er nicht ausgegangen war, dass er sich je verwirklichen würde. Nun lag er in greifbarer Nähe. Eine eigene Familie …

Hardstaff hatte bereits die Tür erreicht, drehte sich nun aber noch einmal zu ihm um. »Warum tun Sie das?«

Andrew war nicht bereit, sich einem anderen zu öffnen. Es fiel ihm selbst schon schwer, sich seine Gründe einzugestehen.

»Weil ich es kann«, sagte Andrew schlicht.

Für einen Moment glaubte er, dass Hardstaff etwas sagen würde. Doch er presste nur die Lippen zusammen und verließ das Arbeitszimmer, um Emilia holen zu lassen.

»Und noch etwas«, schob Andrew hinterher. Aufmerksam wartend blickte der Hausherr ihn an. »Wer weiß alles von der Schwangerschaft?«

Hardstaff überlegte, und Andrew ließ ihm die Zeit.

»Der Doktor, Emilias Zofe, Mutter und ich«, fasste der Earl schließlich zusammen.

»Sorgen Sie dafür, dass es dabei bleibt!« Eine unmissverständliche Anweisung. Andrew würde nicht zulassen, dass Emilias Ruf litt. Wenigstens das konnte er für sie tun.

Hardstaff nickte, dann verließ er das Arbeitszimmer.

Die Würfel waren gefallen.

KAPITEL 19

»Emilia!« In Lady Hardstaffs Stimme schwang so viel Vorwurf mit, wie sie mit Worten kaum hätte ausdrücken können.

Emilia fühlte sich maßlos enttäuscht. Lord Ashwood hatte sie an den Ort zurückgebracht, von dem sie geflohen war, weil sie es dort nicht mehr länger ausgehalten hatte. Und nun war sie wieder hier.

»Emilia!« Lady Hardstaff schlug entsetzt die Hände zusammen. »Bringt sie nach oben. Sie muss sich waschen und etwas Sauberes anziehen!«, wies sie die Bedienstete knapp an.

Jeder wusste, was er zu tun hatte. Emilia wurde nach oben geführt. Es dauerte nicht lang, bis warmes Wasser gebracht wurde. Nur widerwillig ließ sie sich den Umhang abnehmen. Er war ihr einziger Schutz gewesen, und ohne ihn fühlte sie sich entblößt. Beth half der Magd, Emilias Kleid auszuziehen. Dann wusch die Zofe sie unter den wachsamen Augen der Countess. Mit gesenktem Kopf stand Emilia in der Wanne. Sie hatte nicht mehr die Kraft, gegen ihr Umfeld aufzubegehren.

»Als ob deine Situation nicht schon schlimm genug wäre, hast du es nun auch noch zustande gebracht, deinen Ruf vollständig zu ruinieren«, schimpfte Lady Hardstaff entrüstet.

Emilia blickte nicht auf. »Lord Ashwood hat sich wie ein Gentleman verhalten«, widersprach sie.

Der Gedanke, er könnte in die Sache mit hineingezogen werden, war ihr unerträglich. Er konnte nichts für ihre Situation, hatte sich ihr gegenüber untadelig verhalten. Alles, was geschehen war, war allein ihre Schuld.

»Als würde das eine Rolle spielen. Er ist ein Marquess. Selbst wenn er der Vater deines Bastards wäre, würde das an ihm abprallen. Es sind immer wir Frauen, die den Schaden haben.« In diesem Fall klang ihre Mutter ausnahmsweise mal nicht zynisch, sondern für ihre Verhältnisse fast verständnisvoll.

Unwillkürlich legte Emilia die Hand auf den Bauch. Aber Beth zog sie sofort wieder weg, um ihren Arm zu waschen. Emilia ließ es widerstandslos geschehen. Die Worte ihrer Mutter hatten sie verletzt. Es war Edwards Kind. Ein Kind der Liebe. Sie wollte dieses Kind und sie würde es lieben.

»Du kannst darum beten, dass Lord Hetherford dich noch nimmt.«

Allein bei dem Namen des Viscounts zog sich Emilias Magen schmerzhaft zusammen. Der Gedanke, ihn zu ehelichen, war ihr unerträglich. Wieder legte Emilia die Hand auf ihren Bauch. Ihre Entscheidung, das Kind zu behalten, hatte sie in der Kutsche getroffen. Deshalb musste sie leben. Wenn ihr einziger Ausweg war, Lord Hetherford zu heiraten, damit ihr Kind eine Zukunft hatte, würde sie das Opfer bringen. Ihr Herz war ohnehin nicht mehr dazu in der Lage, etwas zu empfinden. Alles fühlte sich taub an.

Mechanisch stieg sie in das Kleid, das Beth ihr hinhielt, und ließ die Zofe gewähren, die einige Zeit brauchte, um die winzigen Knöpfe am Rücken zu schließen.

Eine weitere Magd trat ein, knickste und huschte dann auf die Countess zu, um ihr etwas zuzuflüstern. Lady Hardstaffs Augen weiteten sich.

»Grundgütiger!«, rief sie entsetzt. »Der Marquess hat um eine Unterhaltung mit Alexander gebeten. Er ist noch im Haus.« Sie fächelte sich selbst Luft zu. »Wir werden dich zurechtmachen, und dann wirst du hinunter gehen und dich für deinen unsäglich beschämenden Auftritt entschuldigen.«

Emilia protestierte nicht. Sie ließ sich auf den Hocker nieder und blieb dort sitzen, während Beth ihr das Haar frisierte.

Die Countess dagegen schritt im Zimmer auf und ab. »Lord Ashwood in unserem Haus. Ich hoffe, Alexander kommt seinen Pflichten als Gastgeber nach.« Dann blieb sie mitten in der Bewegung stehen und starrte Emilia an. »Hast du sein Eigentum beschädigt?« Sie wartete nicht einmal auf eine Antwort und setzte ihren Fußmarsch durch den Raum fort. »Wenn er Schadensersatz verlangt … Wie sollen wir das nur bezahlen?«

Gerade als Beth die letzten Handgriffe tätigte, stand mit einem Mal Alexander im Türrahmen. Emilia konnte nicht sagen, wann er zuletzt ihr Zimmer betreten hatte. Seine Miene war angespannt, aber ansonsten undurchdringlich.

»Er will dich sehen.« Dabei sah er sie an und ignorierte den Tumult um sie herum.

»Lord Ashwood will dich sehen!«, plapperte Lady Hardstaff ihrem Sohn nach. »Nun beeil dich!«

Emilia reagierte nicht. Die Countess dagegen fuhr zu Alexander herum. »Was hat er gesagt? Was will er von Emilia? Hat er Schadensersatz gefordert? Ich hoffe, du hast dich in aller Form entschuldigt.«

Emilia befühlte das aufgesteckte Haar, als müsse sie sich vergewissern, ob alles zu ihrer Zufriedenheit war.

»Deine Frisur ist im Gegensatz zu deinen Manieren einwandfrei«, kritisierte Lady Hardstaff unnachgiebig. »Nun geh hinunter, beeil dich endlich. Einen Marquess lässt man nicht warten.«

Emilia zögerte. Sie wusste nicht, was Lord Ashwood von ihr wollte. Den Großteil der Fahrt hatten sie geschwiegen und dann war sie eingeschlafen. Womöglich wollte er sich vergewissern, dass es ihr gut ging? Obwohl er überaus freundlich zu ihr gewesen war, scheute sie sich davor, ihm gegenüberzutreten. Sie schämte sich für ihr ungebührliches Verhalten, und es tat ihr leid, ihm solche Umstände gemacht zu haben.

»Mutter hat recht«, stimmte Alexander der Countess zu, »du solltest den Marquess nicht länger warten lassen.«

Emilia versuchte, in Alexanders Gesicht zu lesen, was sie erwarten würde, doch er war ungewöhnlich zugeknöpft und – sie kannte ihn doch ziemlich gut – ein wenig nervös. Langsam erhob sie sich.

Sofort war Lady Hardstaff an ihrer Seite und zupfte ihr eine lose Strähne zurecht. »Blamiere unsere Familie bitte nicht noch mehr. Der Marquess ist durchaus einflussreich und er verkehrt in ganz anderen Kreisen als wir.«

Emilia nickte, wenngleich der Marquess sich gewiss längst ein Urteil über sie gebildet hatte. Da war nichts mehr zu retten. Er hatte sie in einem vollkommen aufgelösten Zustand vorgefunden, und sie hatte ihm alles erzählt. Als einziger Außenstehender wusste er von dem Kind und von Lord Hetherford. Ihren ganzen Mut zusammenkratzend verließ sie das Zimmer. Alexander und Lady Hardstaff folgten ihr, während das Personal zurückblieb.

»Wenn er seinen Umhang zurück möchte, sage ihm, dass du dafür sorgen wirst, dass er ihn morgen erhält. Wir lassen ihn selbstverständlich reinigen.«

Die Worte ihrer Mutter waren Emilia einerlei. Sie bezweifelte, dass der Marquess es nötig hatte, seinen Umhang zurückzufordern. Sicher hatte er mehr als genug davon. Emilia wusste, dass es vollkommen irrational war, aber sie wollte den Umhang gern behalten. Sich und ihr Kind darin einhüllen, beschützt vor der Außenwelt, umgeben von diesem männlichen, maskulinen Duft, der jede Faser des Stoffes längst durchdrungen hatte.

Sie erreichten die Halle.

»Meine Ausgehgarderobe«, wies Alexander den Butler an, der neben der Treppe stand.

Zumindest hörte Lady Hardstaff endlich auf, auf Emilia einzureden, und wandte sich stattdessen ihrem Sohn zu. »Wohin gehst du jetzt? Du kannst doch nicht das Haus verlassen, während der Marquess hier ist.«

»Ich habe noch etwas zu erledigen«, gab Alexander knapp Auskunft und ließ keinen Zweifel aufkommen, dass er sich nicht umstimmen lassen würde. Er warf sich seinen Umhang über, zog die Handschuhe an und setzte den Hut auf. Der Butler hatte bereits die Eingangstür geöffnet.

»Emilia«, wandte Alexander sich noch einmal an sie. »Glaube mir, die Unterhaltung, die dir bevorsteht, ist wesentlich angenehmer als die Unterredung, die mir zugedacht wurde.« Es sollte wohl ein aufmunterndes Lächeln sein, das er ihr schenkte, aber es misslang gründlich. Dann verließ er das Haus.

»Mylord ist im Arbeitszimmer«, informierte der Butler Emilia, die noch immer verwirrt ihrem Bruder nachblickte.

Lady Hardstaff umfasste ihren Oberarm und zog sie weiter. »Nimm dich zusammen, setz ein Lächeln auf und denk daran, dich bei seiner Lordschaft zu bedanken.«

Der Butler eilte an ihnen vorbei, um die Tür zum Arbeitszimmer zu öffnen. Als sie den Raum betrat, bot sich ihr ein ungewöhnliches Bild. Der Marquess of Ashwood stand wartend am Kamin und sah in der dunklen Hose, dem dazu passenden Gehrock und der sorgfältig gebundenen Krawatte in dem unaufgeräumten Arbeitszimmer merkwürdig deplatziert aus. Lediglich seine leicht verschmutzten Schuhe ließen auf seinen Aufenthalt in den dreckigen Gassen Londons schließen.

Der Ellenbogen ihrer Mutter landete in Emilias Seite, und sie knickste hastig. »Lord Ashwood.« Synchron dazu fiel auch Lady Hardstaff in einen tiefen Knicks und schob ihre Tochter dann unbarmherzig weiter.

»Lady Emilia, Lady Hardstaff.« Lord Ashwood nickte ihnen zu.

Der Fauxpas, den er dabei beging, fiel Emilia sofort auf. Er hätte erst ihre Mutter, dann sie begrüßen müssen. Großzügig ging Lady Hardstaff jedoch über den Fehler hinweg, auch wenn er ihr nicht entgangen war, wie ein Zucken in ihrer Wange verraten hatte.

»Lord Ashwood, wir freuen uns …«

»Lady Hardstaff«, unterbrach er sie mit scharfer Stimme, und die Countess verstummte augenblicklich. »Ich habe darum gebeten, mit Lady Emilia zu sprechen, nicht mit Ihnen.«

Stille senkte sich über den Raum.

Emilia wagte nicht zu atmen.

Der Mund ihrer Mutter öffnete und schloss sich wieder, ohne dass ein einziger Laut herausgekommen war. Die Mimik erinnerte an einen Fisch, der an Land gestrandet war.

»Allein?«, hauchte Lady Hardstaff schließlich.

»Allein«, bekräftigte Lord Ashwood.

Ihr Missfallen war der Countess deutlich abzusehen. Für einen Moment befürchtete Emilia, sie würde sich dem Marquess widersetzen, um den Ruf ihrer Tochter zu schützen. Dabei war dieser längst nicht mehr zu retten. Dazu hatte sie bereits zu viel Zeit allein mit dem Marquess verbracht. Was auch immer Lord Ashwood von ihr wollte, es würde nichts an ihrer Situation ändern.

»Lord Ashwood.« Lady Hardstaff knickste und schob sich rückwärts aus dem Raum.

Emilia blickte sich nach hinten um, wobei sie erwartete, dass die Countess die Tür einen Spalt offenlassen würde. Damit wäre dem Anstand Genüge getan. Zu ihrer Verwunderung zog sie die Tür jedoch zu, die mit einem leisen Klicken ins Schloss fiel.

Wieder war sie allein mit Lord Ashwood. Schicksalsergeben drehte sie sich zu ihm um und zwang sich, ihn anzublicken. Bereits eine Entschuldigung auf den Lippen, blieb diese ihr im Hals stecken, als sie den einschüchternden Ausdruck in seinen Augen sah.

»Kommen Sie näher«, bat er.

Gehorsam tat sie, was er wollte.

»Bitte!« Er wies auf das Sofa.

Emilia setzte sich und sah überrascht zu, wie er den kleinen Tisch zur Seite räumte und den Sessel so hinrückte, dass er ihr gegenübersaß.

»Emilia.«

Sie blinzelte. Die Situation war äußerst seltsam. Waren sie nun schon so vertraut miteinander? Nun, immerhin hatte sie ihn zu seinen Mätressen und Bordellbesuchen befragt und ihm ihr größtes Geheimnis anvertraut. Über ihr törichtes Verhalten schämte sie sich in der Tat.

»Ihre Lordschaft«, brach es aus ihr heraus. »Es tut mir schrecklich leid.«

Er runzelte die Stirn. »Die Situation war überaus besonders und, ich kann es niemandem verübeln …«

»Die Unterhaltung in der Kutsche«, warf sie ein. »Ich hätte nichts sagen dürfen.«

Er überging ihren Einwurf. »Ich fand unsere erste Unterredung im Garten sehr unterhaltsam. Ebenso den Tanz mit dir.« Seine Worte brachten sie aus dem Gleichgewicht. Verständnislos starrte sie ihn an. »Jede Minute, die ich in deiner Gesellschaft verbringen durfte, habe ich überaus genossen.«

Emilia merkte, wie ihr das Blut in die Wangen schoss. Zum Glück saß sie bereits, sonst wäre sie womöglich in Ohnmacht gefallen, denn ihre Beine waren mit einem Mal zittrig.

»Ich fühle mich in deiner Gegenwart unerwartet wohl, und das kann ich nicht über viele Menschen behaupten.«

Gequält schloss Emilia die Augen. Was wollte er damit bezwecken? Dass sie sich besser fühlte? Verblüffenderweise gelang ihm dies.

»Wir werden heiraten.«

Sie musste sich verhört haben. Ungläubig riss sie die Augen auf und starrte ihn an. Der Marquess von Ashwood saß ihr gegenüber und sah ihr fest in die Augen. Ihre überreizten Nerven mussten ihr einen Streich gespielt haben. Diese Worte konnte er unmöglich gesagt haben.

»Ich habe bereits alle Einzelheiten mit deinem Bruder geklärt, und wir sind uns einig geworden.«

»Ich verstehe nicht«, stammelte Emilia verwirrt.

»Wir werden heiraten«, wiederholte er die unglaublichen Worte noch einmal. »Mein Name und mein Titel werden dich und das Kind schützen. Es wird euch an nichts fehlen.«

Sie war in einem Traum, aus dem sie jeden Moment in die bittere Realität stürzen würde. Das konnte unmöglich wahr sein.

»Warum sollten Sie das tun?«, flüsterte Emilia fassungslos.

Lord Ashwood hatte sie aus der Gosse geholt und mit seiner Kutsche nach Hause gebracht, aber ihr Ruf war dennoch ruiniert. Über ihn würde man höchstens ehrfürchtig tuscheln, dass er einer armen verzweifelten Frau in Nöten geholfen hatte.

»Du benötigst einen Ehemann, und ich fühle mich in deiner Gegenwart wohl.«

Noch immer wartete sie darauf, dass Lord Ashwood den Irrtum aufklärte.

»Lord …«, stammelte sie hilflos.

»Andrew«, korrigierte er.

Ihr Blicke begegneten sich, und Emilia musste schlucken. Faszinierende grüngrauen Augen sahen sie beharrlich an. Er griff nach ihren Händen und hielt sie fest. Zum ersten Mal berührte ein anderer Mann außer ihrer Familie und ihrem Verlobten ihre bloße Haut. Ein Prickeln breitete sich von dort aus. Es war so ganz anders als mit Edward. Tränen stiegen in ihr auf, und Emilia konnte sie nicht zurückhalten.

»Ich kann nicht«, schluchzte sie und entzog ihm ihre Hände.

Eine Hand ließ er los, die andere hielt er fest. Er musste endlich begreifen, in welcher Situation sie sich befand. Nichts wünschte sie sich in diesem Augenblick mehr, als ihn zu heiraten, aber er musste das ganze Ausmaß ihres Zustandes begreifen.

»Vielleicht habe ich mich in der Kutsche nicht deutlich genug ausgedrückt. Ich bin schwanger. Ich erwarte ein Kind.«

Fest drückte er ihre Hand. »Dessen bin ich mir sehr wohl bewusst, und es ändert nichts an meinem Entschluss. Ich werde mich um eine Sondererlaubnis bemühen, so dass wir Ende der Woche heiraten können.«

Die Last, die Emilia niederdrücken wollte, war riesig.

»Ich kann nicht.« Sie entzog sich ihm nun vollends, sprang auf und entfernte sich einige Meter. Es war besser, wenn sie ihn nicht ansehen musste. »Ich kann Sie nicht heiraten, Marquess, auch wenn Ihr ritterliches Angebot mich sehr ehrt.«

»Warum nicht?« Er war aufgestanden, kam jedoch nicht näher.

Verzweiflung machte sich in ihr breit. »Jede Frau würde sich glücklich schätzen, Sie zu ehelichen.« Das Schlucken fiel ihr schwer, als sie ein »Ich auch« hauchte. »Aber mein Herz gehört Edward, und ich werde Ihnen deshalb nie eine gute Ehefrau sein können.« Ihre Stimme brach, und sie nahm ihren ganzen Mut zusammen, um sich zu ihm umzudrehen.

Mit bangem Herzen wartete sie auf seine vernichtende Reaktion. Doch den stolzen Marquess schienen ihre Worte nicht im mindesten verletzt zu haben.

»Dann lass uns offen reden«, schlug er vor und nahm seine Hand von der Sessellehne, auf die er sich gestützt hatte. »Dein Bruder ist gerade auf den Weg zu Hetherford, mit dem er bereits die Einzelheiten eurer Vermählung ausgemacht hatte.«

Emilia Kehle wurde mit einem Mal sehr eng. Warum überraschte es sie nur nicht, dass Alexander bereits alles mit Hetherford in die Wege geleitet hatte? Was hatte sie auch anderes erwartet.

»Eine Ehe mit mir ist nicht das wundervolle Märchen, von dem du träumen magst, aber es ist deine beste Perspektive. Ich werde nicht vor dir auf die Knie fallen und dir meine unsterbliche Liebe gestehen, aber ich werde dir ein Dach über dem Kopf und ein angenehmes Leben bieten.«

Emilia verstand ihn nicht. Lord Ashwood konnte jede Debütantin haben. In Scharen würden sie ihm nachlaufen, wenn er es nur zuließ. Warum sie? Warum ausgerechnet sie?

Sie ballte die Fäuste. Er wollte sie heiraten, obwohl er wusste, dass sie ihn nicht liebte und dass sie Edwards Kind unter dem Herzen trug. Trotzdem bot er ihr seinen Schutz an. Es war schlichtweg falsch, seinen Antrag anzunehmen, und dennoch wollte sie es tun. Lord Ashwood war freundlich und zuvorkommend. In seiner Gegenwart fühlte sie sich wohl und beschützt. Er war nicht nur viel liebenswerter als Hetherford, sondern auch um einiges attraktiver. Ihre Erleichterung war grenzenlos auch darüber, dass Männer wie Hetherford ihr nie wieder nachstellen würden, solange der Marquess an ihrer Seite war. Was hielt sie also davon ab, diesen unkonventionellen Antrag anzunehmen?

»Denke an das Kind«, sagte Lord Ashwood, der ihren inneren Kampf mitbekommen haben musste.

In diesem Moment wusste Emilia, dass sie es tun würde. Für die Zukunft ihres Babys und auch für sich selbst.

»Es wird in unserer Ehe allerdings ein paar Regeln geben.«

Tapfer nickte sie. »Selbstverständlich.«

Wie töricht von ihr, anzunehmen, es könnte so einfach sein.

KAPITEL 20

Andrew war heiß und kalt gleichermaßen. Er wollte die Frau vor sich in die Arme schließen und gleichzeitig fortlaufen. Nie hätte er für möglich gehalten, dass Emilia ihm so sehr unter die Haut gehen würde. Er hätte es nicht tun sollen, aber er konnte unmöglich Emilia einem Mann wie Hetherford überlassen. Sein Handeln war nur zu ihrem Wohl. Daran musste er ganz fest glauben. Es würde schon irgendwie gehen, er musste nur auf die nötige Distanz zwischen ihnen achten.

»Dieses Kind wird mein Kind sein. Niemand wird je erfahren, wer es gezeugt hat.« Das war ihm wichtig. Sollte es eine Tochter werden, würde sie das Vermögen der Ashwoods erben. Insgeheim hoffte er jedoch, dass Emilia einen Sohn bekommen würde. Dieser sollte den Namen seines Vaters – Samuel – tragen und zu einem Mann heranwachsen, der des Namens *Marquess of Ashwood* würdig war.

»Aber wenn es ein Mädchen ist und später …«, setzte Emilia an.

»Das ist unerheblich. Es wird unser einziges Kind bleiben.« Diese Tatsache war so unumstößlich wie der Anbruch des nächsten Morgens.

Vor Überraschung weiteten sich Emilias Pupillen, und Andrew sah die Verwirrung in ihrem Gesicht. Es war nur recht und billig, dass er ihr eine Erklärung gab, auch wenn es ihm noch so schwerfiel.

»Ich kann keine Kinder zeugen.« Schnell senkte er den Blick, denn er wollte nicht ihr Mitleid und ihr Bedauern sehen.

Er war ein Krüppel und würde es immer bleiben. Fest presste er die Lippen aufeinander und wandte sich ab. Ein jäher Schmerz fuhr in sein Bein, und er musste sich am Sessel abstützen.

»Wir werden eine gute Ehe führen, in gegenseitiger Achtung und Respekt«, erklärte er, ohne den Schmerz weiter zu beachten. »Wir werden zusammen in einem Haus leben und den Tisch miteinander teilen. Du wirst jedoch deine eigenen Räumlichkeiten haben. Gelegentlich werden wir uns auch in der Öffentlichkeit blicken lassen, aber ansonsten eher zurückgezogen leben.«

Es war ihm einerlei, was sie von seinen Bedingungen hielt. Auch wenn er sie nie in sein Bett holen würde, weil er ihr nicht das geben konnte, was sich eine Frau ersehnte, war er nicht bereit, auf den Rest zu verzichten. Dort, wo er war, sollte auch sie sein und ihre Zeit mit ihm verbringen. Er würde es nicht dulden, dass sie sich in London verschanzte, während er auf dem Land verweilte. Als er sich umdrehte, blickte er in Emilias ausdrucksloses Gesicht.

»Solange du keine Liebe von mir erwartest«, erklärte sie gefasst.

Sein Herz brannte vor Sehnsucht.

Doch er erwartete keine Liebe, redete er sich ein. Eines Tages würde sie über Edward Lastborough hinwegkommen, und der Platz in ihrem Herzen würde wieder frei werden. Andrew machte sich jedoch keine Illusionen. Er würde nicht derjenige sein, der diesen Platz ausfüllen konnte, und so wäre Emilia gefangen in einer Ehe mit ihm, während sie mit einem anderen Mann hätte glücklich werden können. Denn er gedachte, bedeutend länger zu leben als der alte Hetherford.

Ein unerträglicher Schmerz fuhr ihm ins Bein. Fluchend angelte er nach seinem Stock, damit er sich ordentlich abstützen konnte.

Es war verdammt eigensüchtig, doch er würde nicht auf Emilia verzichten. Zumindest nicht auf das, was sie ihm geben konnte. Er wollte sie und ein Kind – eine Familie. Emilia würde Licht und Lebendigkeit in sein Leben bringen, ihm den Sinn zurückgeben. Was sie sich wünschte, wie sehr sie unter seinen Launen leiden würde, wie einsam sie sich fühlen würde, war ihm in diesem Augenblick einerlei.

»Selbstverständlich erwarte ich keine Liebe von dir.«

Etwas blitzte in ihren Augen auf. War das Kampfgeist?

»Ich habe ebenfalls Bedingungen. Keine Mätressen und keine Bordellbesuche«, forderte sie nun ihrerseits.

Unwillkürlich trat ein Lächeln auf seine Lippen, und sein Herz wurde leichter. Mit Emilia würde es in seinem Leben nicht mehr langweilig sein.

»Ich wüsste nicht, warum ich derartiges tun sollte.«

Schon vor langer Zeit hatte er sich von diesem Teil seines Lebens verabschiedet. Nie wieder würde er sich von einer

Frau demütigen lassen. Nie wieder so verletzbar machen. Nie würde er sich je wieder von einer Frau anfassen lassen – auch nicht von Emilia.

»Ich glaube, dann sind wir uns einig.« Mit der zierlichen Gestalt ging eine wunderbare Verwandlung vor sich. Sie richtete sich innerlich und äußerlich auf.

»Eine letzte Bedingung noch«, bremste er sie aus.

Fragend legte sie den Kopf schief und wartete.

»Für die Öffentlichkeit muss es eine Liebesheirat sein.«

Er würde nicht zulassen, dass auch nur der leiseste Zweifel entstand, dass das Kind, das Emilia gebären würde, nicht das seine war. Gehorsam nickte sie.

»Auch deine Familie soll annehmen, dass du mir sehr zugetan bist.« Mit Absicht benutzte er das Wort *Liebe* kein weiteres Mal. Andrew registrierte ihr Zögern.

»Sie wissen von meiner Schwangerschaft«, gab Emilia zu bedenken.

»Es dürfen keine Gerüchte aufkommen«, beharrte er. »Auch sie müssen glauben, dass wir uns Hals über Kopf ineinander verliebt haben und ich dich deshalb heiraten möchte.«

Zweifelnd sah sie ihn an, nickte dann aber zustimmend.

»Ich werde mein Bestes geben«, versprach sie.

Unbändige Freude stieg in ihm auf.

»Dann sind wir uns einig.«

Andrew machte einen Schritt auf sie zu. Ihre Abmachung mochte ungewöhnlich, ja regelrecht unkonventionell sein, aber er wollte das Beste aus der Situation machen und ihre Ehe auf eine solide Grundlage stellen. Deshalb streckte er ihr die Hand entgegen, wie er es einem ebenbürtigen Geschäftspartner gegenüber getan hätte.

Erstaunt legte Emilia ihre schmalen Finger in seine und schüttelte ihm mit erstaunlich festem Druck die Hand. Ein Klopfen an der Tür ließ Emilia zusammenzucken.

»Ich wollte fragen, ob Sie etwas brauchen, Lord Ashwood.« Die Countess of Hardstaff, natürlich.

»Kommen Sie herein, Lady Hardstaff«, rief er laut.

Das ließ sich die Countess kein zweites Mal sagen und öffnete die Tür. Neugierig spähte sie hinein, ehe sie das Arbeitszimmer betrat. Ihr Blick glitt über Emilia hinweg und blieb an ihm hängen.

»Ich hoffe, meine Tochter hat Ihnen gesagt, wie leid ihr das alles tut, Lord Ashwood.«

Er setzte ein gewinnendes Lächeln auf. »Wir haben glücklicherweise offen miteinander sprechen können und alle Missverständnisse zwischen uns aus dem Weg räumen können, nicht wahr, Emilia?«

Die Augen der Countess weiteten sich ungläubig. Unwillkürlich versteifte sich die Frau neben ihm. Für einen Moment fürchtete Andrew, Emilia hätte ihr Versprechen ihm gegenüber vergessen. Sie musste mitspielen, wenn alle Welt von einer Liebesheirat ausgehen sollte. Der bange Moment löste sich augenblicklich in Wohlgefallen auf, als sie ihm jenes seltene Lächeln schenkte, das seine Welt ins Wanken brachte.

»Ja, wir konnten alle Missverständnisse aus dem Weg räumen«, bekräftigte sie.

Das war ihm nicht genug. Besitzergreifend legte er einen Arm um ihre schmalen Schultern und zog sie näher zu sich. Als Emilia lächelnd zu ihm aufblicke, musste er wahrlich an sich halten, sich nicht über sie zu beugen und sie zu küssen. Sie zu berühren, war mehr, als er sie je erträumt hatte. Er atmete ihren Duft ein und genoss ihre Nähe. Für einen Augenblick schloss er die Augen und vergaß die Anwesenheit der Countess.

»Emilia!«, entfuhr es Lady Hardstaff.

»Bitte entschuldigen Sie«, erklärte Andrew höflich, aber distanziert.

Dass er sich die Countess ans andere Ende der Welt wünschte, konnte er ihr schlecht sagen. Außerdem legitimierte ihre Anwesenheit, dass er Emilia im Arm halten durfte. Schließlich sollte sie denken, er hätte sich unsterblich in ihre Tochter verliebt.

»Ich fürchte, die Gefühle sind mit uns durchgegangen. Ich habe Emilia gebeten, meine Frau zu werden, und sie hat zugestimmt.« Um seiner Rolle als überheblicher Marquess vollends gerecht zu werden, setzte er noch breit grinsend hinzu: »Sie dürfen uns gerne gratulieren.«

Für einen Moment fürchtete er, Lady Hardstaff würde in Ohnmacht fallen, doch ihre sorgenvolle Miene glättete sich rasch und wich überschwänglicher Freude. Entzückt klatschte sie in die Hände.

»Welch wundervolle Neuigkeiten! Meinen herzlichen Glückwunsch.« Seine zukünftige Schwiegermutter freute sich eindeutig mehr über ihre Verlobung als seine Braut. »Meine

Tochter wird eine Marchioness. Wie wundervoll! Das muss ich Lady Gilberty erzählen!«

Er spürte, wie Emilia sich in seinen Armen versteifte. In ihrer Freude bemerkte die Countess das Unwohlsein ihrer Tochter glücklicherweise nicht.

Leise Zweifel beschlichen ihn. War Emilia einer solchen Scharade gewachsen? Andrew wusste es nicht, aber es war zu spät, um einen Rückzieher zu machen. Abgesehen davon wollte er das auch nicht. Lieber hätte er sich sein gesundes Bein abhacken lassen, als auf Emilia zu verzichten. Einerlei, wie sehr er es eines Tages bereuen würde und wie sehr er für diese Sünde büßen musste.

KAPITEL 21

Andrew ließ sich von seinem Kammerdiener in die Abendgarderobe helfen. Noch immer hatte er auffällig gute Laune. Am Ende der Woche würde er ein verheirateter Mann sein und in ein paar Monaten sogar eine Familie bekommen.

Sein Gemütszustand stand jedoch im drastischen Gegensatz zu Rooths, der finster um ihn herumschlich und seine Arbeiten erledigte. Dabei war er ungewöhnlich wortkarg. Normalerweise sagte sein engster Vertrauter, wenn er mit etwas nicht einverstanden oder anderer Auffassung war als sein Herr. Doch diesmal schwieg er sich aus.

Rooth reichte ihm die Manschettenknöpfe. Während Andrew diese befestigte, sah er auf, und sein Blick blieb am Kaminsims hängen, auf dem der Ring lag. Der Diamantring, ein Familienerbstück, war bereits von seiner Mutter und Großmutter getragen worden. In Kürze würde er ihn Emilia anstecken und sie zur nächsten Marchioness of Ashwood machen.

»Ich halte es für einen Fehler«, grummelte Rooth.

Andrew zog eine Augenbraue nach oben und musterte seinen alten Freund. Hatte er es sich nun doch überlegt und wollte mit ihm reden? Nun, dazu war er gern bereit, dennoch würde er seine Meinung nicht ändern.

Bewusst missverstand er Roths Aussage. »Ich gehe davon aus, du meinst, den Familienring meiner Verlobten zu schenken?«

Rooth stieß einen undefinierbaren Laut aus, der wie eine Mischung aus Verachtung und Empörung klang. »Wenn du jemanden braucht, der dir das Bett wärmt, hättest du dir auch eine Mätresse suchen können.«

Es war selten, dass Rooth seine Rolle als Kammerdiener verließ und zu ihm als Freund sprach. Über die klaren Worte seines Kammerdieners erstaunt, drehte Andrew sich langsam zu ihm um.

»Wenn ich eine Mätresse gewollt hätte, hätte ich mir eine geholt. Aber ich suche keine Mätresse, sondern eine Ehefrau«, entgegnete er schärfer als beabsichtigt.

Obwohl Rooth der einzige Mensch in seinem Umfeld war, der eine Ahnung hatte, wie es in Andrews Inneren aussah, wusste nicht einmal er, was in jener Nacht im Bordell geschehen war und dass Andrew den Frauen abgeschworen hatte. Dennoch hatte der Wunsch nach einer eigenen Familie Andrew all die Jahre beinahe um den Verstand gebracht, und als ihm mit Emilia all dies auf einem Silbertablett präsentiert wurde, hatte er nicht anders gekonnt, als es sich zu nehmen.

»Eine Frau wird die Mission verkomplizieren.« Damit mochte Rooth nicht ganz unrecht haben, doch ihr Auftrag in London würde nicht ewig dauern. Es gab ein Leben danach.

»Die Mission wird nicht darunter leiden«, versicherte er.

»Was, wenn der Auftrag beendet ist?«

»Dann werden wir aufs Land fahren.«

Er ließ sich in den Gehrock helfen.

Unzufrieden schüttelte Rooth den Kopf. »Das Landleben wird sie schnell langweilig finden.«

Diese Ansicht teilte Andrew nicht. Das Kind würde sie auf Trab halten und dafür sorgen, dass sie nicht schwermütig werden würde. Aber von dessen Existenz durfte noch niemand erfahren, nicht einmal Rooth. Erst, wenn sie eine gewisse Zeit verheiratet waren, würde er die Neuigkeit publik machen.

»Sie wird nach London zurückwollen«, prophezeite der Kammerdiener finster. Natürlich wusste sein Freund, wie sehr Andrew London hasste und wie ungern er sich in der Hauptstadt aufhielt.

»Das wird sie nicht«, beendete er das Gespräch. Er hatte keine Lust mehr, mit Rooth über Emilia zu streiten. Sie war über jeden Zweifel erhaben.

»Natürlich«, brummte der Kammerdiener. »Genauso wenig, wie sie die Mission behindert.«

Langsam ebenfalls erzürnt legte Andrew den Kopf schief. »Wie meinst du das?«

Der Kammerdiener zog einen Zettel aus seiner Tasche und knallte ihn energisch auf den Holztisch, an dem Andrew manchmal vor dem Zubettgehen Schreibarbeiten erledigte. Das Fässchen Tinte hüpfte gefährlich.

»Du hast nur noch diese Frau im Kopf. Anstatt deinem Auftrag nachzukommen, hast du die gnädige Dame durch London spazieren gefahren.«

Andrew trat näher an den Tisch und schaute auf den Zettel, den Lastborough ihm gegeben hatte. Es handelte sich um jenes Schriftstück, auf dem die Adresse notiert war, zu der er eigentlich unterwegs gewesen war, bevor er Emilia begegnete. Er verspürte lediglich eine Spur schlechten Gewissens. Emilia war wichtiger gewesen. Die Adresse dagegen existierte auch noch in ein paar Tagen. Allerdings musste Andrew sich eingestehen, dass er es tatsächlich vollkommen verdrängt hatte, den Mann aufzusuchen.

»Auf ein paar Tage mehr oder weniger kommt es nicht an. Ich werde in vier Tagen heiraten und danach kann ich mich wieder der Mission widmen«, redete Andrew sich heraus.

Den Ärger über sich selbst ließ er sich nicht anmerken. Eine derartige Nachlässigkeit würde nicht noch einmal vorkommen. Ab sofort stand zwar Emilia an erster Stelle, wie es sich für eine Gemahlin gehörte, aber darüber würde er seinen Auftrag nicht noch einmal aus den Augen verlieren.

»Bist du dann nicht erst einmal in den Flitterwochen?« Derart ärgerlich hatte er Rooth schon sehr lange nicht mehr erlebt. Eigentlich nicht mehr, seit sie aus dem Krieg zurückgekehrt waren. »Ich habe gehört, ein frisch verheiratetes Paar kommt nicht mehr aus seinem Zimmer.«

Ein harter Zug legte sich um Andrews Mund.

»Du überschreitest hier eine Grenze«, wies er Rooth ungewöhnlich harsch zurecht. »Pass auf, dass du über meine Frau nicht wie über eine Hure redest.«

Sein Geduldsfaden war aufs äußerste gespannt, und es fehlte nicht mehr viel, bis er riss. Keinesfalls würde er dulden, dass jemand schlecht über Emilia sprach. Sie war die zukünftige Marchioness of Ashwood und die baldige Herrin dieses Hauses. Dass sie sein Schlafzimmer nie betreten würde, ging nicht einmal Rooth etwas an.

Wohlweislich schwieg der Kammerdiener fortan und beendete Andrews Toilette.

Andrews Blick fiel abermals auf den Kaminsims, auf dem das Erbstück lag. Heute Abend, bevor sie sich in der Öffentlichkeit zeigten, würde er ihr den Ring an den Finger stecken. Die Bekanntmachung war bereits heute in der Zeitung zu lesen, und ihr Erscheinen auf dem Ball würde mit Spannung erwartet werden. In vier Tagen war die Vermählung geplant. Die Ausnahmegenehmigung war beantragt, und der Erzbischof hatte ihm eine Sondergenehmigung bereits mündlich zugesagt. Für morgen hatten sie einen Besuch in der Oper geplant, und am Sonntag würden sie einen Spaziergang durch den Hyde Park machen sowie eine der unzähligen Einladungen annehmen, die ihm ins Haus geflattert waren. Am vierten Tag würde Andrew Emilia endlich als seine Gemahlin mit nach Hause nehmen.

»Fertig!«, kommentierte Rooth und trat einen Schritt zurück.

Zufrieden betrachtete Andrew sich im Spiegel. Er freute sich auf den Abend und würde es sich nicht nehmen lassen, seine Verlobte mehr als zwei Mal aus Parkett zu führen. Schließlich war ihm das jetzt erlaubt. Entschlossen trat er an den Kaminsims und steckte den Ring ein.

KAPITEL 22

Die Kutsche fuhr vor. Nervös nestelte Emilia an ihrer Pelisse, obwohl Beth jede einzelne Falte sorgfältig zurechtgelegt hatte. Lady Hardstaff war ebenfalls bereit. Emilia wollte schon das Haus verlassen, um die erste seltsame Begegnung mit ihrem Verlobten hinter sich zu bringen, doch die Countess hielt sie zurück.

»Die Nachbarn sollen sehen, dass der Marquess of Ashwood vor unserem Haus hält«, belehrte sie ihre Tochter und zog die Augenbrauen tadelnd nach oben. Auch den Butler hielt die Countess mit einem unmissverständlichen Blick zurück.

Es klopfte an der Tür. Mit angehaltenem Atem warteten alle, bis Lady Hardstaff nickte. Der Butler setzte sich in Bewegung und schob die schwere Eingangstür auf.

Andrew trat ein. Er sah blendend aus, hochgewachsen und von stattlicher Gestalt. Unter seinem Umhang trug er einen schwarzen Frack und eine hellgraue Hose. Emilias zartrosafarbenes Kleid passte hervorragend dazu. Jetzt war sie froh, dass Beth sie gedrängt hatte, das rückenfreie Gewand anzuziehen, das ihr ausgezeichnet stand.

»Lady Hardstaff.« Andrew deutete eine Verbeugung an, dann wandte er sich Emilia zu.

Gerade wollte sie in einen Knicks fallen, da kam der Marquess mit großen Schritten auf sie zu. Es war ein seltsames Gefühl, derart im Fokus seiner Aufmerksamkeit zu stehen, aber daran würde sie sich gewöhnen müssen, zumindest solange sie in London weilten.

»Du siehst bezaubernd aus.« Lächelnd beugte er sich zu ihr hinab und küsste sie auf die Wange

Hastig senkte sie den Blick. Emilia spürte, wie ihr Kopf rot wurde. Obwohl es sich, den aufmerksamen Blicken ihrer Zuschauer geschuldet, nur um einen harmlosen Kuss handelte, waren die Nähe des Marquess und seine Lippen auf ihrer bloßen Haut überwältigend.

»Vielen Dank«, murmelte sie und blinzelte zu ihm hoch.

»Ich habe noch etwas für dich.«

Er stellte den Stock zur Seite und zog ein samtenes Tuch aus der Tasche, legte es auf seine Handfläche und entblätterte es Stoffschicht um Stoffschicht. Emilia erstarrte, als ein Diamantring zum Vorschein kam. Es war der schönste Ring, den sie je gesehen hatte.

»Dieser Ring hat meiner Mutter gehört und vor ihr meiner Großmutter.«

Ihr wurde unbehaglich zumute. Warum schenkte Andrew ihr diesen Ring, wenn er so kostbar war und so viele Erinnerungen barg?

»Er ist wahrlich einer Marchioness würdig«, seufzte Lady Hardstaff.

»Darf ich?«, fragte Andrew.

Obwohl sich Emilia in der Rolle als Verlobte eines Marquess noch immer unwohl fühlte, ließ Emilia es zu, dass Andrew nach ihrer Hand griff. Der Ring war etwas Besonderes, und sie wollte ihn tragen, damit jeder sah, dass sie zu Andrew gehörte. Ihre Gefühle verwirrten Emilia. Sie starrte auf den Marquess, der ihr den Ring über den Handschuh auf den Finger schob. Für jeden war nun deutlich sichtbar, dass sie vergeben war.

»Vielen Dank.« Wie selbstverständlich bot sie ihm ihren Mund dar.

Sein Gesicht kam näher, und seine Lippen strichen zart über die ihren. Versonnen seufzte Emilia, und Andrew nutzte den Moment, um seinen Mund fest auf den ihren zu pressen. Dabei hielt er noch immer ihre Hand. Emilia klammerte sich an ihn, als hinge ihr Leben davon ab. In gewisser Weise tat es das auch. Unvermittelt wurde ihr bewusst, dass dieser Kuss reine Inszenierung war. Eigentlich sollte sie ein schlechtes Gewissen haben, weil sie allen etwas vorspielen musste. Aber sie genoss Andrews Kuss und seine Nähe über alle Maßen. Sie fühlte sich leicht wie eine Feder und wollte diesen Zustand festhalten.

»Ihr Lieben!«, mahnte Lady Hardstaff und klatschte laut in die Hände, um ihre Aufmerksamkeit auf sich zu lenken.

Unsanft wurde Emilia auf den Boden der Tatsachen zurückbefördert. Verwirrt blinzelte sie und zog sich hastig zurück. Dabei fing sie kurz Andrews Blick auf, der ebenso zerstreut wirkte wie sie. Er ließ ihre Hände los und griff nach seinem Stock, den er an das Treppengeländer gelehnt hatte.

»Wir müssen los!«, erklärte die Countess und maß Emilia und auch den Marquess mit strengen Blicken.

»Selbstverständlich, Lady Hardstaff.« Andrew neigte den Kopf und bot Emilia den Arm.

Die Countess folgte ihnen. Vor der Kutsche half er zuerst der Countess hinein.

»Ich würde gern neben dir sitzen«, flüsterte Andrew Emilia zu und forderte sie damit auf, sich ihrer Mutter gegenüberzusetzen.

Eigentlich hätte sie sich neben der Countess niederlassen müssen, nahm nun aber vis-à-vis von ihr Platz. Missbilligend zog Lady Hardstaff die Augenbrauen nach oben, als Andrew einstieg und sich direkt neben Emilia setzte. Die Countess presste die Lippen zusammen und schwieg. Erleichtert stellte Emilia fest, dass ihre Mutter beschlossen hatte, nicht auf ihren Etikettenbruch einzugehen.

»Ihr seid aktuell das Hauptgesprächsthema in London. Ist das nicht wundervoll?« Lady Hardstaff beugte sich vor und sah aus dem Fenster, um sich zu versichern, dass auch alle Nachbarn die Aufwartung des Marquess mitbekommen hatten.

Emilia interessierte es herzlich wenig, wer sie sah. Im Gegenteil, die ganze Aufmerksamkeit war ihr eher unheimlich, und tatsächlich fürchtete sie sich ein wenig vor ihrem ersten Auftritt an Andrews Seite. Was würden die Leute von ihr denken, wenn sie sich so schnell nach Edwards Tod an der Seite eines neuen Mannes zeigte? Sie wollte nicht, dass alle annahmen, sie hätte Edward vergessen. Aber für die Zukunft ihres Kindes musste sie das Schauspiel mitspielen.

Erschreckenderweise fiel ihr das ziemlich leicht. Mit Andrew war es so anders als mit Edward. Es schien ein halbes Jahrhundert her zu sein, dass sie bis über beide Ohren verliebt, naiv und unbeschwert die Bälle besucht hatte. Inzwischen war sie gereift und erwachsen geworden. Nicht zuletzt auch wegen Hetherford. Sie war so unendlich dankbar, jetzt neben Andrew zu stehen und nicht neben den schmierigen Viscount. Nicht auszudenken, wie er auf ihre Schwangerschaft reagiert hätte. Womöglich hätte er sie zu Dingen gezwungen, die sie …

Sie schloss die Augen und atmete tief durch. Es war alles in Ordnung. Hetherford konnte ihr nichts mehr antun. Sie und ihr Kind waren in Sicherheit, und Emilia hatte die richtige Entscheidung getroffen.

»Lord Ashwood«, wandte die Countess sich an Andrew. »Haben Sie sich schon Gedanken bezüglich der Hochzeitsfeier gemacht?«

Feier? Überraschte legte Emilia den Kopf schief. Darüber hatte sie noch überhaupt nicht nachgedacht. Sie war davon ausgegangen, dass Andrew sich um eine Sondererlaubnis kümmerte, aber jetzt wurde ihr bewusst, dass auch ein Fest ausgerichtet werden musste. Stirnrunzelnd überlegte sie, ob Andrew Familie hatte. Vielleicht eine Schwester, eine Cousine oder ein anderes weibliches Familienmitglied, das er mit der Planung betraut hatte?

»Gut, dass Sie das ansprechen, Lady Hardstaff. In der Tat habe ich an Ihren Rosengarten gedacht.«

Die Countess starrte ihn fassungslos an.

»Ich hörte neulich Lady Gilberty darüber sprechen, wie bezaubernd er doch wäre«, setzte Andrew nach. »Da kam mir die Idee, dass er wie geschaffen für ein Fest wie dieses wäre. Natürlich nur unter der Voraussetzung, dass Sie sich zutrauen, eine Hochzeitsfeier auszurichten.«

Emilia presste die Lippen aufeinander, um nicht laut aufzulachen. Andrew hatte den Schwachpunkt ihrer Mutter instinktiv erahnt.

»Selbstverständlich traue ich mir zu, eine Feier auszurichten!«, protestierte Lady Hardstaff empört.

»Auch die Hochzeitsfeier eines Marquess mit seiner Marchioness?« Fragend zog er eine Augenbraue nach oben, als bezweifelte er dies ernsthaft.

»Es steht außer Frage, dass ich in der Lage bin, eine angemessene Hochzeitsfeier auszurichten. In der Kürze der Zeit wird dies zwar nicht einfach sein …« Sie verstummte, und es war ihr anzusehen, wie sie im Kopf bereits sämtliche Planungsschritte durchging.

»Dann würde ich Sie bitten, sich um alles zu kümmern. Die Kosten übernehme natürlich ich.«

Geistesabwesend nickte die Countess, offensichtlich bereits zu sehr mit der Planung beschäftigt, um noch richtig zuzuhören.

Andrew beugte sich zu Emilia. »Das wird deine Mutter für die nächsten Tage beschäftigen.« Verschwörerisch zwinkerte er ihr zu.

Am liebsten hätte sie ihn umarmt und noch einmal geküsst. Wie raffiniert er das soeben eingefädelt hatte! Ihre Mutter zu beschäftigen, war ein unglaublich cleverer Schachzug, denn das würde Emilia eine kleine Atempause verschaffen.

Doch jetzt hieß es erst einmal, sich der Gesellschaft zu stellen. Die Kutsche fuhr langsamer und hielt schließlich an. Sie hatten ihr Ziel erreicht.

Andrew verließ als Erster den Wagen und half zunächst Lady Hardstaff, dann Emilia beim Aussteigen. Vor dem Eingang hatte sich bereits eine lange Schlange gebildet, in die sie sich nun einreihten. Von allen Seiten prasselten Glückwünsche auf sie ein. Jeder wollte Emilia und dem Marquess zur Verlobung gratulieren. Auch Lady Hardstaff wurde mit guten Wünschen überschüttet, und nicht wenige Damen der Gesellschaft brachten ihren Neid zum Ausdruck, dass es ihr gelungen war, für ihre Tochter eine so prächtige Partie zu arrangieren. Abwesend lächelte die Countess und blieb ungewöhnlich schweigsam.

Um Emilias Verlobung mit Edward war nicht so viel Aufheben gemacht worden. Edwards Brüder und seine Freunde hatten ihnen gratuliert, ebenso einige Bekannte. Nun aber, als Verlobte eines Marquess, stand sie plötzlich im Mittelpunkt jener Personen, die selbst im *ton* lieber unter sich blieben.

Nicht einmal in den Räumlichkeiten der Damen, in denen Emilia ihre Pelisse ablegte und dankbar ein Glas Wasser trank, hatte sie ihre Ruhe. Lady Gilberty wich ihr nicht von der Seite und belehrte sie über das Auftreten und Verhalten, das von einer Marchioness erwartet wurde. Emilia ertrug den Redeschwall mit Fassung und nickte nur hin und wieder. Als der Aufruf kam, sich in den Saal zu begeben, war Emilia äußerst dankbar, sich bei der Marchioness entschuldigen zu können. Lächelnd verschwand sie in den Ballsaal, wo sie auf die Männer trafen. Sofort war sie von einer Traube Herren umringt. Plötzlich wollten sich alle Gentlemen in ihre Tanzkarte eintragen.

»Gentlemen!«, wies Andrew die Wartenden zurecht und kämpfte sich zu seiner Verlobten durch. Dabei nahm er die Tanzkarte an sich, die beinahe vollständig ausgefüllt war.

»Die restlichen Tänze gehören mir«, erklärte er bestimmt.

Dagegen konnte niemand etwas einwenden, und die Menschenmasse um Emilia verlief sich. Einen größeren Kontrast zu ihrem letzten Ball, bei dem sie die meiste Zeit allein am Rand gesessen hatte, hätte es kaum geben können.

»Zumindest hatte man den Anstand, mir den Eröffnungstanz zu überlassen.« Andrew reichte ihr die nun gänzlich ausgefüllte Karte zurück.

Keinen einzigen Tanz würde sie an diesem Abend auslassen. Der Traum jeder Debütantin, und dennoch gelang es ihr nicht, sich darüber zu freuen. Es behagte ihr nicht, so im Mittelpunkt des allgemeinen Interesses zu stehen.

Andrew nahm ihre Hand und verbeugte sich vor Emilia, ehe er ihren Handrücken an seine Lippen zog und einen Kuss darauf hauchte. »Schenkst du mir die Ehre dieses Tanzes?«

»Selbstverständlich.« Lächelnd hängte sie sich bei ihm ein und ließ sich auf die bereits gut gefüllte Tanzfläche führen.

»Ich hoffe, du genießt den Abend.«

»Das werde ich«, versprach Emilia und tat es bereits in vollen Zügen.

Andrew war überaus galant und umsorgte sie, wie es ein über beide Ohren verliebter Geck getan hätte. Sie wusste, dass das meiste davon gespielt war. Eine leise Stimme in ihr flüsterte ihr jedoch zu, wie schön es wäre, wenn es echt wäre. Auch wenn es sinnlose Träumereien waren, davon würde sie sich nicht die gute Laune verderben lassen.

»Ich werde den Abend in vollen Zügen genießen, vor allen dann, wenn du am Rand stehst und meinen Tanzpartnern finstere Blicke zuwirfst«, neckte sie ihn.

»Schließlich muss ich meinen guten Ruf als exzentrischer Marquess pflegen«, erklärte Andrew bestimmt.

Seine Augen blitzten, und Emilia lachte auf. Sie fühlte sich leicht, beschwingt und in diesem Moment war sie glücklich. Niemals hätte sie geglaubt, dass sie nach Edwards Tod noch einmal so fühlen würde, und bekam augenblicklich ein schlechtes Gewissen. Ihr Körper versteifte sich, und ihre gute Stimmung war wie fortgeblasen. Andrew entging dieser Sinneswandel nicht.

»Was ist mir dir? Ist dir wieder übel? Schwindelig?«

Mechanisch schüttelte sie den Kopf.

Als er Anstalten machte, den Tanz zu unterbrechen, bat sie hastig: »Bitte nicht, tanz weiter mit mir.«

Die Leichtigkeit war zwar dahin, aber Emilia genoss den Tanz dennoch. Dazu tanzte sie zu gern, und Andrew war ein ausgezeichneter Tänzer, der sie sicher durch die Schrittfolgen führte. Als die Musik verklang und ein Gentleman ihren Verlobten abklatschte, überkam sie Bedauern, ihn gehen zu lassen. Doch sie wusste genau, Andrew würde am Rand auf sie warten, und spätestens zum Supper wäre sie wieder an seiner Seite.

KAPITEL 23

Andrew schaute vom Rand zu, wie sich Emilia von dem Sohn eines Barons über die Tanzfläche führen ließ. Obwohl dieser jung war, fast noch ein Knabe und bei weitem keine Konkurrenz, verspürte er nagende Eifersucht, dass ein anderer Mann mit seiner Verlobten tanzen durfte. Doch immer wieder blickte sie zu ihm und lächelte ihn an. Dann schwoll sein Herz, und er war glücklich. Schon jetzt hatte Emilia es geschafft, Freude in sein Leben zu bringen. Er würde diese Frau festhalten und nie wieder gehen lassen. Nicht mehr lang, nur noch ein paar Tage, dann würde er sie nach Hause führen und täglich um sich haben.

»Meinen herzlichsten Glückwunsch, Lord Ashwood.«

Andrew fühlte sich gestört, doch es wäre unhöflich gewesen, der Unterhaltung aus dem Weg zu gehen. Beiläufig warf er Hetherford einen Blick zu und konzentrierte sich sofort wieder auf Emilia.

»Danke«, brummte er dabei einsilbig und hoffte, dass der Viscount den Wink verstand. Zu seinem größten Bedauern tat er es nicht.

»Ihre Braut sieht heute wirklich bezaubernd aus.«

Das wusste Andrew selbst und brauchte keinen dickbäuchigen Viscount, der jedem Weiberrock hinterherhechelte, um ihn darauf aufmerksam zu machen. Am allerwenigsten Hetherford. Er sollte sich selbst eingestehen, dass er den Kürzeren gezogen hatte, und es wie ein Gentleman nehmen.

»Emilia und ich kennen uns schon sehr lange«, fuhr der Viscount fort.

Es gefiel Andrew nicht, dass er seine Verlobte beim Vornamen nannte. Das gehörte sich nicht.

»Sie meinen *Lady* Emilia?«, wies er den Viscount mit hochgezogenen Brauen zurecht und legte die Betonung auf ihren Titel.

»Natürlich.« Hetherford lächelte säuerlich. »Ich kenne Lady Emilia schon sehr, sehr lange.«

Andrew bedachte ihn mit einem finsteren Blick. »Seit Anfang der Saison?«

Er konnte sich die Frage nicht verkneifen. Auch wenn er Hetherfords Aufenthalte in der Hauptstadt nicht verfolgt hatte, wusste er doch, dass es Emilias erste Saison war. Viel länger konnte er sie daher nicht kennen.

Leider ließ der Viscount sich dadurch nicht aus dem Konzept bringen und lächelte. »Um jemanden sehr gut zu kennen, muss man ihn nicht lang kennen.«

Unwillkürlich ballte er die Faust und war kurz davor, dem Viscount diese ins Gesicht zu schlagen. Dabei belastete er ungünstig sein Bein, sodass ein unangenehmes Stechen hineinschoss. Andrew hieß den Schmerz jedoch willkommen, da er ihn davon abhielt, eine Dummheit zu begehen, die für viel Aufsehen und noch mehr Gesprächsstoff sorgen würde.

»Was möchten Sie, Hetherford?« Gelangweilt drehte er sich zu dem Viscount. Er hatte genug von dieser Unterhaltung und wollte das unsägliche Gespräch abkürzen.

Hetherford, der die Überlegenheit seines Gegenübers spürte, hob abwehrend die Hände und machte sogar einen Schritt zurück. »Ich bin auf Ihrer Seite, Ashwood, und deshalb gibt es etwas, das Sie über Ihre Verlobte wissen sollten.«

Andrew suchte Emilia in der Menge. Er wusste bereits alles über sie. Sie hatte gerade den Tanzpartner gewechselt und tanzte nun einen Walzer. Der ergraute Earl, der sich den Tanz erkämpft hatte, war niemand Geringeres als Lord Respron. Hatte er nichts Besseres zu tun? Ebenso gut hätte er seine Gemahlin oder seine Tochter auf das Parkett führen können.

»Ich glaube nicht, dass ich daran Interesse habe«, erklärte er, ohne Emilia aus den Augen zu verlieren.

Hetherford ließ sich jedoch nicht abwimmeln. »Wie Sie wissen, war die bezaubernde Emilia bereits verlobt.«

Andrew ballte die Fäuste.

»Lady Emilia«, entgegnete er scharf und blickte Hetherford unmissverständlich an.

Sollte Hetherford Emilia noch einmal beim Vornamen nennen, würde er ihn an der Gurgel packen und gegen die nächste Wand drücken. Hetherford blickte fort und zog unmerklich den Kopf ein.

»Das ist hinreichend bekannt.« Es war kein Geheimnis gewesen, und er verstand nicht, wo das Problem lag.

Emilia hatte die Verlobung nicht gelöst, ebenso wenig wie Lastborough. Er war ermordet worden, und dafür konnte man Emilia nun wirklich nicht die Schuld geben.

»Dann sollten Sie auch wissen, dass sie nicht so unschuldig ist, wie sie tut.«

Andrew reichte es nun endgültig. Er fuhr herum, packte Hetherford am Revers und zog ihn hinter eine Säule, wo sie vor neugierigen Blicken geschützt waren.

»Überlegen Sie jetzt gut, was Sie über meine zukünftige Frau sagen«, warnte er den Viscount. Während seine Hand noch immer den Kragen des Mannes gepackt hielt, starrte er ihn wütend an.

Hetherford schluckte. »Sie ist keine Jungfrau mehr.«

Andrew lockerte seinen Griff und trat zurück. Es war ihm zwar schleierhaft, woher der Viscount das wusste, aber viel wichtiger war, dass er vom eigentlichen Geheimnis – nämlich Emilias Schwangerschaft – keine Ahnung hatte.

»Das ist mir bereits bekannt«, erklärte Andrew in aller Seelenruhe und klopfte sich unsichtbaren Staub von der Schulter.

Hetherford griff sich an den Hals und richtete sein Halstuch. »Verdammt, sie hat Sie also auch schon rangelassen.«

Schneller als der Viscount reagieren konnte, fuhr Andrew zu ihm herum und baute sich vor ihm auf. Da er ihm um einen ganzen Kopf überragte, war es leicht, den Widerling einzuschüchtern.

»Ich schätze es überhaupt nicht, wie Sie über die zukünftige Marchioness of Ashwood sprechen. Sollte mir zu Ohren kommen, dass Sie auch nur ein einziges schlechtes Wort über meine baldige Gemahlin in der Öffentlichkeit verlieren, werde ich Sie ruinieren.«

Die Augen des Viscounts weiteten sich vor Entsetzen. Andrew wusste genau, welche Art Mann er vor sich hatte. Hetherford gehörte zu jenen, die ihre Macht Schwächeren gegenüber schamlos ausnutzten und sich an ihr ergötzten. Ebenbürtigen oder gar überlegenen Gegnern hatten sie nichts entgegenzusetzen. Der Viscount zog den Schwanz ein und winselte wie ein räudiger Straßenköter.

»Natürlich. Selbstverständlich«, versicherte Hetherford eifrig.

»Gehen Sie mir aus den Augen.« Mühsam beherrscht rang Andrew um Fassung und schloss für einen Moment die Lider.

Zumindest war der Viscount so clever, die Situation richtig einzuschätzen, und floh. Als Andrew die Augen wieder öffnete, war Hetherford verschwunden. Das war gut so, und er konnte nur hoffen, dass sich ihre Wege nie wieder kreuzten, denn dann würde er für nichts mehr garantieren können.

KAPITEL 24

Seit Tagen hatte Emilia das Gefühl, nicht mehr in der Wirklichkeit zu sein, sondern durch eine Traumwelt zu tanzen. Die Hochzeitsfeier war für den späten Nachmittag angesetzt, und nach der Eheschließung in der Kirche war ein Empfang im Rosengarten von Hardstaff House geplant.

Emilia stand auf einem kleinen Schemel in ihrem Zimmer und wurde dort von der Schneiderin persönlich zurechtgemacht. Einige Mädchen, die die Schneiderin mitgebracht hatte, gingen ihr zur Hand. Das Hochzeitskleid aus wunderbar weichem Tüll, Seide und Spitze war um die Brust eng geschnitten und fiel in weichen Wellen zu Boden. Der zarte Stoff schmiegte sich wie eine zweite Haut um ihren Körper. Noch nie hatte sie etwas so Weiches am Leib getragen. Unter der Brust war es gerafft und mit Perlen bestickt. Der Saum war mit echter Brüsseler Spitze besetzt und erinnerte sie an das dünne, nahezu durchsichtige Hemdchen, das sie darunter trug. Unwillkürlich stellte sie sich vor, was Andrew dazu sagen würde, wenn er sie so erblickte.

Doch dann fiel ihr ein, dass dies nicht geschehen würde. Unmissverständlich hatte er ihr gesagt, dass es keine Hochzeitsnacht geben würde. So sehr sie sich auch versuchte einzureden, dass sie nicht im mindestens enttäuscht war, wünschte sie sich doch nichts sehnlicher, als Andrews verlangende Blicke auf sich zu spüren. Schnell schloss sie die Augen und schalt sich für ihre Dummheit.

»Mylady«, riss die Schneiderin Emilia aus ihren Gedanken.

Hastig blinzelte sie, nahm die langen Handschuhe entgegen, die ihr eines der Mädchen reichte, und schlüpfte hinein. Sie saßen wie angegossen. Ein letzter prüfender Blick in den Spiegel: Alles saß perfekt. Beth hatte ihr die Haare eingedreht und aufwendig nach oben gesteckt. Das prächtige Diadem funkelte mit der diamantenen Halskette um die Wette, und beide passten zusammen, als wären sie aufeinander abgestimmt worden. Emilia hatte auf Blüten im Haar bestanden, auch wenn sie unter dem Schleier nur schemenhaft zu sehen waren.

Als sie wenig später aus dem Haus trat, stand die Kutsche, die sie und ihren Bruder zur Kirche fahren sollte, schon bereit. Alexander wartete bereits darauf, ihr beim Einsteigen zu helfen, und setzte sich dann ihr gegenüber.

»Du siehst wunderschön aus.«

»Danke«, murmelte sie verlegen und richtete ihren Blick aus dem Fenster, um nicht noch nervöser zu werden.

Bei der Zeremonie würden zwar nur die engste Familie und ein paar wenige Auserwählte zugegen sein, aber das linderte ihre Anspannung nicht im Geringsten.

Viel zu schnell erreichten sie ihr Ziel. Alexander sprang aus der Kutsche und half Emilia beim Aussteigen. Mit einem stolzen Lächeln bot er ihr den Arm und führte sie die Stufen zum Eingang hinauf.

Die schweren Holztüren schwangen vor ihnen auf, und Emilia atmete noch einmal tief durch. Als Emilia Colby würde sie die Kirche betreten, als Emilia Stone, Marchioness of Ashwood, würde sie sie verlassen. Für einen kurzen Moment legte sie die Hand auf ihr ungeborenes Kind und erinnerte sich, für wen sie das alles tat. Ihre Tochter oder ihr Sohn sollte eine gute Zukunft haben, und die würde Andrew ihnen beiden ermöglichen.

»Es geht los.« Alexander tätschelte ihre Hand.

Emilia nickte, und sie setzten sich in Bewegung. Wie es üblich war, waren nur die nächsten Angehörigen anwesend. An der Seite ihres Bruders schritt sie den langen Gang entlang, vorbei an einer ganzen Reihe leerer Sitzreihen. Nur die vordersten Kirchenbänke waren belegt. Auf der einen Seite saß ihre Mutter, auf der anderen Seite – auf Andrews Seite – ein ihr gänzlich unbekannter Mann.

Doch ihr Blick wurde magisch von Andrew angezogen, der ganz vorne am Altar neben dem Geistlichen stand. Für einen Moment stockte ihr der Atem. Der Bräutigam sah atemberaubend aus.

Die Hose und der Gehrock aus schwarzem Samt bildeten einen schönen Kontrast zu dem Musselinhemd und der schneeweißen Weste. Auch die aufwendig gebundene Krawatte saß perfekt. Sogar auf seinen Stock hatte er verzichtet. Den hielt sein Kammerdiener, der als Trauzeuge ein Stück entfernt hinter Andrew stand. Der Marquess blickte ihr lächelnd entgegen, und Emilia konnte nicht anders, als dieses Lächeln zu erwidern.

Alexander führte sie zu ihrem zukünftigen Ehemann, um sie ihm zu übergeben, bevor er sich als ihr Trauzeuge im Hintergrund positionierte.

Von der Predigt des Geistlichen bekam Emilia kaum etwas mit und war überrascht, als er plötzlich von ihnen als Mann und Frau sprach. Andrew trat zu ihr und zog sie an sich. Auf einmal begann Emilias Herz wild zu klopfen, denn sie wusste, gleich würde er sie küssen. Es war kein ungestümer Kuss, wie sie es von Edward kannte, dennoch nicht weniger leidenschaftlich. Leicht wie ein Blütenblatt strichen seine Lippen über die ihren. Sie wollte von ihm kosten, seinen Mund erobern, doch da war der Kuss schon vorbei, und Andrew zog sich zurück.

Die wenigen Hochzeitsgäste applaudierten. Nun war sie Andrews Frau. Ein absolut befremdliches Gefühl, an das sie sich noch gewöhnen musste. Am Arm ihres Gatten nahm Emilia die Glückwünsche der Familie entgegen. Ihre Mutter strahlte über das ganze Gesicht und ließ es sich nicht nehmen, den Marquess kurz zu umarmen.

Zwei Kutschen standen bereit und brachten sie nach Hardstaff House, wo unzählige Gäste sie begrüßten. Wie in Trance ließ Emilia sich beglückwünschen. Die Hochzeitsgesellschaft, die ihre Mutter geladen hatte, war durchaus erlesen. Angefangen von Lady Castleright über Lady Gilberty bis hin zur Dowager Countess of Lampsburry hatte es jeder möglich gemacht, dem Empfang beizuwohnen. Die Damen nahmen

Emilia in ihre Mitte, trennten sie von Andrew und führten sie schwatzend davon. Sie bekam einen guten Ratschlag nach dem anderen, wie sie möglichst schnell schwanger werden konnte. Lächelnd nahm sie die Vorschläge entgegen. Wenn sie nur alle wüssten …

Stets an ihrer Seite strahlte eine überaus stolze Lady Hardstaff. Zumindest, bis ein Lakai an sie herantrat und sie mit ihm im Haus verschwand. Die Menschentraube um Emilia herum geriet in Bewegung, als die Dowager Duchess of Lampsburry auf sie zukam. Ihre Anwesenheit war eine Ehre, denn es bedeutete, dass sie diese Ehe guthieß und Emilia als Marchioness Ashwood in den gehobenen Kreisen willkommen hieß. Die längst ergraute Lady trug ein edles dunkelrotes Kleid aus schwerer Seide.

»Gehen Sie ein Stück mit mir.« Die Worte glichen mehr einem Befehl als einer Bitte.

Niemand würde es wagen, der Dowager Duchess einen solchen Wunsch abzuschlagen. Wie selbstverständlich hakte sich die Duchess bei ihr ein und führte Emilia von den anderen fort. Keiner wagte, ihnen zu folgen, und so waren sie ungestört.

»Herzlichen Glückwunsch, meine Liebe. Sie werden sich schnell an der Seite des Marquess zurechtfinden«, prophezeite die Duchess. »Ich habe doch gleich gesehen, dass der Marquess ein Auge auf Sie geworfen hat, Kindchen.«

Emilia stutzte kurz, versuchte aber, ihre Überraschung zu verbergen. »Wie meinen, Eure Gnaden?«, fragte sie verblüfft.

Die Dowager Duchess blieb stehen, löste sich von Emilia und drehte sich zu ihr, sodass sie sich gegenüberstanden.

»Ich habe den Marquess auf dem Ball der Flowerskins gesehen und beobachtet, wie er Sie angeblickt hat. Bereits damals war mir klar, dass er Interesse an Ihnen hatte. Wenn Sie mich fragen«, sie senkte ihre Stimme, »war es eine Fügung des Schicksals, die Sie in seine Arme getrieben hat.«

Emilia war sprachlos.

»Was meint Ihr mit Fügung des Schicksals?«, fragte sie nach, wusste jedoch gleichzeitig nicht, ob sie darauf wirklich eine Antwort haben wollte.

Andrew hatte sich nicht Hals über Kopf in sie verliebt, ihre Ehe fußte rein auf Gründen der Vernunft. Zwischen ihr und Andrew existierte nichts, das über Achtung und Zuneigung dem anderen gegenüber hinaus ging. Ihr Herzschlag beschleunigte sich unwillkürlich.

»Verzeihen Sie mir meine ehrlichen Worte.« Milde lächelte Lady Lampsburry Emilia an. »Lord Lastborough war ein junger Geck, der schnell das Interesse an Ihnen verloren hätte.« Emilia wollte dagegen protestieren, doch die Dowager Duchess hob abwehrend die Hand und sprach weiter: »Wir Damen sehen seit jeher großzügig über die Fehler der Gentlemen hinweg.«

Vergnügt zwinkerte sie Emilia zu, und ihr wurde ganz bang zu Mute. Stimmte ihre Vermutung, dass Edward ihr nie treu gewesen war? Der Gedanke an eine Mätresse und Bordellbesuche schmerzten.

»Aber wir wollen über Verstorbene nicht schlecht reden. Schätzen Sie sich glücklich, dass Ihr Gatte aus einem anderen Holz geschnitzt ist.«

Unwillkürlich wanderten Emilias Augen zu Andrew hinüber, der sich mit einigen Gentlemen in ein Gespräch vertieft befand. Die Duchess fing ihren Blick auf und lächelte zufrieden.

»Es ist schön zu sehen, wie Sie sich zugetan sind.«

Emilia tastete nach ihrem Ring, jenem Ring, den Andrew ihr angesteckt hatte. Sie konnte nicht leugnen, dass sie sich zu ihrem Ehemann hingezogen fühlte, aber verliebt war sie nicht. Es tanzten keine Schmetterlinge in ihrem Bauch, wenn sie mit ihm sprach. Sie war weder kopflos noch trunken in seiner Nähe. All das hatte sie nur bei Edward gefühlt. Doch Emilia würde der Dowager Duchess nicht widersprechen. Wenn sie annahm, sie und Andrew würden sich lieben, war das gut. Denn schließlich war es genau das, worauf ihr Gemahl es anlegte.

Auf einmal sah Andrew auf, und ihre Blicke begegneten sich. Ein Lächeln trat auf sein Gesicht, und Emilia sehnte sich nach ihm. Er entschuldigte sich bei den Gentlemen in seiner Gesellschaft und kam direkt auf sie zu.

»Man muss Sie wirklich beglückwünschen, Lord Ashwood«, hieß ihn die Dowager Duchess willkommen.

Andrew lächelte breit. »Vielen Dank, Euer Gnaden.«

»Kümmern Sie sich um Ihre Gattin«, wies Lady Lampsburry ihn an. »Ich bin hungrig und werde sehen, welche Köstlichkeiten bereitstehen.«

Damit schob sie Andrew zu ihr. Der Marquess verbeugte sich, Emilia knickste, und die Dowager Duchess schritt erhaben davon.

»Genießt du das Fest?«, erkundigte Andrew sich, als Lady Lampsburry außer Hörweite war.

»Es ist wundervoll.«

Ihre Mutter hatte wirklich an alles gedacht. Dennoch spürte Emilia langsam die Erschöpfung des Tages.

»Du siehst etwas müde aus.« Andrew strich ihr kurz über die Wange, und Emilia senkte schnell den Blick.

Schon wieder eine dieser Berührungen, wie sie unter Liebenden üblich waren und die für das breite Publikum bestimmt waren.

»Das bin ich in der Tat ein wenig«, gestand sie.

»Geh ein Stück mit mir«, bat er leise.

Es war bereits eine vertraute Geste, ihre Hand in seine Armbeuge zu schieben. So führte er sie noch weiter von dem Trubel weg. Abseits der Hochzeitsgesellschaft, zwischen den Rosenbüschen, fanden sie einen ruhigen Platz.

»Möchtest du dich ein wenig hinlegen?«, erkundigte Andrew sich besorgt.

Ihr Herz schmolz bei seinen fürsorglichen Worten dahin. »Das ist nicht nötig. Hier ist es schön ruhig, das genügt.«

»Wie geht es dem Baby?« Er legte seine Hand auf ihren Bauch.

Emilia erschauderte bei der intimen Berührung. Es war das erste Mal, dass er sich dieses Recht herausnahm, und als ihr Ehemann stand es ihm nun auch zu. Sie hatte befürchtet, dass es befremdlich wäre, von ihm so berührt zu werden, aber das Gegenteil war der Fall. Sie lechzte nach mehr.

»Dem Baby geht es gut«, sagte sie bestimmt.

Emilia wünschte sich, er würde sie noch einmal küssen, doch das tat er nicht. Schließlich hatten sie keine Zuschauer.

»Wenn es dir zu viel wird, gib Bescheid, dann brechen wir auf.«

»Das ist nett von dir.« Emilia würde Bescheid geben, aber noch verspürte sie keine Lust, das Fest zu verlassen. Später würde getanzt werden, und das wollte sie sich auf keinen Fall entgehen lassen.

Andrew legte seine Hand an ihre Wange und hob sanft ihr Kinn an. »Ich verspreche dir, egal, was passiert, ich werde immer dein Wohl im Blick haben.«

»Das weiß ich.« Sie blickte ihm direkt in die Augen und war sich nicht sicher, was sie darin las.

Er war großartig, ein wundervoller Mensch, umsichtig und großzügig, und doch gehörte er nicht ihr und würde es auch niemals tun. Etwas von sich hielt er zurück und blieb auf Abstand. Es war genau das, was er angekündigt hatte, und doch wünschte sie sich verzweifelt mehr. Emilia fragte sich, ob es ihr jemals vergönnt sein würde, Andrew Stone richtig kennenzulernen, oder ob er immer nur der unnahbare Marquess of Ashwood bleiben würde.

»Ich danke dir für alles, was du für mich getan hast.« Es war ihr ein Bedürfnis, ihm das zu sagen.

Er hatte sie geheiratet, obwohl sie ein fremdes Kind unter ihrem Herzen trug. Etwas Besseres hätte ihr wahrlich nicht passieren können.

Sein Lächeln ging ihr unter die Haut. Am liebsten hätte sie die Hände ausgestreckt und ihn berühren wollen, doch sie hielt sich zurück. Sein Gesicht kam näher, und Emilia fieberte dem Kuss regelrecht entgegen. Wie sehr verzehrte sie sich danach, dass er sie wieder küsste. Doch dann legten sich seine Lippen auf ihre Stirn, strichen zart darüber, und als er sich nur Sekunden später von ihr zurückzog und den Körperkontakt abbrach, war Emilia unendlich enttäuscht.

»Lass uns zurückgehen. Unsere Gäste werden uns schon vermissen«, erklärte Andrew mit einem Augenzwinkern.

Tapfer rang sie sich ein Lächeln ab und schob erneut ihre Hand in seine Armbeuge. Den Diamantring vor Augen, der davon zeugte, dass sie wirklich Andrews Frau war, machten sie sich auf den Weg zurück, um mit ihren Gästen das neue Kapitel, das sie aufschlugen, zu feiern.

Im Stillen fragte Emilia sich jedoch, ob Andrew sie jemals als Frau sehen würde oder immer nur als die Mutter seines angenommenen Erben.

KAPITEL 25

Eine halbe Ewigkeit später war es endlich soweit, und Andrew drängte zum Aufbruch. Emilias Habseligkeiten waren bereits zusammen mit Beth, die sie als Kammerzofe begleitete, abgeholt worden.

Der Abschied fiel Emilia dann doch ungemein schwer. Sie wusste nicht, wann sie ihre Mutter wiedersehen würde, und so konnte sie die Tränen nicht ganz zurückhalten. Auch Alexander drückte sie zum Abschied fest an sich und wünschte ihr alles Gute. Emilia würde ihn vermissen, seinen Geruch nach Stall und Pferden. Auch wenn er nicht immer der Earl war, den sich die Gesellschaft wünschte, war er ihr doch ein guter Bruder gewesen. Sie würde ihn und ihre Mutter schrecklich vermissen.

Doch es war nun an der Zeit, sie zurückzulassen und ihren Blick nach vorne zu richten. Ihr Platz war an Andrews Seite, als Marchioness of Ashwood. An den Titel musste sie sich noch gewöhnen, ebenso an die Nähe des Mannes, den sie nun ihren Gatten nennen durfte.

Es war Zeit, in die Kutsche zu steigen. Andrew wartete bereits auf sie und half ihr beim Einsteigen, ehe er ihr in das Innere folgte und die Tür hinter ihnen geschlossen wurde.

Die Vorhänge waren beiseitegeschoben, sodass Emilia hinausblicken konnten, zu den winkenden Hochzeitsgästen, die ihnen gute Wünsche hinterherriefen. Sie winkte glücklich lächelnd, wie es von ihr erwartet wurde.

Erst als die Gäste außer Sichtweite waren, lehnte Emilia sich erschöpft zurück. Sie war mit Andrew allein, ihrem Gatten, und es gab niemanden mehr, der daran Anstoß nehmen würde. Die Freiheiten einer verheirateten Lady waren ihr noch seltsam fremd, aber sie freute sich darauf, zukünftig ein selbstbestimmteres Leben führen zu können.

»Wie lange werden wir unterwegs sein?«, frage sie Andrew und machte es sich gleichzeitig in der Kutsche bequem.

Dieser zog überrascht eine Augenbraue hoch. »Nicht lang. Wir erreichen jeden Moment den Berkeley Square.«

Emilia blinzelte. Berkeley Square? Was machten sie dort? Musste Andrew noch seine Sachen holen? Sie war bisher fest davon ausgegangen, dass sie auf Andrews Landsitz fahren würden. Für gewöhnlich verbrachte ein Paar die Flitterwochen auf dem Land oder unternahm eine Reise.

»Werden wir in London bleiben?«, erkundigte sie sich vorsichtig.

»Ja.« Andrew starrte aus dem Fenster, als befürchtete er, dass ihm sonst etwas entgehen könnte. »Ich bin nicht davon ausgegangen, dass du Wert auf Flitterwochen legst. Außerdem habe ich noch geschäftlich in London zu tun und kann nicht so kurzfristig abreisen.«

»Selbstverständlich«, pflichtete Emilia ihm bei, auch wenn sie die Enttäuschung nicht ganz verbergen konnte.

London war ebenso gut wie jeder andere Ort. Zumindest würde sie dann ihre Familie bald wieder sehen. Dennoch breitete sich Enttäuschung in ihr aus. Sie war davon ausgegangen, mehr Zeit mit Andrew verbringen zu können und ihn besser kennenzulernen.

»Es wird Gerüchten vorbeugen, wenn wir in London bleiben«, zählte Andrew die Vorzüge auf.

Emilia nickte tapfer. Dann würde sie sich eben gleich den Herausforderungen als neue Hausherrin stellen müssen. Keine Schonfrist wie erhofft. Aber ihre Mutter hatte sie gut vorbereitet. Emilia war mit den Aufgaben einer Lady vertraut, nur würde Ashwood House eine ganz andere Herausforderung werden als die deutlich kleinere Unterkunft ihrer Familie.

Das Unbehagen in Emilia wuchs, als sie vor dem respektgebietenden Stadthaus hielten, das ihr neues Zuhause werden würde. Berkeley Square gehörte zu den besten Adressen in London. Emilias Blick fiel auf die Häuserfront, an der sie vor einigen Wochen mit ihrer Mutter entlangspaziert war. Es kam ihr wie Jahre vor.

Andrew stieg aus und half ihr aus der Kutsche. Dann führte er sie die Stufen hinauf. Als Marchinoess of Ashwood betrat sie die pompöse Eingangshalle. Wie es sich gehörte, standen sämtliche Bediensteten aufgereiht, um die neue Herrin zu begrüßen. Das flaue Gefühl im Emilias Magen nahm zu.

Der Butler verneigte sich tief. »Willkommen in Ashwood House, Lady Ashwood. Ich bin Jones und stehe stets zu Ihren Diensten.«

Emilia nickte stumm.

»Auch ich heiße Sie herzlich willkommen, Lady Ashwood.« Eine rundliche Dame mit gestärkter weißer Schürze knickste ergeben. »Ich bin Mrs. Watson und die Haushälterin hier.«

»Ich freue mich, Sie alle kennenzulernen.« Emilia rang sich ein Lächeln ab und hoffte, ihre Unsicherheit gut überspielen zu können.

Die Haushälterin nahm den großen Schlüsselbund, der an ihrem Gürtel befestigt war, ab und reichte ihn Emilia. Mit immer größer werdenden Augen nahm sie ihn entgegen, während ihr nun allzu deutlich bewusstwurde, dass sie als Hausherrin eine Vielzahl an Pflichten hatte und ihr hiermit nun auch die Schlüsselgewalt übergeben war. In den nächsten Tagen würde sie eine ganze Menge lernen müssen und hoffte, dass Mrs. Watson nachsichtig mit ihr war.

»Sicherlich sind Sie erschöpft von der Feier«, sagte Mrs. Watson fürsorglich. »Ich kann Sie gleich auf Ihr Zimmer bringen. Die Zofe erwartet Sie dort bereits.«

Dankbar nickte Emilia.

»Wenn du etwas brauchst, scheue dich nicht, Bescheid zu geben.« Andrew war gerade dabei, sich abzuwenden.

Die Enttäuschung, dass er nicht mitkam, stand ihr gewiss ins Gesicht geschrieben.

»Ich muss noch etwas arbeiten. Wenn du später noch hungrig bist, lass dir etwas zu essen aufs Zimmer bringen oder lass es dir im Speisesaal servieren.«

Erklärte er ihr gerade, dass er sie an diesem Abend nicht mehr sehen wollte? Emilia hatte nicht erwartet, dass er sie in seinem Schlafzimmer empfangen würde. Diesbezüglich war er sehr deutlich gewesen. Aber dass er nicht einmal mit ihr zu Abend essen wollte, enttäuschte sie doch. Gern hätte sie etwas Zeit mit ihm gehabt, sich mit ihm unterhalten oder ihre gemeinsame Zukunft besprochen.

Emilia schluckte und rang sich ein verkrampftes Lächeln ab. Dann wandte sie sich hastig von ihm ab. Er sollte nicht sehen, wie sehr er sie damit vor den Kopf gestoßen hatte. Eilig folgte sie der Haushälterin die Stufen hinauf in den ersten Stock. Die Ernüchterung schmeckte bitter. Andrew hatte Wichtigeres zu tun, als den ersten Abend ihrer Ehe mit ihr zu verbringen.

Mrs. Watson hielt vor einer reich verzierten Holztür an und öffnete sie, damit Emilia eintreten konnte. Staunend ging sie hinein. Das Zimmer vor ihr war riesig. Doppelt so groß wie ihr Raum in Hardstaff House. Die hohe, weiß gestrichene Stuckdecke ließ ihn hell und freundlich wirken. Auch die orangefarbenen Vorhänge, die wunderbar mit dem helleren Ton der Wandfarbe harmonierten, passten hervorragend dazu.

Auf der einen Seite befand sich ein Spiegeltisch mit Hocker, auf der anderen ein riesiges Bett mit Baldachin. Dann entdeckte Emilia Beth, die eilig aus einem der Nebenräume kam, mitten im Zimmer stehenblieb und knickste. Emilia lächelte erleichtert. Es war schön, endlich eine vertraute Person zu sehen.

»Oh Beth!« Sie raffte die Röcke und wollte auf die Vertraute zugehen, als ihr einfiel, dass sich das für eine Marchioness wohl nicht schickte. So erstarrte sie mitten in der Bewegung.

»Es ist schon ziemlich spät, Lady Ashwood. Ich werde Ihnen morgen die restlichen Räumlichkeiten zeigen, und dann können Sie mir sagen, was Sie umgestalten wollen.«

Emilias Augen weiteten sich vor Überraschung. Waren die Räumlichkeiten so baufällig, dass sie renoviert werden mussten?

»Das hat aber bis morgen Zeit. Ich wünsche Ihnen jetzt erst einmal eine angenehme Hochzeitsnacht.« Mit einem auch für eine Haushälterin unangemessenen, vielsagenden Grinsen knickste die ältere Frau und schloss die Zimmertür hinter sich.

Damit war Emilia mit Beth allein.

Erleichtert, die erste Begegnung mit der strengen Hauswirtschafterin überstanden zu haben, ließ Emilia es sich nun nicht nehmen, ihre Zofe zu begrüßen.

»Es ist so schön, dich zu sehen, Beth.« Jetzt, da sie allein waren, konnte Emilia nicht anders, als ihr um den Hals zu fallen.

»Mylady«, hauchte die Zofe, drückte Emilia dann aber ebenfalls.

»Wie geht es dir hier? Bist du gut untergebracht?«

Die Augen der Kammerzofe leuchteten auf. »Sie sind alle überaus nett hier. Und ich habe sogar ein eigenes Zimmer direkt nebenan. Wann auch immer Sie etwas brauchen, ich bin sofort zur Stelle.«

Erleichtert, dass Beth gut angekommen war, lächelte Emilia sie an.

»Kommen Sie, ich zeige Ihnen Ihre Räumlichkeiten.«

Emilia staunte nicht schlecht. Neben dem Raum, in dem ihr Bett stand, gab es einen Aufenthaltsraum mit einer gemütlichen Chaiselongue, einem Sekretär, an dem sie Schreibarbeiten erledigen konnte, und eine einladende Sitzecke. Emilias Kleider waren in einem separaten Raum untergebracht, und direkt neben ihrem Schlafgemach schloss sich ein Waschraum an, in dem sie ihre Toilette erledigen konnte.

Sie kehrten ins Schlafzimmer zurück, und Emilias Blick fiel auf eine weitere Tür.

»Die Tür zu Ihrem Gemahl«, erklärte Beth, und eine feine Röte überzog ihre Wangen, worauf sie sich hastig abwandte.

Mit gemischten Gefühlen starrte Emilia die Tür an und fragte sich, ob Andrew jemals hindurchtreten würde. Der Kuss im Rosengarten auf ihre Stirn war mehr als keusch gewesen, und bisher hatte nichts dafür gesprochen, dass er auch in ferner Zukunft den körperlichen Teil ihrer Ehe ausleben wollte. Tatsächlich hätte sie nichts dagegen, Andrew nahe zu kommen, und das überraschte sie wohl selbst am meisten. Aber sie wusste auch, dass sie sich Zeit geben mussten. Sie kannten sich kaum. Es kam ihr dennoch seltsam vor, dass Andrew so bereitwillig auf Körperlichkeit verzichtete. Was war der Grund dafür? Hatte er Einschränkungen, von denen niemand etwas ahnte?

Emilia schob die Gedanken zur Seite.

»Hilf mir, mich auszukleiden«, wies sie die Zofe an, und Beth begann ohne Umschweife mit den Vorbereitungen.

Emilia wollte bereit sein, falls Andrew es sich anders überlegte und doch den Abend mit ihr zu verbringen gedachte. Beinahe eine Stunde brauchten sie, das Kleid auszuziehen. Beth bürstete Emilias Haar.

»Soll ich euch noch etwas zu essen bringen?«, erkundigte sich Beth.

Dankend lehnte Emilia ab. Sie verspürte keinen Hunger. Beth flocht das lange braune Haar zu einem dicken Zopf. So würde es in der Nacht nicht verknoten. Dann legte sie Holz im Kamin nach.

»Du kannst gehen«, schickte Emilia die Zofe schließlich fort.

Wortlos knickste Beth und verschwand.

Emilia stand auf, wanderte durch den Raum und wusste nicht, wohin mit sich. Es war ihr Hochzeitstag, sie hätte überglücklich sein sollen, doch das war sie nicht. Sie musste an Edward denken, der sie sicher nicht allein gelassen hätte.

Halt, das stimmte so nicht.

Inzwischen hatte Emilia ihre Naivität abgelegt. Vermutlich hätte Edward bei der Feier so viel getrunken, dass er nicht mehr allein geradeaus hätte gehen können. Gemeinsam mit dem Kammerdiener hätte sie ihren schnarchenden Gemahl entkleidet und die Hochzeitsnacht ebenso allein verbracht wie jetzt.

Schweren Herzens stellte sie sich ans Fenster und sah hinaus in den friedlichen Garten. Langsam senkte sich die Dunkelheit herab. Emilia wusste nicht, wie lange sie dort stand.

Sie lauschte den unbekannten Geräuschen des Hauses, hoffte wider alle Vernunft, dass Andrew doch noch kam. Natürlich tat er das nicht, und sie schimpfte sich selbst eine dumme Närrin, dass sie darauf gehofft hatte.

Als das Kaminfeuer jedoch niedergebrannt und es vollkommen dunkel im Raum war, begrub sie ihre Hoffnung. Sie entkleidete sich in völliger Dunkelheit und zog das dünne Nachthemd über, das Beth für sie bereitgelegt hatte. Dann schlüpfte sie ins Bett, in dem problemlos zwei Personen Platz gefunden hätten.

KAPITEL 26

Nachdem Andrew erst gegen Mittag mit einem Kater aufgewacht war, hatte er sich den ganzen Tag in seinem Arbeitszimmer verschanzt und liegengebliebene Korrespondenz aufgearbeitet. Allerdings war er entsetzlich unkonzentriert dabei und bemitleidete sich selbst. Immer wieder schweiften seine Gedanken zu Emilia. Seiner Gemahlin. Die Vorstellung, dass sie nicht weit von ihm entfernt war und er jederzeit zu ihr gehen konnte, hatte ungeahnte Auswirkungen auf ihn. Zu seiner Überraschung stellt er fest, dass er plötzlich wesentlich mehr als nur die Mahlzeiten mit ihr teilen wollte. Er wollte sie in seinem Bett haben, sie lieben und all jene Dinge tun, die er sich selbst so lange versagt hatte.

Mit einem Mal hielt Andrew es nicht mehr an seinem Schreibtisch aus, daher stand er auf und ging hinüber in die Bibliothek. Das Abendessen, das ihm der Butler anbot, lehnte er ab. Ihm war nicht nach Essen, er brauchte nur etwas zu trinken, daher goss er sich großzügig ein Glas Scotch ein und rief nach Rooth. Allerdings kam nur Jones.

»Wo ist Rooth?«, raunzte er den Butler an.

»Das weiß ich nicht«, gestand Jones kleinlaut. »Mr. Rooth ist fortgegangen. Ich nahm an, in Ihrem Auftrage.«

Es gehörte zu Jones' Aufgaben, über alle Vorgänge im Haus Bescheid zu wissen. Allerdings betraf das nicht Andrews Kammerdiener, der in seinem Haushalt eine Sonderstellung einnahm.

»Kann ich etwas für Sie tun?«

Andrew schickte den Butler mit einem Handwedeln davon. Er wollte allein sein. Als er sich mit seinem Glas Scotch vor das prasselnde Kaminfeuer setzte und in die Flammen starrte, war seine Laune auf dem Nullpunkt angekommen. Emilia war hier, in seinem Haus, in dem Zimmer, das direkt neben seinem lag. Verdammt, sie war sogar seine Ehefrau, und er hätte jedes Recht, sie aufzusuchen. Doch er versagte sich sein Verlangen und trank stattdessen das Glas leer. Fluchend stand er auf, goss sich erneut ein und nahm diesmal gleich die ganze Flasche mit zum Kamin.

Sein Bein schmerzte, was vermutlich daran lag, dass er in den letzten Tagen zu häufig auf den Stock verzichtet und sein Bein dadurch zu sehr belastet hatte. Auch daran trug Emilia die Schuld, denn in ihrer Nähe wollte er sich wie ein Mann fühlen und nicht wie der Krüppel, der er war.

Erneut nahm er einen großen Schluck und schüttete den restlichen Inhalt der Flasche ins Glas. Viel zu langsam stieg ihm der Alkohol zu Kopf. Sein Verstand war noch immer viel zu klar und als er verzweifelt die Augen schloss, führte dies nur dazu, dass die liebreizende Emilia mit ihren verführerischen Rundungen vor ihm auftauchte. Andrew sehnte sich danach, sie zu berühren, ihren Körper erkunden und ihre Lippen zu schmecken. Die sparsamen Küsse, die sie vor

Publikum getauscht hatten, hatten ihm gezeigt, welches Feuer in ihr brannte – und in ihm. Er verzehrte sich regelrecht nach ihr.

Doch sie hatten nicht geheiratet, weil sie in Leidenschaft zueinander entbrannt waren. Ihre Eheschließung hatte rein pragmatische Gründe, und er selbst hatte die Bedingung aufgestellt, dass sie das Bett nicht miteinander teilen würden. Andrew wollte sich gar nicht vorstellen, wie schockiert Emilia wäre, wenn er jetzt, angetrunken wie er war, bei ihr auftauchen und trotz gegenteiliger Ankündigung seine ehelichen Ansprüche einfordern würde. Seine pochende Männlichkeit ignorierend, spülte er den letzten Rest Scotch hinunter.

»Rooth«, brüllte er.

Die Tür wurde zwar geöffnet, doch hindurch trat nicht sein Kammerdiener, sondern Jones mit einer gefüllten Scotchkaraffe.

»Wo ist Rooth«, blaffte er den Butler an.

Ohne das Gesicht zu verziehen, tauschte dieser die Karaffen aus.

»Er ist noch immer fort«, erinnerte ihn Jones mit stoischer Miene.

Andrew griff nach der Karaffe und goss sich ein. Dabei rief er sich in Erinnerung, dass Rooth sich nicht bei ihm abmelden musste, wenn er ging. Auch wenn er offiziell sein Kammerdiener war, konnte er doch tun und lassen, was er wollte. Andrew wandte sich wieder dem Kamin zu. Die Wärme des Feuers war zwar angenehm, tat allerdings seinem Bein nicht gut, das inzwischen stärker pochte. Doch der Alkohol würde auch diesen Schmerz betäuben. Die Krawatte hatte Andrew längst abgelegt, ebenso die Weste. Nun öffnete er zusätzlich die obersten Knöpfe seines Hemdes.

»Kann ich noch etwas für Sie tun, Mylord?«, erkundigte sich Jones.

»Lassen Sie mich allein.« Mit einem unwirschen Wink entließ er den Butler und wartete auf das Klicken der Tür im Schloss.

Dann genehmigte er sich noch einen ein paar Gläser und spülte seinen Ärger und Unzufriedenheit mit einer zweiten Flasche Scotch hinunter.

Andrew musste weggedämmert sein, denn er schrak auf, als die Tür geöffnet wurde.

»Wo warst du?«, blaffte er Rooth an und blinzelte, um klare Sicht zu bekommen. Dass es Rooth war, erkannte er an den Schritten.

»Du hast getrunken«, stellte der Kammerdiener fest und ließ sich ungefragt in den zweiten Sessel vor dem Kamin nieder.

»Wo warst du?«, raunzte Andrew.

»Da ich dich im Bett deiner Gemahlin wähnte, habe ich mir erlaubt, Mr. Lonyer zu suchen.«

Andrew brauchte einen Moment, um sich zu erinnern, dass dies der Name des Mannes war, dem Lastborough das Collier übergeben hatte.

»Wie viel hast du getrunken?«, wollte Rooth wissen und deutete mit dem Kinn auf die leere Karaffe.

»Zu wenig«, stöhnte Andrew.

Sein Kopf tat weh, das Bein schmerzte, und seine Lenden verzehrten sich quälend nach einer Frau. Eigentlich hätte er dem

Kammerdiener zürnen müssen, dass er Lonyer allein gesucht hatte, aber er war zu erschöpft, um sich darüber aufzuregen.

»Hast du ihn gefunden?« Ächzend suchte er eine bequemere Position, scheiterte jedoch.

»Nein.« Missmutig ging Rooth hinüber zum Beistelltisch und goss sich ein Glas Whisky ein.

Andrew kniff die Augen zusammen und wartete, dass sein Kammerdiener sich endlich zu ihm setzte und ihm berichtete.

»Ich war in East End am Hafen und habe mich unauffällig umgehört. Niemand scheint Lonyer zu kennen.«

Es fiel Andrew schwer, den Sinn seiner Worte zu erfassen. Sein Verstand war unangenehm benebelt. Außer Zweifel stand jedoch die Richtigkeit von Rooths Worten. Wenn er sagte, der Mann war in East End unbekannt, dann war dem so. Hatte Lastborough Andrew bewusst einen falschen Namen genannt? Nein, das konnte er sich nicht vorstellen. Der Earl war dermaßen verängstigt gewesen, er hätte nicht gewagt, ihm falsche Informationen zu geben.

»Eine Sackgasse«, stellte Andrew resigniert fest.

Obendrein war sein Scotchglas schon wieder leer. Das Smaragd-Collier war also spurlos verschwunden, und er hatte nicht die geringste Ahnung, wo er danach suchen sollte.

»Ich bringe dich ins Bett«, verkündete Rooth, leerte sein Glas und erhob sich, um seinen Herrn in dessen Schlafzimmer zu begleiten.

Andrew hatte keine Lust, sich mit Rooth anzulegen, außerdem wusste er, dass er in diesem Zustand ohnehin den Kürzeren ziehen würde.

»In deiner momentanen Verfassung solltest du deine Braut nicht mehr aufsuchen«, riet ihm der Kammerdiener.

Dazu schwieg Andrew. Ohnehin drehte sich alles um ihn, als er sich schwankend erhob. Rooth nahm seinen Arm, legte ihn sich um die Schultern und stützte Andrew, als er mit schweren Schritten die Bibliothek durchquerte.

»Morgen solltest du bei ihr zu Kreuze kriechen.«

Ein weiterer Rat, den Andrew nicht beherzigen würde. Rooth hatte ja keine Ahnung.

KAPITEL 27

Das Leben als Marchioness of Ashwood hatte durchaus seine Vorzüge. Bereits am Tag nach der Hochzeit war die Schneiderin gekommen und hatte Emilia neu eingekleidet. Das, was Lady Emilia getragen hatte, kam für eine Lady Ashwood nicht in Frage. Zu ihrer Erleichterung wurden die Farben kräftiger, und die Taille rutschte etwas nach unten, was der aktuellen Mode entsprach. Die Säume wiesen reichere Verzierungen auf, und die Stoffe waren aus edlerem Material. Alles in allem war Emilia höchst zufrieden.

Ashwood House war wunderbar in Schuss, und Emilia hatte der Haushälterin erklärt, dass sie aktuell nicht das Bedürfnis verspürte, etwas umzugestalten. Besonders liebte sie das Musikzimmer, in dem das wunderschöne Pianoforte stand, das sie bereits bei Andrews Ankunft in London bestaunt hatte. Nie hätte sie sich damals träumen lassen, dass sie je darauf spielen würde, geschweige denn, es ihr Eigen nennen durfte.

Häufig saß sie vor dem Instrument und versank in ihrer Welt. Manchmal spielte sie nach Noten, manchmal überkam es sie einfach, und sie ließ ihre Finger über die Tasten gleiten. Die Melodie war meist getragen, fast ein wenig melancholisch – ganz so, wie es ihrer Stimmung entsprach. Bereits zwei Mal war es passiert, dass sie nach einem Stück in die Gegenwart zurückkehrte und Andrew an den Türrahmen gelehnt vorfand. Er lobte sie für ihr ausgezeichnetes Können, und Emilia freute sich ungemein darüber.

Besuch hatten sie in der ersten Zeit keinen empfangen. Lediglich ihre Mutter war einmal vorbeigekommen. Lady Hardstaff war überaus begeistert darüber, dass ihre Tochter nicht in die Flitterwochen aufgebrochen war und weiterhin in London weilte. Sie wartete darauf, dass Emilia sich endlich wieder in der Öffentlichkeit zeigte. Während ihres gesamten Besuches wurde sie nicht müde, Emilia in den höchsten Tönen zu loben, dass sie es geschafft hatte, eine Marchioness zu werden. Über die näheren Umstände und die Tatsache, dass Emilia bereits ein Kind erwartete, redeten sie selbstverständlich nicht.

Emilia genoss die ruhige Zeit in vollen Zügen, auch wenn sie sich langsam nach etwas Abwechslung sehnte. Den Tag über verbrachte sie mit Lesen und unternahm regelmäßige Spaziergänge in den wundervollen Park in der Mitte des Berkeley Square. Einmal hatte Andrew sie sogar begleitet. Dabei hatte er ihr von seinem Landsitz erzählt, und seitdem verspürte Emilia den Wunsch, ihn dorthin zu begleiten.

»Wie lange werden wir noch in London bleiben?«, hatte sie ihn gefragt.

Daraufhin war er plötzlich ungewöhnlich verschlossen geworden. »Das kann ich dir nicht sagen. Aber wir werden aufs Land fahren – bald.«

Das Abendessen nahmen sie stets zusammen im Speisezimmer ein. Danach zog Emilia sich in den Salon zurück, und häufig verzichtete Andrew auf seinen Portwein und folgte ihr. Während sie stickte, las er in der Zeitung. Manchmal bat Andrew sie, für ihn zu spielen, und sie wechselten ins Musikzimmer. Hin und wieder unterhielten sie sich einfach nur. Mit jedem Tag hatte Emilia das Gefühl, ihren Gatten besser kennenzulernen, und genoss die Zeit mit ihm. Lediglich wenn es darum ging, sich für die Nacht zurückzuziehen, wurde es seltsam zwischen ihnen. Emilia brachte nicht den Mut auf, sich Andrew zu nähern, auch wenn sie sich noch so sehr nach seinen Küssen verzehrte. Immer dann, wenn sie sich zufällig nahekamen, zog Andrew sich zurück. Emilia konnte ihm keinen Vorwurf machen.

Jetzt, drei Wochen nach ihrer Hochzeit, war es endlich soweit, und sie würden das erste Mal als Ehepaar ein gesellschaftliches Ereignis besuchen. Die Soiree der Duchess und des Dukes of Summerland nahmen sie als Anlass, in die Gesellschaft zurückzukehren.

Herzlichst wurden sie von allen Seiten begrüßt. Für Emilia war es eine ganz neue Erfahrung, ohne Anstandsdame auszukommen. Sie betrat die Räumlichkeiten der Damen und ließ sich die Pelisse abnehmen.

»Lady Ashwood, Sie sehen fabelhaft aus. Die Ehe scheint Ihnen ausgezeichnet zu bekommen.« Die dürre Lady Castleright drängte sich ihr regelrecht auf.

Als Debütantin hatte die Viscountess sie keines Blickes gewürdigt. Erst jetzt fiel Emilia auf, dass sie zu den jüngeren

Anwesenden gehörte. Von den unverheirateten Damen fehlte jede Spur.

»Wie wundervoll, dass Sie beschlossen haben, Ihre Einsamkeit aufzugeben.« Eine ältere Lady mit graumelierten Haaren und einem Ausschnitt, der selbst für eine freizügige Sängerin gewagt gewesen wäre, lächelte breit.

Emilia war sich sicher, der Dame noch nie begegnet zu sein.

»Sie müssen mich unbedingt in den nächsten Tagen zum Tee besuchen«, lud Lady Gilberty sie ein.

Emilia lächelte freundlich. »Darüber würde ich mich sehr freuen und noch mehr, wenn Sie die Einladung auch auf meine Mutter ausweiten würden.« Diese Einladung würde Lady Hardstaff unheimlich viel bedeuten. Schon länger buhlte sie um eine Teeeinladung, bisher jedoch ohne Erfolg.

»Selbstverständlich.« Erfreut wedelte Lady Gilberty eines der Dienstmädchen herbei und verlangte nach einem Glas Punsch.

Die Marchioness of Crowbridge, gekleidet in ein atemberaubendes dunkelgrünes Kleid, trat ein, und die allgemeine Aufmerksamkeit wandte sich ihr zu. Emilia war deswegen nicht betrübt. Ihr war es ohnehin lieber, wenn sie nicht im Mittelpunkt stand. So hielt sie sich am Rand auf und betrachtete das lebhafte Treiben. Einmal mehr war ihr bewusst, welch sozialer Aufstieg ihr durch die Verbindung mit Andrew gelungen war. Sie befand sich in der Gesellschaft der namhaftesten Damen Londons.

Ihre Gastgeberin erschien in der Tür und klatschte aufgeregt in die Hände.

»Meine Damen, die Gentlemen erwarten uns.« Sie machte den Weg frei, und die Ladys strömten in den Saal, wo sie bereits erwartet wurden.

Emilia war froh, als sie Andrew erblickte. Er lächelte ihr zu, und sie gesellte sich zu ihm. Er stellte ihr den Duke of Speakshed vor sowie den Earl of Clainwood, der für den Premierminister arbeitete und mit dem Andrew aufgrund seiner Mitgliedschaft im Oberhaus gelegentlich zu tun hatte. Auch wenn es etwas anstrengend war, dem Gespräch zu folgen und sie von dem meisten Dingen, über die die Herren sprachen, keine Ahnung hatte, fühlte sie sich an Andrews Seite durchaus wohl.

»Meine Herren, wir werden uns nun eine Erfrischung holen«, verabschiedete sich ihr Gemahl schließlich von den beiden Gentlemen und bot Emilia den Arm.

»Gefällt dir der Abend?«, erkundigte Andrew sich interessiert.

»Das hier ist so anders als all die Abendgesellschaften, die ich bisher besucht habe.« Tatsächlich verunsicherte sie das etwas. »Aber ich kann nicht behaupten, dass es mir weniger gefällt«, schob sie hastig hinterher.

Andrew lachte leise. »Keine Debütantinnen, keine Brautschauen und Verkupplungsversuche, sondern eine angenehme und entspannte Atmosphäre«, fasste er zusammen.

»Lady Gilberty hat mich zum Tee eingeladen«, platzte Emilia plötzlich heraus.

Andrew nahm die Angelegenheit gelassen. »Wirst du hingehen?«, fragte er.

Sie hatten den Tisch mit den Erfrischungen erreicht.

»Natürlich, und ich habe gefragt, ob ich meine Mutter mitbringen darf. Weißt du, wie lange sie sich schon um eine Teeeinladung bemüht?«

Nachsichtig lächelte Andrew auf sie hinab. »Nicht du solltest dich geehrt fühlen, zum Tee eingeladen zu werden, sondern Lady Gilberty. Als Marchioness stehst du über der Countess.«

Emilias Augen weiteten sich vor Staunen. Aus diesem Blickwinkel hatte sie es noch gar nicht betrachtet.

Andrew stupste ihr mit dem Finger auf die Nase. »Du wirst dich schnell an deine neue Position in der Gesellschaft gewöhnen«, versprach er ihr.

»Lord Ashwood. Lady Ashwood. Meine herzlichsten Glückwünsche zu Ihrer Vermählung.«

Mit einem Mal lief es Emilia kalt den Rücken hinab. Sie kannte diese Stimme, kannte sie nur zu gut. Von allen Menschen auf der Welt wollte sie Lord Hetherford am allerwenigstens begegnen. Unwillkürlich verkrampfte sie sich. Ihr blieb jedoch nichts anderes übrig, als sich zu ihm umzudrehen.

»Lord Hetherford.« Ihre Stimme klang etwas atemlos.

Andrew neben ihr blieb stumm. Dass er den Viscount nicht begrüßte, verunsicherte Emilia und als sie ihn aus dem Augenwinkel betrachtete, sah sie seinen grimmigen Gesichtsausdruck. Noch mehr überraschte sie jedoch der Viscount.

»Ich wünsche Ihnen einen angenehmen Abend.« Hastig griff er nach einem Glas Punsch und rannte förmlich in entgegengesetzter Richtung davon.

Maßlos überrascht und überfordert damit, wie sie dieses Verhalten einordnen sollte, wandte Emilia sich ihrem Mann zu.

»Was war das?«, fragte sie und war gespannt auf eine Antwort.

»Ich habe keine Ahnung, was du meinst.« Er drückte der verblüfften Emilia ein Glas Punsch in die Hand, nahm sich selbst eins und trank einen Schluck. »Wirklich eklig, das Zeug«, stellte er angewidert fest.

Emilia holte Luft, um Andrew nach dem Viscount zu fragen, doch als er ihr seinen Arm anbot, schob sie ihre Hand in seine Beuge und ließ sich von ihm in den Nebenraum führen.

Dort lauschte sie einem langatmigen Vortrag eines Dichters, den Lady Summerland über alle Maßen lobte. Das verschaffte Emilia Zeit genug, um über die Begegnung mit Lord Hetherford nachzudenken. Schließlich kam sie zu dem Entschluss, dass Andrew mit dem Viscount geredet haben musste. Sie konnte ihm überhaupt nicht sagen, wie dankbar sie dafür war. Ein weiteres Mal wurde ihr bewusst, was es hieß, unter dem mächtigen Schutz des Marquess of Ashwood zu stehen.

Das Supper verlief ungewöhnlich kurzweilig, und Emilia hatte eine interessante Unterhaltung mit Mrs. Wouters, der Frau des belgischen Botschafters. Während die Herren noch für ein Glas Portwein blieben, kehrten die Damen in den großen Saal zurück. Musik wurde gespielt, man unterhielt sich oder spielte eine Runde Karten.

Alles in allem war es ein abwechslungsreicher und ungezwungener Abend, und Emilia freute sich auf eine Wiederholung. Das sagte sie beim Abschied auch der vor stolz strahlenden Lady Summerland und bedankte sich für die herzliche Gastfreundschaft.

Noch immer ganz beseelt fuhren sie zum Berkeley Square zurück. Vor Ashwood House kam die Kutsche zum Stehen. Andrew stieg zuerst aus und reichte Emilia die Hand.

»Ich hoffe, der Abend hat dir gefallen.«

Emilia strahlte über das ganze Gesicht. »Das hat er.«

Der Butler hatte bereits die Tür geöffnet und als sie die Halle betraten, nahmen er und ein weiterer Bediensteter ihnen die Garderobe ab und verschwanden diskret. Sie waren ziemlich zeitig aufgebrochen, daher war es noch nicht sonderlich spät.

»Möchtest du gleich zu Bett gehen oder treffen wir uns noch im Salon, um den Abend ausklingen zu lassen?« Hoffnungsvoll blickte sie Andrew an.

Er legte ihr eine Hand auf die Wange und sah zu ihr herab. Wie viel Zeit verstrich, wusste Emilia nicht. So sehr war sie in Andrews grün-grauen Augen versunken.

»Tut mir leid«, sagte er schließlich. »Ich habe im Arbeitszimmer noch zu tun, aber ich wünsche dir einen angenehmen Abend.« Damit ließ er seine Hand sinken und wandte sich von ihr ab.

Alles in Emilia schrie danach, ihn nicht gehen zu lassen. Sie wollte ihn anflehen, bei ihr zu bleiben, doch mit welchem Recht hätte sie das tun sollen?

Innerlich leer stand sie da und blickte Andrew hinterher, bis er verschwunden war. Dann begab sie sich in den Salon. Im Kamin brannte ein Feuer, und auf ihrem Lieblingssessel lagen eine Decke und das Buch vom Vortag. Emilia setzte sich, machte es sich gemütlich und begann zu lesen. Wirklich konzentrieren konnte sie sich nicht. In Gedanken ließ sie noch einmal den Abend Revue passieren und insgeheim wartete sie darauf, dass Andrew es sich doch noch anders überlegen und ihr Gesellschaft leisten würde.

Gerade, als sie beschlossen hatte, nun doch ins Bett zu gehen, hörte sie Schritte und Stimmen vor der Tür. Mit angehaltenem Atem wartete sie, sehnte sich Andrew herbei. Zu ihrer Enttäuschung entfernten sich die Stimmen. Leise schlich Emilia zur Tür und öffnete sie. Es gehörte sich nicht zu lauschen, aber schließlich war sie die Herrin des Hauses und hatte ein Anrecht zu wissen, was in diesen Mauern vor sich ging.

»Bist du fertig?«, fragte eine männliche Stimme.

»Ja, wir können los«, antwortete eine zweite, bei der es sich zweifelsfrei um die ihres Ehemanns handelte.

Wohin mochte Andrew um diese Uhrzeit gehen? Inzwischen war es wirklich spät geworden.

Auf dem hellhörigen Parkett waren die Schritte der beiden deutlich zu vernehmen, begleitet von dem rhythmischen Klackern von Andrews Stock. Sie verließen die Halle, und kurz darauf fiel eine Tür ins Schloss.

Erst jetzt wagte Emilia, in den Flur hinauszutreten. Die Halle lag im Dunkeln, lediglich beleuchtet durch einen Kerzenleuchter, der auf dem kleinen Tischchen seitlich des Eingangs stand. Von Andrew und der anderen Person war weit und breit nichts mehr zu sehen.

Wohin mochten sie gegangen sein? Die Frage ließ ihr keine Ruhe, auch dann nicht, als sie die Treppen hinauf in ihr Schlafgemach stieg.

KAPITEL 28

Andrew war mit Rooth in East End unterwegs. Gerade hatten sie eine Kneipe verlassen und traten wieder auf die Straße. Automatisch wich Rooth einem Betrunkenen aus, der sich an der nächstbesten Hauswand abstützte und sich übergab. Angewidert wandte Andrew sich ab.

»So wird das nicht funktionieren.« Rooth war zornig. »Du benimmst dich wie ein reicher Schnösel. Egal, ob du in Lumpen daherkommst oder nicht, man riecht drei Meilen gegen den Wind, dass du nicht hierhergehörst.«

Andrew presste die Lippen zusammen. Er hatte sein Bestes gegeben, damit ihm niemand seine Herkunft ansah, aber er konnte einfach nicht aus seiner Haut. Den gewohnten herrischen Ton abzulegen, gelang ihm zwar ganz gut, aber die flapsige Gossensprache war ihm schlichtweg zu fremd.

Ihr nächstes Ziel kam in Sicht. Auch wenn Andrew sich sehnlichst wünschte, dieses dreckige Loch von Kneipe nicht betreten zu müssen, würde er es dennoch tun.

»Ich werde diesmal reden«, erklärte Rooth bestimmt.

Andrew nickte grimmig und stieß die Tür auf.

Sie betraten das nur von Kerzenlicht erhellte Innere. Es stank nach billigem Talg, Alkohol und menschlichen Ausdünstungen. Andrew atmete ganz flach, aber auch das half nicht viel. Rooth trat an den Tresen, und er folgte seinem Freund.

»Zwei Ale«, bestellte dieser.

Andrew zog es vor, nicht auf dem Hocker Platz zu nehmen, sondern stehen zu bleiben, während Rooth sich auf die Sitzfläche schwang.

Der dicke Wirt stellte ihnen zwei Krüge hin.

Andrew zog den Krug zwar zu sich heran, würde sich aber hüten, einen Schluck zu nehmen. Wer wusste schon, welche Krankheiten er sich damit einhandelte. Außerdem: Hätten sie alle Ale getrunken, die sie heute bestellt hatten, stünde er jetzt neben dem Mann an der Hauswand und würde sich die Seele aus dem Leib kotzen.

»Ihr seid neu in der Gegend«, stellte der Wirt fest.

Rooth grinste breit.

»Aye, Sir«, bestätigte er. »Mein Freund und ich kommen aus Dublin.« Mit einem Kopfnicken deutete er zu Andrew herüber.

Der Wirt richtete seine Aufmerksamkeit auf ihn, worauf Andrew bestätigend nickte.

»Wir sind auf der Suche nach Lonyer.« Rooth schob dem Wirt unauffällig eine Geldmünze zu.

»So?« Hastig griff dieser mit seinen dicken Fingern nach der Münze und ließ sie verschwinden. »Wer hat euch von ihm erzählt?«

»Ein Freund?« Rooth grinste breit. »Kannst du uns weiterhelfen?«

Für einen Moment schien der Wirt zu überlegen.

»Nein!«, sagte er schließlich.

Rooth war noch nicht bereit aufzugeben und schob eine weitere Münze über den Tresen. Gierig wollte der Wirt danach greifen, doch Rooth legte schnell seine Hand darauf.

»Mr. Lonyer«, half er seinem Gegenüber auf die Sprünge.

Der Wirt schluckte. Sein Blick war gierig auf Rooths Hand gerichtet, unter der das Objekt seines Verlangens verborgen lag.

»Wo finden wir ihn?«

Die Qual war dem Wirt förmlich ins Gesicht geschrieben, als er schließlich den Kopf schüttelte. »Kann euch nicht weiterhelfen.«

Einerseits verspürte Andrew Erleichterung, den unsäglichen Ort verlassen zu können, andererseits bedauerte er, noch immer keine brauchbare Spur gefunden zu haben.

»Gehen wir.« Rooth rutschte von dem Hocker, und Andrew wandte sich ab.

Die Krüge hatten sie beide nicht angerührt. Der Wirt würde sie dem Nächstbesten vorsetzen, der Ale bestellte. Vielleicht waren sie bis dahin noch nicht vollkommen abgestanden.

Während die Münze in Rooths Tasche verschwand, setzte Andrew seinen verbeulten Hut auf. Dann steuerten sie auf die Tür zu und traten nur Sekunden später ins Freie. Erleichtert nahm Andrew einen tiefen Atemzug. Auch hier stank es. Im Gegensatz zu der Schänke war der fischig-salzige Geruch allerdings beinahe eine Wohltat.

»Er hat etwas gewusst«, grummelte Rooth.

Andrew war derselben Ansicht. Ähnliches hatten sie nun schon einige Male erlebt, doch keiner hatte gewagt, ihnen mehr über Lonyer zu verraten. Wer mochte dieser Mann sein, der offensichtlich mächtig genug war, dass keiner der Wirte wagte, über ihn auszupacken? Dabei gaben sie sonst für ein paar Penny ohne weiteres Informationen preis.

»Und nun?«, fragte Andrew.

Ihm reichte es für heute. Er würde gern noch ein paar Stunden schlafen, bevor der nächste Tag voller Pflichten anbrach, die er als Marquess of Ashwood auch noch erledigen musste.

»Gehen wir nach Hause«, stimmte Rooth zu.

Schweigend machten sie sich auf den Weg. Nicht weit von hier gab es einen Sammelplatz für Mietdroschken. Dort würden sie in ein Gefährt einsteigen und Richtung Norden fahren. Auf der Hinfahrt waren sie drei Mal umgestiegen, und auf dem Rückweg würden sie es ebenso handhaben. Schließlich mussten sie sichergehen, dass sie nicht verfolgt wurden. Das Risiko, entdeckt zu werden, war sonst zu groß.

»Morgen auf ein Neues.«

Andrew brummte zustimmend. Sich die Nächte im Hafenviertel um die Ohren zu schlagen, war alles andere als befriedigend. Wenn sie doch endlich Lonyer finden würden und ihm das Collier abkaufen konnten. Andrew sehnte sich danach, mit Emilia aufs Land zu fahren und viel mehr Zeit mit ihr zu verbringen. Fürs Erste freute er sich allerdings auf ein weiches Bett und etwas Schlaf.

KAPITEL 29

Einige Tage später lag Emilia allein in ihrem Bett und konnte nicht schlafen. Wie üblich hatte sie mit Andrew zu Abend gegessen und sich großartig mit ihm unterhalten. Als es Zeit war, in den Salon zu gehen, hatte sie ihn eingeladen, auf seinen Portwein zu verzichten und ihr zu folgen. Doch er hatte dankend abgelehnt – wieder einmal.

Stattdessen hatte er, kaum dass sich die Dienerschaft zurückgezogen hatte, ein weiteres Mal das Haus verlassen. Da sie vor einer halben Stunde ein weiteres Mal die Haustür gehört hatte, ging sie davon aus, dass er wieder zurückgekehrt war.

Tränen brannten in Emilias Augen. Nicht nur, dass sie sich allein gelassen fühlte, sie fühlte sich betrogen. Es gab nur einen einzigen Grund, warum Andrew um diese Uhrzeit das Haus verließ. Sich das einzugestehen, schmerzte Emilia entsetzlich, doch es gab keine andere sinnvolle Erklärung. Sie war sich sicher, dass ihr Gemahl eine Mätresse hielt, die er regelmäßig besuchte. Seit ihrer Hochzeit hatte Andrew Emilia kein einziges Mal angerührt. Jedes Mal, wenn sie sich nahekamen, zog er sich zurück. Stattdessen ging er ganz offensichtlich zu einer anderen Frau. Das machte Emilia grenzenlos wütend. Zwar hatten sie ausgemacht, das Bett nicht zu teilen, doch Andrew hatte ihr versprochen, weder ein Bordell zu besuchen noch eine Mätresse zu haben!

Sinnlos schlug sie mit der Faust auf ihr Kopfkissen ein und konnte die Tränen schließlich nicht mehr zurückhalten. Es war so ungerecht. Was hatte eine andere Frau, das sie ihm nicht geben konnte? Sie hätte Andrew nicht fortgestoßen, ganz im Gegenteil. Mit offenen Armen hätte sie ihn empfangen, sich ihm ganz hingegeben.

Schluchzend barg sie ihr Gesicht in den Laken. Ihr Herz schmerzte dabei so sehr, dass Emilia glaubte, keine Luft mehr zu bekommen. Als Edward gestorben war und ihr Leben in Trümmern lag, hatte es längst nicht so weh getan wie jetzt. Wie sehr wünschte sie sich, überhaupt nichts mehr zu fühlen, denn nichts war schlimmer als seine Gleichgültigkeit.

Dabei konnte sie ihm eigentlich kaum einen Vorwurf machen. Er hatte den Hauptteil ihrer Vereinbarung eingehalten. Andrew hatte ihr ein Dach über dem Kopf und einen Titel gegeben. Ein Leben an seiner Seite bot alle Annehmlichkeiten, die sie sich nur wünschen konnte, und dennoch war das nicht genug. Sie wünschte sich mehr.

Wenn er ihrer so schnell überdrüssig geworden war, hätte er sie nicht heiraten müssen. Warum hatte er sie dann überhaupt geheiratet? Wenn sie Zeit miteinander verbrachten, war diese überaus angenehm. Emilia liebte es, sich mit ihm zu unterhalten, ihm zuzuhören und gemeinsam mit ihm zu lachen. Sie wollte bei ihm sein, von ihm gel…

Für einen Moment stockte ihr der Atem, als ihr bewusst wurde, was sie soeben hatte denken wollen. Ein dicker Kloß bildete sich in ihrem Hals, und gleichzeitig löste sich etwas in ihr. Mit einem Mal sah sie ganz klar. Sie liebte Andrew und wünschte sich, dass auch er sie liebte.

Reglos lag sie da und klammerte sich an den Gedanken. Dann traf sie eine Entscheidung, die längst überfällig war.

In der Hoffnung, ihren Gemahl in seinem Zimmer vorzufinden, erhob sie sich und warf den Morgenrock über. Es kostete sie einiges an Überwindung, aber schließlich stand sie mit klopfendem Herzen vor der Verbindungstür, ehe sie die Klinke herabdrückte. Die Tür war nicht verschlossen, und das dunkle Zimmer ihres Mannes lag vor ihr. Im Kamin brannte kein Feuer, und es war so kalt, dass Emilia unwillkürlich den Morgenmantel fester um sich zog. Das Bett war feinsäuberlich gemacht und unbenutzt, so viel konnte sie durch das hereinscheinende Mondlicht erkennen.

Enttäuschung machte sich in ihr breit. Andrew war nicht hier. Geknickt drehte sie sich um und kehrte in ihr eigenes Zimmer zurück. Mit einer Hand am Bettpfosten starrte sie auf ihre zerwühlten Laken. Es widerstrebte Emilia, sich wieder hinzulegen. Darüber hinaus würde sie ohnehin kein Auge zu tun. Entschlossen verließ sie ihr Schlafgemach und trat auf den Flur. Inzwischen fand sie sich in dem großen Stadthaus gut zurecht und so schlich sie hinunter ins Erdgeschoss. Vielleicht war Andrew in seinem Arbeitszimmer, wo er sich des Nachts sonst gerne aufhielt, und sie konnte ihn dort zur Rede zu stellen.

Die Dienstboten hatten sich längst in ihre Kammern zurückgezogen, und die Kerzen waren bereits gelöscht worden.

Dennoch fand Emilia den Weg mühelos. Eine der Treppenstufen knarzte, als sie mit ihren nackten Füßen darauf trat.

Erschrocken von dem lauten Geräusch blieb sie stehen und lauschte in die Dunkelheit, um sich zu vergewissern, dass sie niemanden geweckt hatte. Da sich nichts rührte, schlich sie weiter.

Andrews Arbeitszimmer hatte sie bisher zweimal betreten. Das erste Mal am Tag direkt nach ihrer Hochzeit. Er hatte ihr eine großzügige Summe Geldes ausgehändigt, die sie ungläubig entgegengenommen hatte. Dermaßen viel Geld hatte sie noch nie besessen und schon gar nicht zu ihrer freien Verfügung. Vor zwei Tagen war sie auf der Suche nach ihm noch einmal dort gewesen, doch sie hatte nur ein leeres Zimmer vorgefunden. Im Gegensatz zu dem unsortierten Arbeitszimmer ihres Bruders herrschte bei Andrew Ordnung. In der Ablage auf dem Sekretär befanden sich keine Dokumente, lediglich Schreibutensilien und ein Brieföffner lagen dort, die nicht den kleinsten Hinweis auf den Mann gaben, der hier arbeitete.

Als Emilia jetzt vor dem Arbeitszimmer stand, hoffte sie, dass sie es nicht wieder verwaist vorfinden würde. Sie klopfte, und als sich nichts regte, öffnete sie die Tür. Allerdings wurde sie ein weiteres Mal enttäuscht. Der Raum war dunkel und kalt, demnach konnte in den letzten Stunden kein Feuer im Kamin gebrannt haben. Traurig zog sie die Tür hinter sich zu. Wo war ihr Gemahl? Sie war sich sicher, dass er es gewesen war, der vorhin zurückgekommen war. Sie war sich ebenfalls sicher, dass Rooth zu Bett gegangen war, und das tat er nicht, wenn Andrew noch unterwegs war.

Aber vielleicht verließ ihr Gemahl auch das Haus, wenn sein Kammerdiener es nicht merkte? Die Beziehung zwischen Andrew und Rooth war seltsam. Außerdem war sich Emilia sicher, dass der Kammerdiener sie nicht mochte. Doch da er stets loyal zu Andrew stand, hatte er ihr gegenüber nie etwas verlauten lassen.

Enttäuscht machte sie sich auf den Rückweg in ihr Zimmer. Die Kälte der Holzdielen kroch ihre nackten Füße empor, und sie fröstelte. Als sie die Bibliothek passierte, hörte sie ein Husten und hielt inne. War das Andrew? Saß er in der Bibliothek? Noch ehe sie recht wusste, was sie tat, hatte sie die Tür ein Stück geöffnet. Durch den Spalt drang helles Licht. Der Kamin brannte, und der Raum war angenehm warm. Der Mann, der mit dem Rücken zu ihr vor dem Feuer saß und ein Glas mit einer bernsteinfarbenen Flüssigkeit in der Hand hielt, hatte sie noch nicht bemerkt. Sie hatte ihren Gemahl gefunden. Entschlossen trat sie ein. Als die Tür mit einem Klacken zurück ins Schloss fiel, zuckte Andrew zusammen und drehte sich zu ihr um.

»Was zur Hölle …« Als ihr Gemahl sie erblickte, erstarrte er.

Verwundert blickte sie ihn an. Er sah so ganz anders aus. Von einer Krawatte fehlte jede Spur. Das Hemd war schlicht, die obersten Knöpfe offen und die Ärmel bis zu den Ellenbogen aufgerollt. Die abgewetzte Hose passte noch viel weniger zu Andrew. Warum um alles in der Welt war er derart eigentümlich gekleidet? Man konnte beinahe glauben, er wäre ein Hafenarbeiter.

»Was machst du hier?« Seine Stimme klang belegt.

Emilia schluckte. »Ich habe dich gesucht«, erklärte sie schließlich zaghaft und trat einen Schritt näher.

»Was willst du?« Grimmig stellte er das Glas auf einen kleinen Tisch links neben sich, griff nach seinem Stock und erhob sich schwerfällig.

»Ich wollte mit dir reden.«

Sie versuchte, seine ungewöhnliche Aufmachung zu ignorieren. Nur zu gern hätte sie ihn gefragt, was es damit auf sich hatte, aber vielleicht wollte sie die Antwort überhaupt nicht hören. Wenn er eine bürgerliche Mätresse hatte, konnte er sie mit dieser Kleidung aufsuchen, ohne Aufmerksamkeit zu erregen. Niemand würde ihn als Marquess erkennen. Emilias Herz schmerzte, doch sie ignorierte den Impuls, der ihr riet, sich umzudrehen und wegzulaufen. Andrews Blicke maßen sie von oben bis unten.

»Du solltest längst schlafen«, brummte er ungehalten und humpelte auf sie zu.

Ihr Blick heftete sich auf sein Bein, und sie fragte sich, seit wann ihm das Laufen so schwerfiel.

»Bist du hier, um mich zu begaffen?«, herrschte er sie an. »Es ist spät, und ich bin müde.«

Und er hatte Alkohol getrunken. Emilia roch den herben Geruch von Scotch gemischt mit Andrews ganz eigenem Duft. Sie standen nur noch zwei Armeslängen voneinander entfernt. Widersprüchliche Gefühle tobten in ihr. Sie hasste ihn für das, was er ihr antat, und liebte ihn dennoch.

»Du gehst mir aus dem Weg«, warf sie ihm vor.

Er blickte sie an, und etwas Undefinierbares leuchtete für einen Moment in seinen Augen auf, die jetzt mehr grau als grün wirkten. Doch ehe Emilia den Ausdruck näher ergründen konnte, war er verschwunden.

»In der Tat, ich gehe dir aus dem Weg«, bestätigte er und wollte an ihr vorbeigehen. »Ich habe getrunken und bin keine gute Gesellschaft.«

Fassungslos starrte sie ihn an. Er beabsichtigte doch nicht allen Ernstes, sie jetzt einfach stehen zu lassen!

»Andrew!« Sie stemmte die Hände in die Hüften und sah ihn herausfordernd an, nicht länger bereit, ihn so ohne weiteres davonkommen zu lassen.

Sie wollte endlich Antworten! Wenn er seine Geliebte aufsuchte, sollte er es ihr wenigstens ins Gesicht sagen. Die Ungewissheit ertrug sie keine Minute länger.

»Wohin verschwindest du jede Nacht?«

»Das geht dich nichts an!«

Hilflos warf Emilia die Hände in die Luft. »Jeden Abend schleichst du dich für ein paar Stunden davon. Denkst du, ich bin dumm?«

Andrews Miene verfinsterte sich, als er auf sie zu humpelte und dicht vor ihr stehen blieb.

»Das geht dich nichts an.« Sein alkoholgeschwängerter Atem wehte ihr ins Gesicht.

Emilia hätte dies abstoßend finden müssen, doch dem war nicht so.

»Denkst du nicht, ich hätte Ehrlichkeit verdient? Ich weiß, wo du jede Nacht hingehst.« Da sie nicht wollte, dass er den verletzten Ausdruck in ihren Augen sah, senkte sie den Blick.

»Wenn du weißt, wohin ich gehe, warum fragst du dann? Was wäre denn dein Wunsch, werte Gattin? Soll ich jeden Abend neben dir sitzen, während du Piano spielst, soll ich deine Hand halten, während du stickst?«

Seine Worte waren so verletzend, dass es Emilia die Tränen in die Augen trieb. Wer war dieser Mann? Hatte sie sich so sehr in ihm getäuscht? Sicher, er war angetrunken, aber er machte nicht den Eindruck, dass er nicht mehr wusste, was er sagte.

Sie befeuchtete die Lippen mit ihrer Zunge. »Ich habe gehofft, dass wir Zeit miteinander verbringen können, so wie es Eheleute tun«, gestand sie leise.

Sie konnte ihm nicht sagen, wie angenehm sie die Abendessen mit ihm fand und wie sehr sie seine Gesellschaft genoss.

»Wir verbringen Zeit zusammen«, widersprach er.

Sie schlug gepeinigt die Lider nieder. »Ich wünschte, wir könnten mehr wie Eheleute sein.«

»Wie Eheleute?« Er spie die Worte regelrecht aus und kam noch näher, sodass Emilia zurückwich, bis sie ein Buchregal im Rücken spürte. In dieser bedrohlichen und düsteren Stimmung machte Andrew ihr Angst.

»Weißt du, was Eheleute um diese Uhrzeit tun?«

Grob zog er sie an sich, und plötzlich lagen seine Lippen auf den ihren. Rücksichtslos verschaffte er sich mit der Zunge Zugang zu ihrem Mund, erkundete ihn und nahm sich, was er wollte. Emilia stöhnte auf und klammerte sich wie eine Verdurstende an ihn. So war sie noch nie geküsst worden.

KAPITEL 30

Verdammt, was machte er da? Andrew hielt Emilia in seinen Armen. Ihre Küsse schmeckten süß und verheißungsvoll. Er war im Begriff, den größten Fehler seines Lebens zu begehen. Soeben hatte er die sorgsam gezogene Grenze zwischen ihnen überschritten. Instinktiv wusste er, dass es kein Zurück mehr gab. Er wollte diese Frau.

Dabei sollte er sich auf seinen Auftrag konzentrieren und Emilia in ihr Schlafgemach zurückschicken. Doch in diesem Moment traten alle Gedanken an die Mission in den Hintergrund. Jetzt zählten nur noch Emilia und sein Verlangen. Andrew schob seine Hand unter den Morgenmantel, wollte endlich ihren warmen, weichen Körper erkunden. Längst hatte er zu viel von der verbotenen Frucht gekostet und wohl auch zu viel Alkohol getrunken, als dass er noch in der Lage gewesen wäre, sich zu bremsen.

Da auch Emilia ihn nicht davon abhielt, setzte er die Erkundung ihres Körpers fort. Rau strichen seine Hände ihre Rundungen entlang. Er fürchtete schon, er wäre zu ungestüm, doch Emilia seufzte ganz zauberhaft in seinen Armen und drängte sich verlangend an ihn. Dieser Einladung konnte er nicht widerstehen. Andrew küsste ihren schlanken Hals, und sie bog sich ihm noch weiter entgegen. Seine Hand fuhr über das Nachthemd, und er verfluchte jede Lage Stoff, die sich zwischen seinen Fingern und ihrer Haut befand. Dennoch umfing er ihre Brust, streichelte sie und spürte, wie sich die kleine Knospe unter dem Nachtgewand verhärtete.

»Andrew«, wimmerte sie.

Er ließ von ihrer Brust ab und zerrte an ihrem Morgenrock. Der feine Stoff fiel zu Boden. Noch immer trug Emilia das zarte Nachthemd. Gierig zog Andrew daran. Er wollte sie endlich sehen. Etwas riss, und er konnte ihr den störenden Stoff abstreifen. Bewundernd hielt er einen Moment inne, genoss ihren berauschenden Anblick, ehe er sie abermals an sich zog und ihren Hals und ihr Gesicht mit Küssen bedeckte. Emilia stöhnte auf. Von diesen süßen Lauten konnte er nicht genug bekommen. Seine stürmischen Küsse erwiderte sie nicht minder leidenschaftlich.

Dann spürte er ihre Berührungen. Zärtlich strich sie von den Schultern über seine Brust. Augenblicklich verspannte er sich. Das durfte sie nicht tun. Schnell fing er ihre Hände ab, führte sie hinter ihren Rücken und hielt sie dort fest, während er seinerseits mit den Fingern weiter über ihren Körper strich. Oh Gott, diese Frau war sein Ruin!

»Komm«, hauchte er und zog sie mit sich vor den Kamin.

Ihre Lippen waren von seinen Küssen gerötet, und Verwirrung stand in ihren Augen. Sie war wunderschön, die Haut makellos im Schein des niederbrennenden Kaminfeuers. Zu seiner Freude schämte Emilia sich ihrer Nacktheit nicht, und er konnte sie ausgiebig betrachten. Dann kniete er sich vor sie, strich über die dunklen Locken zwischen ihren Beinen und küsste ihren Bauch. Verlangend reckte sie sich ihm entgegen, und alles in ihm jubilierte. Das war seine Frau, die sich ihm so präsentierte, die nicht genug von ihm bekommen konnte.

Andrew zog Emilia zu sich herunter, und sie ließ es geschehen. Wieder strichen ihre Hände über seine Schulter und die Brust, und abermals hinderte er sie daran, ihn weiter zu berühren.

»Leg dich hin!«, bat er mit heiserer Stimme.

Bereitwillig kam sie seiner Aufforderung nach und streckte sich vor ihm aus. Sein Glied spannte unangenehm in der Hose, doch er rückte seine Erektion nur zurecht, ehe er Emilias Beine öffnete und ihre Weiblichkeit betrachten konnte. Überwältigt von ihrer Schönheit beugte er sich zu ihrer Brust hinab und küsste die Spitzen, bevor er eine Brustwarze ganz in den Mund nahm und an ihr saugte. Ihre Finger umfingen seinen Kopf und spielten mit seinem Haar. Wieder stöhnte sie zauberhaft, und es klang wie Musik in seinen Ohren. Mit der Hand fuhr er streichelnd tiefer und erkundete schließlich die empfindliche Stelle zwischen ihren Beinen. Ihre Lider flatterten, und sie bog sich ihm entgegen.

Ihr Anblick war das Schönste, was er je in seinem Leben gesehen hatte. Er versuchte jede Regung, jeden Laut, der über ihre Lippen kam, aufzusaugen, um sich bis an sein Lebensende daran zu erinnern. Seine Finger glitten in sie, und er spürte das Zittern ihrer Muskeln.

»Andrew«, japste sie atemlos.

»Alles gut, Liebling«, murmelte er, während er den Kopf hob, um auch der zweiten Brust dieselbe Behandlung wie der ersten zukommen zu lassen. »Genieße es.«

Die Lippen leicht geöffnet, lag sie da und gab sich ihm vertrauensvoll hin. Sein einziger Wunsch war, ihr Wonne zu bereiten und sie in unbekannte Höhen zu katapultieren. Emilia bog sich ihm entgegen, als er rhythmisch in sie stieß. Nach einer Weile nahm er den Daumen dazu und streichelte damit über das Zentrum ihrer Lust. Emilias Keuchen wurde lauter, und sie krallte sich an seinen Oberarmen fest. Oh ja, sie sollte für ihn kommen. Andrew hob den Kopf, wollte sie ansehen.

»Öffne die Augen, Liebling«, raunte er ihr zu.

Sie tat es und öffnete die Lider. Und plötzlich war es so weit. Er sah Erstaunen in ihrem Blick, und dann zuckte ihr ganzer Körper unter ihm zusammen. Ein berauschender und erregender Anblick. Andrew hielt es nicht mehr länger aus. Hastig knöpfte er den Latz seiner Hose auf und befreite sein Glied. Mit einer schnellen Bewegung war er über ihr und drang in sie ein. Ihre Wärme umhüllte ihn, und Emilia schlang die Beine um seine Hüfte und drängte sich näher an ihn, als wäre es das Selbstverständlichste der Welt. Ihre zierlichen Hände legten sich um seinen Nacken, und allein durch die Bewegung ihres Leibes trieb sie ihn wortlos an.

Das war zu viel für Andrew. Er brüllte, stieß noch einmal fest in sie und ergoss sich dann in ihr. Die Welt um ihn herum hörte auf zu existieren. Benommen sank er über Emilia zusammen, während er sich mit weiteren Schüben in ihr entlud. Die Enthaltsamkeit war ihm längst nicht so gut bekommen, wie er gedacht hatte.

Schlagartig war er wieder bei klarem Verstand. Was hatte er getan? Unter ihm lag keine Hure, bei der er sich erleichterte, wie es ihm gefiel, sondern Emilia, seine Ehefrau. Die weit Besseres verdient hatte als kalte Holzdielen unter sich. Das, was soeben passiert war, hätte nie geschehen dürfen, und das würde es auch nicht mehr. Hastig erhob er sich, wandte sich schnell ab und zog die Hose hoch. Er schluckte, als er auf Emilia hinabblickte, die noch immer benommen am Boden lag.

»Geht es dir gut?« Besorgt musterte er sie, und sein schlechtes Gewissen meldete sich.

Mit einer Hure trieb man es vielleicht am Boden, aber doch nicht mit einer Ehefrau! Die körperliche Vereinigung fand im Bett statt, wo sie es weich hatte und bequem lag. Wenn sie auch nur einen blauen Fleck davontrug, würde er sich das niemals verzeihen.

»Ich habe nicht geahnt, dass es so sein kann.« Ein bezauberndes Lächeln legte sich auf ihr Gesicht.

Andrew griff nach der Decke, die über einem Sessel hing, und deckte Emilia notdürftig zu. Während er sich über sie beugte, strich er ihr liebevoll eine Strähne aus dem Gesicht, die sich aus ihrem Zopf gelöst hatte. Emilia sah derangiert noch viel schöner aus als sonst, wenn sie perfekt zurechtgemacht war.

Ihre Worte verwunderten und bestürzten ihn zugleich. Als schwangere Frau war sie kein unschuldiges Mädchen mehr. Er war davon ausgegangen, dass ihr Verlobter sie in die Kunst der Liebe eingewiesen hatte.

»Können wir das wieder tun?«, fragte sie sehnsüchtig und räkelte sich auf dem Boden, als läge sie nicht auf hartem Holz, sondern in einem bequemen Bett.

»Nein!« Beinahe fluchtartig sprang er auf.

Er konnte sie nicht länger ansehen, sonst hätte er seine Worte sicher zurückgenommen, Emilia in seine Arme gezogen und in sein Bett getragen, um sie noch einmal zu lieben. Aber das durfte nicht sein. Er hatte ohnehin Glück gehabt, dass sie nichts gemerkt hatte.

»Andrew?«

Er blickte über seine Schulter. Emilia hatte sich aufgerichtet und die Decke schützend um sich geschlungen.

»Was ist los?« Ihre Stimme war warm und weich.

Wie sehr sehnte er sich nach ihrer Umarmung, nach ihren Händen!

»Nichts ist los. Das war eine einmalige Sache«, stellte er klar. »Zieh dich an!« Er warf ihr das zerrissene Nachthemd zu. Sie griff danach und zog es über.

Innerhalb kurzer Zeit war es ihm gelungen, die Stimmung zu ruinieren. Emilia – das Nachthemd bedeckte ihren Körper nur unzureichend – griff nach dem Morgenrock und streifte ihn über. Erst dann wagte Andrew, sich umzudrehen.

Die Enttäuschung stand Emilia ins Gesicht geschrieben, und sie sah aus, als würde sie jeden Moment in Tränen ausbrechen. Dennoch tat sie es nicht. Sie verknotete den Gürtel ihres Morgenrocks und trat zu ihm.

Reglos stand er neben dem Sessel und starrte in das beinahe niedergebrannte Feuer. Sobald Emilia den Raum verlassen hatte, würde er es löschen und dann selbst ins Bett gehen.

»Gute Nacht, Andrew«, sagte sie, stellte sich auf die Zehenspitzen und küsste ihn auf die Wange.

Ihre Hand strich dabei leicht über seine andere Gesichtshälfte. Er schloss die Augen, ballte die Fäuste und unterdrückte den Wunsch, sie an sich zu ziehen und zu küssen. Diesmal hielt er sein Verlangen, in Zaum, und Emilia wandte sich ab.

Wortlos verließ sie die Bibliothek.

KAPITEL 31

Emilia verstand nicht, was in Andrew gefahren war. Sie hatte gedacht, nach der Nacht in der Bibliothek würde alles besser werden, doch seitdem ging er ihr regelrecht aus dem Weg.

Zwei Mal hatte sie bereits versucht, mit Andrew zu reden, doch er hatte jedes Mal abgeblockt und hatte sie stehen lassen, bevor sie auch nur ein Wort sagen konnte. Während Emilia sich von Tag zu Tag ausgelaugter und deprimierter fühlte, verschwand Andrew weiterhin jede Nacht für ein paar Stunden. Er musste eine Mätresse haben, anders konnte Emilia sich seine ständige Abwesenheit nicht erklären. Eifersucht auf die unbekannte Frau zerfraß sie innerlich.

Als Lady Hardstaff sich heute Nachmittag zum Tee ankündigte, schickte sie eine Nachricht an ihre Mutter, dass sie sich nicht gut fühle und deswegen leider absagen müsse. Danach verschanzte sie sich im Musikzimmer. Bevor sie Andrew in der Bibliothek getroffen hatte, hatte sie stets Trost im Spielen gefunden, doch heute starrte sie das Pianoforte nur wütend an.

Andrews Worte schmerzten noch zu sehr und ja, sie wollte, dass er bei ihr im Musikzimmer saß und ihr zuhörte. Sollte er doch ruhig ihr Spielen schlechtreden oder alles an ihr bemängeln, solange er nur mit ihr sprach.

Emilia schlang schützend die Arme um ihren Körper und wiegte sich hin und her. Es tat weh, es tat alles so unendlich weh. Nie hätte sie für möglich gehalten, dass sie die Nähe eines Mannes so schmerzhaft vermisste. Edward zu verlieren, war schrecklich gewesen, doch dass Andrew sie nicht wollte, daran würde sie zerbrechen. Er war da und dennoch unerreichbar fern. Eine einzelne Träne rollte über ihre Wange, und Emilia wischte sie schnell fort.

Sie ließ zu, dass die Erinnerung an das Zusammensein mit Andrew sie hinfort trug. Seine Hände, die ihre Haut streichelten und ihren Körper erkundeten. Seine Küsse, seine Berührungen waren das Schönste gewesen, das sie je erlebt hatte. Bis zu diesem Moment hatte sie nicht geahnt, dass auch eine Frau beim Zusammensein mit einem Mann solche Lust empfinden konnte. Sehnlichst wünschte sie sich, ihn noch einmal zu spüren, wollte sich Andrew immer und immer wieder hingeben. Sie wollte ihn ebenfalls anfassen, ihn streicheln und seinen Körper erkunden, wollte ihn ebenso glücklich machen, wie er sie glücklich gemacht hatte.

Das Klicken der Tür ließ Emilia hochschrecken. Hatte sie nicht gesagt, dass sie nicht gestört werden wollte? Wenn es eines der Zimmermädchen gewesen wäre, hätte sie es zurechtgewiesen, doch es war Mrs. Watson. Die Haushälterin konnte sie nicht einfach so fortschicken.

»Mylady?« Mrs. Watson knickste tief. »Verzeiht mir die Störung.«

Emilia streckte den Rücken durch und erhob sich. Sie würde sich nicht vorwerfen lassen, eine schlechte Hausherrin zu sein. Besonders würde sie Andrew keinen Grund geben, an ihr etwas auszusetzen zu haben.

»Was gibt es?« Unter keinen Umständen würde sie sich vor dem Personal anmerken lassen, wie sehr sie aus dem Gleichgewicht geraten war.

»Wir sollten das Essen für die kommende Woche besprechen.«

Emilia nickte. Die Haushälterin musste dafür sorgen, dass die benötigten Zutaten auf dem Markt gekauft wurden. Dazu gehörte eine entsprechende Planung. Zu Emilias Aufgaben als Hausherrin zählte, die geplanten Gerichte abzusegnen.

»Ich komme«, erklärte Emilia.

Mrs. Watson nickte. »Ich habe bereits alles in Ihrem Salon vorbereitet.« Abermals knickste die ältere Frau und verließ das Musikzimmer.

Emilia ließ etwas Zeit verstreichen, dann machte sie sich auf den Weg in den Salon. Es war ohnehin eine Farce. Was auch immer Mrs. Watson vorschlug, Emilia würde es genehmigen. Andrew hatte in den letzten Tagen nie zu Hause gegessen, und ihr selbst war es einerlei, was sie aß. Hunger hatte sie schon länger keinen mehr verspürt, eher im Gegenteil. Sobald sie etwas zu essen sah, wurde ihr übel, und nur mühsam würgte sie den einen oder anderen Happen hinunter. Und das auch nur, weil sie wusste, dass sie für ihr Kind bei guter Gesundheit bleiben musste.

Mrs. Watson wartete vor der Tür des Salons und öffnete sie für Emilia. Andrew hatte ihr den Salon als persönlichen Raum zur Verfügung gestellt. Sie mochte das Grün der Vorhänge, das sich auch in der Farbe der Sofakissen widerspiegelte, auch wenn die Farbe inzwischen aus der Mode gekommen war. Vielleicht, wenn sie sich eines Tages tatsächlich als Lady Ashwood fühlte, würde sie sich einen blumigen Stoff aussuchen und den Raum umgestalten. Bis dahin blieb er allerdings so, wie er jetzt war.

Aus dem Tisch lag bereits die Mappe, die Mrs. Watson stets bei Besprechungen mit sich führte. Wortlos nahm Emilia am Tisch Platz und ließ sich von der Haushälterin die Menüvorschläge erklären.

»Das hört sich sehr gut an«, lobte Emilia. »Welches Gericht ist das Lieblingsgericht meines Gatten?«

Die Frage hatte sie aus dem Bauch heraus gestellt. Wenn sie Andrews Leibspeise zubereiten ließ, vielleicht blieb er dann im Haus und womöglich wäre er dann einer Unterhaltung zugänglicher.

»Das weiß ich nicht«, gestand die Haushälterin. »Mylord weilt erst seit einigen Wochen in London. Die Jahre davor hat er sich sehr rar gemacht.«

Enttäuscht murmelte Emilia dennoch einen Dank. Schließlich konnte die Haushälterin nichts dafür.

»Es steht mir nicht zu, Mylady.« Mrs. Watson schob die Papiere zusammen. »Aber erlauben Sie mir einen Vorschlag. Sie sollten es dem Marquess möglichst bald sagen.«

Verwirrt blickte Emilia auf. In Gedanken war sie noch immer bei Andrews Lieblingsgericht. »Ich verstehe nicht …?«

»Sie sind nun seit fünf Wochen hier, Mylady, und Ihre Periode ist ausgeblieben.«

Der Schreck fuhr Emilia dermaßen in die Glieder, dass sie nicht wusste, was sie darauf sagen sollte.

»Es gehört zu den Aufgaben der Dienerschaft, die Betten zu kontrollieren. Bis auf ein paar Tropfen nach Ihrer Hochzeitsnacht ist das Bett sauber geblieben.«

Jetzt war Emilia noch verwirrter. »Mein Bett?«

Mrs. Watson schüttelte den Kopf. »Selbstverständlich das Bett Ihres Gemahls. Dort, wo Sie die Nacht verbracht haben.«

Emilia biss sich auf die Lippen. Daran hatte sie überhaupt nicht gedacht. Aber immerhin war Andrew umsichtig genug gewesen, diesbezüglich Vorsorge zu treffen.

»Die Dienerschaft redet bereits über Ihre Schwangerschaft.« Die ältere Frau lächelte milde. »Ich habe den Mädchen zwar verboten, darüber zu sprechen, aber es wird dennoch schnell die Runde machen. Sagen Sie es Ihrem Gemahl.«

Gehorsam nickte Emilia, und Mrs. Watson erhob sich.

»Mylady.« Die Haushälterin knickste und verließ den Raum.

Emilia blieb allein zurück und starrte vor sich hin. Die Dienerschaft wusste also bereits, dass sie schwanger war. Natürlich war das auch für Andrew keine Neuigkeit, aber das hatte sie Mrs. Watson schlecht sagen können.

Wie wäre es gewesen, wenn sie als Jungfrau in die Ehe gegangen wäre? Wenn sie aus Liebe geheiratet hätte? Wenn sie nun Andrews Kind erwartete. Es musste ein wundervolles Gefühl sein, dem Menschen, den man liebte, diese Neuigkeit kundzutun. Wie von selbst legte sich Emilias Hand auf ihren Bauch.

»Ich freue mich auf dich«, flüsterte sie.

Tränen hatte sie bereits genug vergossen und innerlich fühlte sie sich ohnehin leer. Doch das Baby in ihrem Bauch gab ihr die Kraft weiterzumachen.

Sie würde heute Abend auf Andrew warten und mit ihm sprechen. Um weitermachen zu können, musste sie endlich mit ihm reden. Emilia musste wissen, wer diese andere Frau war und warum Andrew so viel Zeit mit ihr verbrachte. Diesmal würde sie sich nicht abwimmeln lassen.

KAPITEL 32

Entmutigt betrat Andrew das Haus. Er trug nicht, wie üblich, seinen feinen Gehrock, sondern wieder die zerschlissene Hose, eine einfache Jacke aus grobem Stoff und einen verbeulten, abgewetzten Hut. Lediglich auf seinen Stock hatte er nicht gänzlich verzichten können, ihn jedoch durch einen einfachen Holzstock ersetzt. Rooth trug ebenso schäbige Kleidung.

Ein weiteres Mal war ihr Unterfangen nicht von Erfolg gekrönt gewesen. Verzweifelt fragte Andrew sich, wie viele Pubs es noch in East End gab. Unzählige hatten sie bereits aufgesucht, eines so schäbig wie das andere. Und überall waren sie auf Misstrauen und eine Mauer des Schweigens gestoßen. Auch die großzügig verteilten Münzen hatten die Menschen nicht zum Reden gebracht.

Rooth entzündete den Kerzenleuchter in der Halle. Das Personal war längst zu Bett gegangen, schließlich musste es in den frühen Morgenstunden wieder seine alltäglichen Arbeiten verrichten.

»Gute Nacht!«, brummte Andrew missmutig, nahm sich eine einzelne Kerze und entzündete diese.

»Brauchst du Hilfe?«, bot Rooth an.

Andrew schüttelte den Kopf. »Geh zu Bett, ich komme zurecht.«

Leise schlich er die Treppe hinauf und den Flur entlang. Mit einem grimmigen Blick auf Emilias Zimmertür ging er an dieser vorbei und betrat sein eigenes Schlafgemach. Es war ungewöhnlich kalt, denn Rooth, dessen Aufgabe es gewesen wäre, das Kaminfeuer zu entzünden, hatte ihn begleitet. Andrew machte sich daran, den Kerzenleuchter zu entzünden, worauf es merklich heller im Raum wurde. Dann kümmerte Andrew sich um den Kamin. Allerdings brauchte er mehrere Anläufe, bis das Feuer richtig brannte. Ihm fehlte es eindeutig an Übung.

Auf dem Waschtisch stand ein Krug mit sauberem Wasser. Dass dieses längst erkaltet war, störte Andrew nicht. Er zog die Jacke aus, legte den Hut beiseite und goss großzügig Wasser in die Schüssel. Endlich konnte er sein verschmutztes Gesicht waschen. Es war befreiend, den Dreck und die Enttäuschung der Nacht abzuwaschen. Dann griff er nach dem Handtuch und trocknete sich ab.

Ein Geräusch ließ ihn herumfahren. Wer zur Hölle …

Andrew erstarrte, als er Emilia in der Verbindungstür stehen sah. Mit weit aufgerissenen Augen, nur mit einem dünnen Nachthemd bekleidet, blickte sie ihn an. Mit dem groben Leinenhemd und der zerrissenen Hose musste er ein wirklich befremdliches Bild abgeben.

»Wo warst du?« Seine Gemahlin verschränkte die Arme vor der Brust und funkelte ihn wütend an.

Er wollte nur noch ins Bett, hatte jetzt keinen Nerv mehr, sich mit Emilia auseinanderzusetzen.

»Das geht dich nichts an«, sagte er müde.

Andrew wandte sich ab und legte das Handtuch zurück auf den Waschtisch. Allerdings sah er Emilia nun im Spiegel desselben, so schön wie immer. Um Fassung ringend schloss er die Augen.

»Was willst du?« Er stützte sich am Waschtisch ab und blickte in die Waschschüssel.

»Wir müssen miteinander reden«, erklärte sie und kam näher.

Innerlich stöhnte er. Seine Männlichkeit war hart, seine Unzufriedenheit aufgrund des sinnlosen Abends unendlich groß, und seine Gemahlin, nur in ein zartes Nachthemd gehüllt, wollte sich mit ihm unterhalten. Das war ein denkbar schlechter Zeitpunkt. Ausgerechnet jetzt, wo sein Nervenkostüm so schwach war. Er durfte der Versuchung nicht noch einmal nachgeben und zurückweisen würde er sie auch nicht mehr können, wenn sie einmal in seinem Bett gelegen hatte. Er konnte ihr nicht mehr geben als seinen Namen und ein Dach über dem Kopf. Zu mehr würde er niemals in der Lage sein. Die Vorstellung, wie sich Abscheu auf ihrem wundervollen Gesicht ausbreitete, ängstigte ihn mehr als der Schmerz, den er bereits verspürte.

»Jetzt ist kein guter Zeitpunkt.« Er schloss die Augen.

»Wann ist dann ein guter Zeitpunkt, Andrew? Seit Tagen gehst du mir aus dem Weg.«

Morgen. Nein, das wäre auch nicht besser. Er dachte fieberhaft nach. Es ging nicht. Weder jetzt noch morgen.

»Emilia …« Andrew zwang sich, sich langsam umzudrehen, doch die Worte blieben ihm im Hals stecken, als Emilia auf ihn zukam.

Sie legte ihre Arme um seinen Nacken und zog seinen Kopf zu einem Kuss nach unten. Sobald er sie schmeckte, setzte sein Verstand aus. Mit einem Aufstöhnen zog er seine Frau an sich, genoss ihren anschmiegsamen Körper. Sie hatte ihm gefehlt, oh, wie sehr sie ihm gefehlt hatte! Er begehrte sie so sehr. Seine Hände glitten unter den dünnen Stoff ihres Nachthemds. Ein Stöhnen entrang sich ihrer Kehle. Sanft biss er sie in die Lippe. Für einen Moment lösten sie sich, und er konnte das Begehren, das ihn selbst verzehrte, ebenso in ihren Augen lesen. Wieder vereinigten sich ihre Münder zu einem sehnsüchtigen Kuss. Emilia strich mit ihren Händen seinen Hals entlang und löste die Verschnürung seines Hemdes. Emilias Hände glitten über seine Brust, um ihm das störende Kleidungsstück auszuziehen.

Seine Alarmglocken schrillten. Augenblicklich wurde sein Kopf klar. Entschlossen griff er nach ihren Händen, um sie daran zu hindern, unter den Stoff zu schlüpfen.

»Nicht!« Sein Körper bebte, als er Emilia von sich schob.

»Andrew, ich …«

Kopfschüttelnd trat er zurück und wagte nicht, sie anzublicken. Vorsorglich drehte er ihr den Rücken zu und fuhr sich verbittert mit der Hand durch das Haar. Seine Männlichkeit schmerzte vor ungestillter Sehnsucht.

»Es ist besser, wenn du jetzt gehst«, erklärte er tonlos.

Mit angehaltenem Atem wartete er ab, lauschte auf jedes Geräusch. Emilia ging nicht. Verzweifelt schloss er die Augen und rang mit sich.

»Ich bin gekommen, um dir mitzuteilen, dass die Dienerschaft meine Schwangerschaft bemerkt hat.«

Er brauchte einen Moment, um zu reagieren. Langsam drehte er sich um, um ihr zu sagen, dass er noch immer zu seinem Entschluss stand, dieses Kind als das seine anzuerkennen. Doch da hatte sie sich bereits abgewandt. Andrew fehlte er Mut, sie aufzuhalten, und so starrte er hinterher, wie sie durch die Verbindungstür verschwand.

KAPITEL 33

Nach einer weiteren schrecklichen Nacht, in der sie mehr geweint als geschlafen hatte, fühlte Emilia sich wie gerädert. Die Übelkeit begleitete sie beinahe den gesamten Tag, und so nahm sie sich die Freiheit einer verheirateten Dame heraus und blieb im Bett liegen. Immer wieder musste sie an die Demütigung der vergangenen Nacht denken. Wie konnte Andrew ihr das nur antun? Abermals hatte er sie brüsk zurückgewiesen.

In diesem Moment wünschte sie sich, Andrew hätte sie nie geheiratet. Wie viel Leid ihr dann erspart geblieben wäre! Aber dann hätten sie sich nie geliebt, und diese Erinnerung gehörte zu Emilias kostbarsten.

Erst am frühen Abend verließ sie ihr Schlafgemach, ging eine Runde spazieren und wartete dann auf Andrew. Schweigend nahmen sie das Abendmahl ein. Diesmal fragte Emilia nicht, ob ihr Gemahl sie in den Salon begleiten wollte, sondern ging einfach. Wie zu erwarten, folgte er ihr nicht, und als sie gegen halb elf ihr Schlafzimmer aufsuchte und sich von Beth auskleiden und die Haare kämmen ließ, kreisten ihre Gedanken um die Frau, die Andrew ihr vorzog. Wer mochte sie sein, und was hatte sie an sich, dass es ihr gelang,

Andrews Aufmerksamkeit zu fesseln? Als Beth mit der Abendtoilette fertig war und sich verabschiedete, hatte Emilia einen Entschluss gefasst. Sie musste herausfinden, wohin ihr Gemahl ging.

An Schlaf war nicht zu denken. Hellwach lag sie im Bett und lauschte. Irgendwann wurde es hinter der Verbindungstür lauter. Eine zweite männliche Stimme war zu hören. Wahrscheinlich handelte es sich um Rooth. Die Sekunden strichen endlos dahin. Endlich fiel die Tür nebenan ins Schloss, und die Stimmen waren nun auf dem Flur zu hören.

Mit einem beherzten Satz sprang Emilia aus dem Bett. Darauf hatte sie die ganze Zeit gewartet. So leise wie möglich zündete sie eine Kerze an, streifte das Nachthemd ab und schlüpfte in ihr Unterkleid. Das Oberkleid folgte. Die Verschnürung am Rücken bereitete Emilia zwar einige Schwierigkeiten, aber es gelang ihr, es so weit zuzumachen, dass unter einem Umhang nicht auffiel, dass es nicht ganz geschlossen war.

Schnell zog sie Strümpfe und Schuhe an, drehte den Zopf ein und steckte ihn fest. Dann warf sie sich hastig den Umhang über und war schon fast zur Tür hinaus, als ihr einfiel, dass es klug wäre, etwas Geld mitzunehmen. Sie griff nach ihrer Börse und eilte den Männern hinterher. Als sie in der großen Halle angekommen war, hörte sie die Seitentür quietschen.

Gut, dass Jones noch nicht veranlasst hatte, sie zu schmieren. Fast schon hatte sie befürchtet, zu lange gebraucht zu haben.

Zügig durchschritt Emilia die Halle, öffnete die unverschlossene Tür des Nebeneingangs und spähte vorsichtig hinaus. Als niemand zu sehen war, schob sie die Tür ein Stückchen auf und huschte hindurch. Andrew und Rooth waren noch in Sichtweite, bogen jedoch in diesem Moment um eine Ecke. Emilia hastete hinterher. Wenn sie die Männer jetzt aus den Augen verlöre, wäre alles zu spät.

Sie folgte ihnen eine ganze Weile, bis sie schließlich in eine Mietdroschke stiegen. Glücklicherweise stand wenige Meter entfernt eine zweite, in die sie eilig hineinsprang und den Kutscher bat, dem anderen Wagen zu folgen. Falls der Mann sich über den ungewöhnlichen Auftrag wunderte, ließ er es sich nicht anmerken.

Angespannt saß Emilia in der unangenehm schaukelnden und schwankenden Kutsche. Hin und wieder fuhren sie an einer Lichtquelle vorbei, und Emilia stellte fest, dass die Gegend immer schäbiger wurde. An einem Droschkensammelplatz hielten sie an. Durch das Fenster sah Emilia, wie Andrew und Rooth aus ihrer Kutsche ausstiegen und in eine andere wechselten. Sie selbst blieb sitzen und der Kutscher folgte ohne weitere Anweisungen dem Gefährt. Die Umgebung, soweit man es in der Dunkelheit beurteilen konnte, wurde noch mieser.

Warum hatte Andrew ausgerechnet in so einem Stadtteil seine Mätresse untergebracht? Er konnte sich wahrlich ein zweites Haus in einer deutlich besseren Umgebung leisten! Etliche Mätressen wohnten in der Nähe des Theaters, eine der Damen sollte sich sogar über dem Geschäft ihrer Schneiderin niedergelassen haben. Zumindest hatte Jennifer dies behauptet.

Je länger die Fahrt dauerte, umso seltsamer kam Emilia die Fahrt vor. Was, wenn Andrew nicht zu seiner Geliebten unterwegs war? Doch warum sollte er sonst hier sein? Sie passierten eine Straße, deren Fenster heller beleuchtet waren. Es handelte sich um billige Bordelle, und die leicht bekleideten Damen, die auf den Straßen herumlungerten und ihre Vorzüge den Insassen der Kutschen feilboten, widerten Emilia an. Langsam fürchtete sie sich davor, wo dieser Ausflug enden würde. Sie wurde immer unruhiger, doch es gab längst kein Zurück mehr.

Endlich hielt die Kutsche, und Emilia spähte neugierig zum Fenster hinaus. Der Mond stand hell am Himmel und tauchte die schmutzige Straße in ein gespenstisches Licht. Sie wartete noch einen Moment, bis Andrew und Rooth ihre Kutsche verlassen und sich ein Stück entfernt hatten, ehe sie ausstieg, bezahlte und sich mit einem mulmigen Gefühl an die Fersen der Männer heftete. Um nicht erkannt zu werden, falls sich einer der beiden umdrehte, zog sie die Kapuze tief ins Gesicht und raffte den Umhang vor der Brust fest zusammen.

Der Marquess und sein Kammerdiener unterhielten sich leise. Andrew trug eine grobe Jacke und die verschlissene Hose, die sie bereits kannte. Rooths Kleidung war ebenfalls schäbig. Gerne hätte Emilia näher zu ihnen aufgeschlossen, um ihre Unterhaltung zu verfolgen, doch sie wagte es nicht. Auf einmal bogen die Männer in eine Gasse ab, die noch schmutziger war als die davor. Es stank nach Fäkalien, sodass Emilia kaum noch Luft bekam.

Als ein Mann sich aus der Dunkelheit schälte, schlug sich Emilia schnell eine Hand vor den Mund und unterdrückte einen Schrei. Der Unbekannte trat auf Andrew und seinen Diener zu. In letzter Sekunde huschte Emilia hinter einen Holzkarren und beobachtete mit angehaltenem Atem, wie Andrew dem Mann etwas gab. Vermutlich handelte es sich dabei um Geld. Die Gruppe stand einige Zeit zusammen und sprach leise miteinander, dann verabschiedete der Fremde sich und schlug den Weg in Emilias Richtung ein. Hastig sah sie sich um und erkannte, dass der Holzkarren ihr nicht genug Deckung bieten würde.

Für einen Moment überlegte sie, ob sie sich in einer dunklen Ecke im Schatten der Häuserwand verbergen konnte. Doch der Mond schien zu hell, als dass ihr dieser genug Schutz bieten könnte. Sie musste weg.

Unbesonnen drehte sie sich um und rannte blindlings in die Richtung, aus der sie gekommen war. Dabei übersah sie die Füße eines Mannes, der auf dem Boden im Dreck lag, und stolperte darüber. Gerade noch rechtzeitig konnte sie einen Sturz verhindern.

»Hey, was soll das?«, brüllte der Mann lautstark.

Etwas bewegte sich im Schatten, und Emilia zuckte zurück. Hastig warf sie einen Blick in die Gasse und bemerkte, dass Andrew und Rooth auf sie aufmerksam geworden waren. Angst erfasste sie. Unüberlegt rannte sie los, so schnell sie ihre Beine trugen. Hinter sich hörte sie Schritte. Noch bevor sie das Ende der Gasse erreichte, hatte ihr Verfolger sie eingeholt und griff nach ihrem Oberarm.

Emilia taumelte und verlor das Gleichgewicht. Doch anstatt zu stürzen, wurde sie gegen eine feste Hauswand gedrückt. Jemand zog ihr die Kapuze hinunter und als sie aufsah, blickte sie in vertraute grüngraue Augen, die sie zornig anfunkelten.

»Verdammt, Emilia, was machst du hier?«

KAPITEL 34

Andrew wurde heiß und kalt, als er erkannte, dass es Emilia war, die ängstlich zu ihm aufblickte. Was um Himmelswillen wollte sie hier? Das war keine Gegend für eine Lady! Nicht bei Tag und noch viel weniger bei Nacht. In seinem ganzen Leben war er noch nie derart wütend gewesen.

»Verdammt, Emilia, was machst du hier?«, knurrte er.

Sie hielt den Kopf gesenkt, wirkte sichtlich ertappt und schwieg. Wäre er nicht so erleichtert gewesen, sie unversehrt in seinen Armen zu halten, hätte er sie schütteln mögen, bis sie zur Vernunft kam.

»Hier ist es gefährlich!«

Jetzt hob sie das Gesicht, und der Funke Kampfgeist, den er so an ihr liebte, flackerte in ihren Pupillen. »Wenn es hier so gefährlich ist, was machst *du* dann hier?«

Andrew blickte zu ihr hinab und unterdrückte das Bedürfnis, sie zu küssen. Sie war so wunderschön, dass es ihn einige Anstrengung kostete, sein Verlangen im Zaum zu halten.

»Ich kann auf mich aufpassen«, versicherte er ihr und betrachtete sie kopfschüttelnd. »Warum bist du mir gefolgt?«

Emilia, deren Finger noch immer in sein Hemd vergraben waren, löste sich von ihm, trat einen Schritt zurück und stemmte die Hände in die Hüfte.

»Du bist derjenige, der sich nachts aus dem Haus schleicht und Geheimnisse vor mir hat. Also, was tust du in einer solchen Gegend, Andrew?«

Das erinnerte ihn daran, warum er eigentlich hier war. Er musste sich zwingen, den Blick von seiner Frau zu nehmen, um die Umgebung abzusuchen. Glücklicherweise hatte Emilias Erscheinen keine ungebetenen Gäste angelockt. Dennoch musste er sich beeilen, wenn er noch rechtzeitig am Übergabeort sein wollte. Es war schwierig genug gewesen, an die Information heranzukommen. Jetzt aufzugeben, wäre schlichtweg dumm.

Andrew stand kurz davor, das Rätsel um Lonyer zu lösen. Sie hatten die Suche beinahe aufgegeben, doch dann hatte sie ein schlaksiger Kerl mitten in der Nacht herbestellt. Zwar war durchaus damit zu rechnen, dass es sich um eine Falle handelte, doch der redselige Goldschmiedgeselle hatte ihnen tatsächlich einen brauchbaren Hinweis gegeben. Allerdings drängte nun die Zeit, wenn Andrew es rechtzeitig zum Übergabeort schaffen wollte.

»Komm!« Er nahm Emilia an die Hand und zog sie mit sich.

Der Treffpunkt lag ein paar Gehminuten von hier entfernt. Da er Emilia in dieser Gegend unmöglich allein lassen konnte, würde sie ihn begleiten müssen.

»Wohin gehen wir?«, fragte sie verunsichert, folgte ihm aber bereitwillig.

»Das erkläre ich dir später«, wich er aus.

Andrew hoffte, dass Rooth inzwischen an diesem Übergabeort angekommen war. Emilia versteifte sich und hielt an, sodass ihm nichts anderes übrigblieb, als ebenfalls stehen zu bleiben.

»Dafür haben wir jetzt keine Zeit, Emilia.«

»Doch!«, beharrte sie und reckte das Kinn. »Sag mir, was hier vor sich geht.«

Er atmete tief durch und sah sich um. In den Schatten konnte er zwar keine verborgenen Gestalten ausmachen, dennoch standen sie mitten auf dem Präsentierteller. Die Männer, die hier verkehrten, waren gefährlich und verstanden keinen Spaß.

»Andrew, was genau tust du hier!« Emilias Stimme war eine Spur lauter geworden und eindringlicher. »In was bist du verwickelt?« Ihre Verzweiflung war beinahe greifbar.

Er war tatsächlich ein wenig beleidigt. Glaubte sie wirklich, er wäre in dunkle Machenschaften verstrickt? Er ließ ihre Hand los, um sie ihr an die Wange zu legen.

»Glaub mir, ich stehe auf der richtigen Seite.«

Sie ließ es geschehen, dennoch blieb der Zweifel in ihren Augen, und Andrew begriff, dass er ihr mehr geben musste als eine bloße Versicherung seiner Unschuld. Sonst würde er Emilia für immer verlieren.

»Es gibt einige hochrangige Adelige, die sich der Sicherheit Englands verpflichtet fühlen und einschreiten, wenn Gefahr im Verzug ist.«

Emilias Augen weiteten sich vor Staunen.

»Und du bist einer von ihnen?«

Gerne hätte er die Frage bejaht, doch er gehörte nicht zu dem elitären Kreis aus hochrangigen Adeligen und verdienten Politikern. Diese Ehre gebührte nur dem Commander.

»Ich arbeite für sie«, stellte er klar.

»England ist in Gefahr?«, fragte Emilia erschrocken.

Etwas hilflos zuckte Andrew mit den Schultern. »Die Allianz beruht auf Verschwiegenheit, und jeder erfährt nur das, was er unbedingt wissen muss. Ich hatte den Auftrag, ein Smaragd-Collier aufzuspüren.«

Er sah, wie Erkenntnis in ihrem Gesicht aufleuchtete.

»Ja, jenes Collier, das du getragen hast, als wir uns das erste Mal begegnet sind«, bestätigte er und überlegte, ob er ihr offenbaren sollte, welch wertvollen Schatz sie besessen hatte. Doch da er nicht wusste, wer ihre Unterhaltung mithörte, entschied er sich dagegen. Unwillkürlich griff Emilia nach ihrem Hals, auch wenn sich dort kein Schmuckstück befand. »Ich erzähle dir die Einzelheiten, wenn wir zu Hause sind, aber jetzt musst du mitkommen. Ich muss dringend zu diesem Übergabeort und herausfinden, wer die Auftraggeber sind.« Eindringlich sah er sie an. Auch wenn sie nicht verstand, musste sie ihm jetzt vertrauen.

Endlich nickte Emilia, und er verspürte unendliche Erleichterung. Jetzt mussten sie sich beeilen. Er zog sie weiter. Hoffentlich kamen sie noch rechtzeitig!

Nach einer Weile bog er endlich in die Gasse ein, in der die Übergabe stattfinden sollte. Doch schon im nächsten Moment fluchte er stumm. Hier war es stockdunkel. Wie sollte er da etwas sehen? Darüber hinaus eignete es sich perfekt für einen Hinterhalt.

Etwas regte sich in der Dunkelheit, und er wich zurück. Dabei schob er sich schützend vor Emilia. Verborgen in den Schatten konnte er ein paar Gestalten ausmachen. Der Himmel riss auf, und das fahle Mondlicht erhellte die Umgebung. Andrew wich mit Emilia weiter zurück, bis sie im Schatten der Häuser verschwunden waren. Konzentriert kniff er die Augen zusammen, um mehr zu erkennen. Einer von ihnen musste der Goldschmied sein, von dem der Geselle ihnen berichtet hatte. Andrew zählte drei weitere Männer.

Suchend sah er sich nach Rooth um. Wo war der verdammte Kerl, wenn er ihn brauchte? Die Gruppe war zu weit entfernt, als dass er verstand, was sie miteinander besprachen. Doch er konnte erkennen, dass etwas übergeben wurde. Vielleicht das Smaragd-Collier?

Ein knarzendes Geräusch einige Meter vor ihnen ließ die kleine Gruppe zusammenzucken. Es kam aus einem Stapel Holzkisten, die sich nicht weit von ihnen entfernt befanden. Vermutlich hauste dort irgendwelches Gesindel, das die Geräusche verursacht hatte.

Die Bewegungen der Männer wurden hastiger, die kleine Gruppe löste sich auf. Zwei von ihnen, ein dürrer Schlaksiger und ein gedrungener Dickbäuchiger, kamen direkt auf Andrew zu, blieben aber glücklicherweise vor den Kisten stehen.

Emilia hinter ihm entwich ein undefinierbarer Laut, und er drehte sich hastig um und legte ihr eine Hand auf den

Mund. Stumm flehte er sie an, still zu sein. Er konnte nur hoffen, dass sie nicht entdeckt worden waren.

»Na, wen haben wir denn da?« Die zwei Gestalten begannen, den Holzkistenstapel auseinanderzunehmen.

Plötzlich ging alles blitzschnell. Ein Schatten sprang zwischen den Kisten hervor. Andrew war ebenso verblüfft wie die beiden Männer. Der Schlaksige stürzte zu Boden, der Dicke zückte sein Messer, während sein Kumpan sich aufrappelte. Breitbeinig und jederzeit bereit anzugreifen, stand Rooth vor ihnen, der sich hinter den Holzkisten verborgen hatte. Geschickt wich er den beiden Männern aus, die sich auf ihn stürzten. Doch da sie bewaffnet waren, lag der Vorteil eindeutig auf ihrer Seite. Noch immer hielt Andrew Emilia fest, löste nun aber langsam seine Hand von ihrem Mund. Sie blieb still.

»Ich muss ihm helfen«, wisperte er. »Du bleibst hier und verhältst dich mucksmäuschenstill!«

Sie nickte, und Andrew gab seine Deckung auf, um seinem Freund zu Hilfe zu eilen. Rooth hatte alle Hände voll zu tun, den zwei Männern mit ihren Waffen auszuweichen, und kam immer mehr in Bedrängnis.

»Hey«, rief Andrew laut und zog damit die Aufmerksamkeit der beiden auf sich.

Das verschaffte seinem Kammerdiener eine kleine Verschnaufpause. Der Dicke kam langsam auf Andrew zu.

»Ganz schlechter Zeitpunkt, Mann. Ganz schlechter Zeitpunkt«, nuschelte er und griff an.

Andrew setzte seinen Stock ein, und stieß ihn dem Angreifer in die Kniekehlen. Der Mann knickte ein und fiel auf die Knie. Trotz seines rundlichen Äußeren war dieser erstaunlich flott wieder auf den Beinen und stürzte sich erneut mit gezücktem Messer auf Andrew. Diesmal war sein Gegner auf den Stock vorbereitet und wich geschickt aus. Aus dem Augenwinkel sah er, dass Rooth sich gegen den Schlaksigen zur Wehr setzte.

Der Kammerdiener keuchte auf, doch Andrew konnte dem Freund nicht helfen, da sein eigener Gegner ihn erneut in Bedrängnis brachte. Als er dem blitzenden Messer auswich, rutschte der Stock auf dem nassen Kopfsteinpflaster fort. Um ein Haar wäre er gestürzt, konnte sich aber noch auffangen. Dafür explodierte ein unerträglicher Schmerz in seinem Bein. Etwas sauste an ihm vorbei, sodass er sich instinktiv zur Seite warf. Doch nicht weit genug, denn ein scharfer Schmerz fuhr in seinen Oberarm, und er spürte, wie warme Feuchtigkeit durch den Stoff seiner Jacke sickerte.

Andrew stöhnte, biss die Zähne zusammen und holte mit dem Stock aus. Sein Arm brannte, die Schmerzen im Bein, auf dem nun sein gesamtes Gewicht lag, waren schier unerträglich. Dennoch rammte er seinem Gegner das Holz in den Magen, worauf der Mann sich augenblicklich zusammenkrümmte und zu Boden fiel. Mit einem Mal war Rooth über dem Angreifer und entwand ihm das Messer. Seinen eigenen Gegner hatte er inzwischen außer Gefecht gesetzt. Er lag reglos auf der Straße.

Andrews Bein gab nach, und er stürzte zu Boden.

Mit einem entsetzten Schrei rannte Emilia auf ihn zu. War sie denn wahnsinnig geworden? Die Männer waren bei der Übergabe zu dritt gewesen, und der Dritte musste hier noch irgendwo sein! Andrew wollte ihr zurufen, dass sie verschwinden sollte, doch dazu benötigte er Luft und so schnell konnte er nicht Atem holen.

»Bleib, wo du bist!!!« Keinesfalls durften die Kerle erfahren, dass sie zusammengehörten.

Doch seine Warnung kam zu spät. Der dritte Angreifer, der plötzlich aus den Schatten sprang, fing Emilia ab. Sein Arm schloss sich um ihre Mitte und riss sie von den Füßen. Entsetzen überkam Andrew, noch mehr, als er den Mann mit dem Umhang und dem Hut erkannte. Eine lange Narbe vom rechten Mundwinkel über die Wange und direkt am Auge vorbei zierte sein Antlitz. Andrew war ihm zwar noch nie persönlich begegnet, doch sein Aussehen war legendär. Percy Reynolds. Der Lord von East End, wie er gerne genannt wurde. Der Mann, dem bisher niemand etwas anhängen konnte, obwohl er als Strippenzieher für alle legalen und illegalen Geschäfte im Osten von London galt.

»Langsam!« Reynolds hielt Emilia ein Messer an den Hals.

»Wir kommen nicht näher.« Als Zeichen, dass er lediglich den Stock in der Hand hielt und ansonsten unbewaffnet war, hob Andrew die Hände. Ein paar Schritte von ihm entfernt saß Rooth noch immer auf dem Dicken und hielt ihn mit einem Messer in Schach. »Lassen Sie die Frau los, sie hat nichts damit zu tun.«

Andrew hatte zu viele Jahre im Krieg gedient, als dass ihn die Situation aus der Fassung bringen konnte. Er war angespannt, seine Sinne geschärft. Wenn er etwas gelernt hatte, dann, wie er alle Gefühlsregungen aus seinem Kopf verbannen konnte, und genau das tat er.

»Dumm nur, dass sie ausgerechnet jetzt hier vorbeikommen musste«, höhnte Reynolds. »Oder Glück für uns.«

Andrew wusste, dass sein Gegenüber ihm nicht abgenommen hatte, dass Emilia nicht zu ihnen gehörte.

»Was wollen Sie, Reynolds«, sprach Rooth ihn direkt mit Namen an.

Der Lord von East End lächelte, doch durch die Narbe zog sich die eine Seite des Mundes nicht nach oben, und sein Gesicht glich eher einer Fratze.

»Zuerst meine Männer«, erklärte er ruhig.

Andrew und Rooth sahen sich an. Sein Kammerdiener wartete auf Befehle. Fieberhaft dachte Andrew nach. Hatten sie eine Wahl? Nein, wohl kaum. Also nickte er, und Rooth trat einen Schritt zurück. Der Dicke erhob sich, ging zu seinem Kumpel und half auch ihm auf. Dabei hob er dessen Messer auf. Dann gingen sie zu Reynolds hinüber.

»Lassen Sie die Frau gehen«, verlangte Andrew.

Reynolds lachte, und es klang gespenstisch nasal in der Dunkelheit. »Wir nehmen sie mit. Wenn wir sicher sind, dass wir nicht verfolgt werden, lassen wir sie frei.«

Andrew kämpfte mit sich, doch er war machtlos. Jeder Angriff seinerseits konnte Emilia in noch größere Gefahr bringen. So verharrte er und musste mit ansehen, wie die drei Männer mit ihrer Geisel rückwärtsgingen und schließlich in der Dunkelheit verschwanden. Die Fäuste geballt und zum Nichtstun verurteilt, brachte es ihn fast um, derart machtlos zu sein, während seine Gemahlin davongezerrt wurde. Kaum waren die Gestalten verschwunden, trat Rooth an seine Seite.

»Was ist mit deinem Arm?«, erkundigte er sich und wollte nach Andrews Verletzung sehen.

Doch er wich dem Freund aus. »Nicht schlimm. Wichtiger ist jetzt Emilia.«

Er starrte in die Dunkelheit, in der seine Frau verschwunden war. Allerdings war er sich sehr wohl bewusst, dass er noch warten musste, bis er ihr folgen konnte. Hoffentlich fand er sie schnell! Diese Straßen waren nicht gerade dafür bekannt, dass Menschen ihnen unversehrt entkamen … Darüber wollte er nicht nachdenken.

»Darf ich fragen, was deine Gattin hier zu suchen hat?«, fragte Rooth grimmig.

Hilflos zuckte Andrew mit den Schultern.

»Er wird sie freilassen«, versprach sein Kammerdiener versöhnlich und legte ihm beruhigend eine Hand auf den unverletzten Arm.

Andrew nickte, wohl wissend, dass es dafür keine Sicherheit gab. Es fiel ihm schwer, alle Gefühle außen vor zu lassen und an seiner Vernunft festzuhalten. Unendlich langsam verstrich die Zeit.

»Suchen wir sie«, entschied Andrew schließlich. »Und wenn sie auch nur den kleinsten Kratzer hat, werde ich Reynolds persönlich aufsuchen und ihm den Kopf vom Schädel trennen!«

Fluchend setzte er sich in Bewegung. Rooth folgte ihm.

KAPITEL 35

Emilia musste würgen, als dieser widerliche Kerl mit der Narbe ihr einen Lappen in den Mund steckte. Dann zog sie der schlaksigere der drei Gangster brutal mit sich. Dass sie dabei einen Schuh verlor, war den Männern vollkommen einerlei. Sie schleiften sie einfach weiter und als es ihnen zu langsam ging, warf der hochgewachsene Kerl sie sich kurzerhand über die Schulter. Nach Leibeskräften schlug Emilia auf den Mann ein, bis ihr der Narbengesichtige ein Messer vor das Gesicht hielt.

»Entweder du bist jetzt still, oder ich schlitze dir die Kehle auf.«

Augenblicklich erstarb Emilias Kampfeswille, und sie sank über der Schulter des Schlaksigen zusammen. Die Männer gingen einfach weiter. Furcht stieg in ihr auf. Wie sollte sie nur je wieder den Weg zurück finden? Sie musste ihnen entkommen, doch selbst wenn es ihr gelänge, sich loszureißen, wären diese Schurken ohnehin schneller. Man würde sie einholen, bevor sie überhaupt fliehen konnte. Resigniert hing sie wie ein Mehlsack da.

Aus ihrer unbequemen Lage heraus versuchte sie, sich zu orientieren, und bemerkte, dass die Männer direkt auf eine

Kutsche zugingen. Wenn ihre Entführer sie mitnahmen, war sie verloren. London war groß, und wer wusste schon, in welche abgelegene Gosse sie verschleppt werden würde.

»Was machen wir mit der Frau?«, fragt der Mann, der sie trug. »Nehmen wir sie mit?«

Die Antwort bekam Emilia nicht mit, da sie in dem Moment unsanft heruntergelassen wurde. Sie schwankte und fiel dann zu Boden, wo sie Stroh und Nässe unter sich spürte.

»Fessel sie«, befahl das Narbengesicht, und der Dicke kniete sich vor Emilia, um ihr mit einem rauen Strick Arme und Beine zusammenzubinden.

Sie wollte schreien, ihren Entführern entgegenschleudern, was sie von einer solchen Behandlung hielt. Schließlich war sie eine Lady! Doch der stinkige Lappen in ihrem Mund hinderte sie daran, ebenso wie die Angst, verschleppt zu werden und nie wieder in ihr altes Leben zurückkehren zu können.

»Verschwinden wir«, rief der Dicke den anderen beiden zu.

Emilia kauerte am Boden, doch als sie den Kopf hob, sah sie die Männer in die Kutsche steigen und davonfahren.

Tränen der Erleichterung rannen ihr über die Wangen. Sie lebte noch. Doch so glücklich sie auch darüber war, spürte sie nun die Nässe und die Kälte, die unbarmherzig unter ihre Röcke krochen. Die Sorge um ihr Baby wuchs.

Die Fassade der Häuser war schmutzig und an einigen Stellen schwer beschädigt. In ein paar Stunden würden die Menschen aus ihren Häusern kommen, und keinem von ihnen wollte sie begegnen. Emilia rüttelte an ihren Fesseln, doch der Strick war so fest gebunden, dass sie sich nicht befreien konnte. Würde sie hier bis zum nächsten Morgen verharren müssen? Der Lappen in ihrem Mund ließ sie immer wieder würgen, sobald sie versuchte, ihn loszuwerden. Die Fesseln rieben unangenehm an ihren Gelenken.

Zwei Männer näherten sich der Gasse. Zuerst drängte Emilia sich näher an die Hauswand, bis sie Rooth erkannte. Sie konnte nicht schreien, bemühte sich aber nach Leibeskräften, auf sich aufmerksam zu machen.

Nein!

Sie durften nicht einfach so vorbeigehen. Sie mussten sie doch sehen. So laut sie konnte und es mit dem Knebel möglich war, rief sie nach ihnen, doch sie waren zu weit fort. Die Dunkelheit tat ihr übrigens und verbarg sie vor den Augen der Männer.

»Emilia?«, hörte sie Andrews vertraute Stimme.

Sie war hier! Soweit es ihre Fesseln zuließen, reckte sie sich, robbte ein Stückchen von der Mauer fort und stieß ein entsetztes Geräusch aus, als weiches Fell ihre Hände streifte. Das Tier verschwand eilig in der Dunkelheit, und Emilia war froh, dass sie nicht genau gesehen hatte, was es gewesen war. Diese Gosse hier war abscheulich. Sollte sie hier je wieder lebend herauskommen, würde sie nie wieder einen Fuß in eine ihr unbekannte Gegend setzen.

Etwas Gutes hatte ihre unliebsame Begegnung dann aber doch, denn Andrew wurde auf sie aufmerksam. Er bog in die Gasse ein.

»Emilia?«

»Hmmm …«, wimmerte sie.

»Emilia!« Mit wenigen raschen Schritten war er bei ihr und zog ihr den Knebel aus dem Mund.

Erleichtert ließ sie sich gegen seine Brust sinken. Tränen strömten über ihre Wangen, und sie zitterte am ganzen Körper. Mit Hilfe eines Messers löste Andrew ihre Fesseln, und sie war frei. Schluchzend klammerte sie sich an ihm fest.

»Kannst du aufstehen?«, erkundigte er sich besorgt.

Emilia wusste es nicht. Jetzt, da ihr klar wurde, dass sie gerettet war, fiel die ganze Anspannung von ihr ab. Sie sank zitternd in sich zusammen. Selbst ihre Zähne schlugen unkontrolliert aufeinander.

»Ich trage sie.« Rooth drängte sich neben Andrew und hob Emilia hoch.

Der herbe Geruch des Kammerdieners schlug ihr entgegen. Mit ausdrucksloser Miene blickte er auf sie herab, und Emilia wünschte sich zurück in Andrews Arme. Doch dieser stützte sich schwer auf seinen Stock, während er neben Rooth herhinkte.

Es dauerte nicht lange, bis sie endlich eine belebtere Straße erreichten und dort in eine Mietdroschke stiegen. Emilia lag in Andrews Armen und starrte vor sich hin. Er schmiegte sein Kinn an ihre Stirn, seine Stoppeln kratzten leicht. In seiner Gegenwart fühlte Emilia sich sicher und behütet. Andrew zog sie näher an sich heran, und Emilia ließ es geschehen. Es gab so viele offene Fragen, aber jetzt war sie zu erschöpft von den Vorkommnissen der Nacht, um sie zu stellen. Sie war unendlich erleichtert, dass er nicht zu einer Mätresse gegangen war. Müde schloss Emilia die Augen und schlief sofort ein.

KAPITEL 36

Nur im Halbschlaf bekam Emilia mit, dass sie Ashwood House erreichten und ihr Beth aus der Kutsche und in ihr Zimmer half. Vom Entkleiden bemerkte sie kaum etwas und bevor die Zofe die Kerze gelöscht und das Zimmer verlassen hatte, war Emilia längst wieder eingeschlafen.

Dennoch verlief die Nacht unruhig. Albträume von Männern in dunklen Mänteln, die sie von Andrew fortrissen, verfolgten sie. Mit klopfendem Herzen schreckte sie hoch. Aufrecht im Bett sitzend, begriff Emilia schließlich, dass sie nur geträumt hatte. Sie war sicher und wohlbehalten in Ashwood House am Berkeley Square.

Während sie die schrecklichen Gedanken abschüttelte, blickte Emilia auf ihre Hände und erkannte die leichten Abschürfungen um ihre Handgelenke. Mit einem Mal fielen ihr die Vorkommnisse der vergangenen Nacht wieder ein. Andrew, der mit diesen Männern gekämpft hatte und dabei verletzt worden war.

Mit einem Satz sprang sie aus dem Bett und zog die Vorhänge auf. Es war längst heller Tag. Die Sonne stand hoch am Himmel. Wie lange hatte sie nur geschlafen?

Emilia musste wissen, wie es Andrew ging. Ihr Blick fiel auf die Verbindungstür, und sie fragte sich, ob er sich noch in seinem Zimmer befand oder schon längst aufgestanden war. Gewillt, es herauszufinden, näherte sie sich der Tür und drückte barfuß und nur mit ihrem Nachthemd bekleidet, die Klinke herunter.

Nur zu gut erinnerte sie sich an die Nacht, in der sie denselben Weg genommen und eine bittere Enttäuschung erfahren hatte. Aber Andrew hielt sich keine Mätresse, und das Hochgefühl darüber, dass ihr Gemahl ihr treu war, war unbeschreiblich. Über alles andere konnten sie reden.

Die Vorhänge in Andrews Zimmer waren noch zugezogen. Seine Gestalt zeichnete sich unter der Bettdecke ab. Langsam trat Emilia näher. Er lag auf dem Rücken, das Gesicht entspannt und die Augen geschlossen. Einen Moment blieb sie stehen und genoss den friedlichen Anblick ihres schlafenden Gemahls. Mit dem zerzausten Haar und dem dunklen Bartschatten auf dem Kinn wirkte er jung und verletzlich.

Mit einem Mal sehnte sie sich so sehr nach seiner Nähe, dass sie entschied, ihr klärendes Gespräch auf später aufzuschieben. Auf leisen Sohlen schlich sie zum Bett, hob das Laken an und schlüpfte darunter. Dabei verrutschte die Decke etwas und entblößte seinen nackten Oberkörper und einen verbundenen Oberarm. Emilia schluckte und erinnerte sich an den blutdurchtränkten Stoff. Jetzt war der Verband weiß, was darauf schließen ließ, dass Andrew nicht mehr blutete. Dem Drang, ihm nahe zu sein, nachgebend, schob Emilia sich näher an ihn heran und legte vorsichtig ihre

Hand auf seine Brust. Andrew regte sich im Schlaf, wachte jedoch nicht auf.

Er bot einen faszinierenden Anblick. Zum ersten Mal sah sie seinen nackten Oberkörper. Sie stützte sich auf einen Arm und beugte sich über ihn, um ihn auf den Mund zu küssen. Schlaftrunken räkelte er sich. Emilia liebkoste ihn erneut und ließ ihre freie Hand unter der Decke über seine Brust wandern. Die Härchen kitzelten sie, und sein Körper fühlte sich fest an, ganz anders als ihr eigener. Neugierig setzte Emilia ihre Erkundungen fort und ließ ihre Hand tiefer gleiten. Dabei streifte sie über etwas, das sie nicht einordnen konnte. Es war uneben, irgendwie knotig und bedeckte einen ganzen Teil seines Bauches. In diesem Augenblick schlug Andrew die Augen auf und griff nach ihrem Handgelenk.

»Emilia!« Seine Stimme war rau, und in seinem Blick sah sie die Sehnsucht, aber auch Angst.

Sie antwortete ihm mit einem Lächeln. Diesmal würde sie sich nicht fortschicken lassen. Entschlossen beugte sie sich zu ihm, küsste ihn aufs Kinn und von dort weiter über seinen Hals.

»Emilia, nicht«, protestierte er halbherzig.

Doch davon ließ sie sich nicht abhalten. Sie würde nicht kampflos aufgeben. Diesmal nicht. Mit aller Hingabe schmiegte sie sich an ihn, küsste ihn leidenschaftlich.

Er gab nach. Der Griff um ihr Handgelenk lockerte sich, und sie fuhr fort, ihn zu streicheln. Emilia wusste, dass das Unebene, was sie unter ihren Fingern spürte, nicht normal war, aber das schreckte sie nicht ab. Ihre Hand wanderte noch weiter nach unten, und zielsicher umfing sie sein Glied. Es war an der Wurzel ebenfalls wulstig und uneben, doch je weiter sie sich vortastete, umso seidiger wurde die Haut. Andrew stöhnte unter ihren Berührungen und gab seinen Widerstand nun gänzlich auf. Lächelnd schob sie sich auf ihn, rieb ihren Körper an seinem.

»Emilia«, keuchte er. »Nicht.«

Weil sie dachte, dass sie ihm weh tat, hielt sie inne und sah auf ihn hinab. Doch in seinen Augen stand nur ungestilltes Verlangen, das dem ihren in nichts nachstand. Sie wollte ihn erkunden, ihn schmecken und ihn um den Verstand bringen.

Langsam ließ sie ihre Lippen nach unten wandern. Andrew konnte kaum still liegen bleiben. Immer wieder stöhnte er ihren Namen. Sie küsste seinen Hals, die Brust, spielte mit den winzigen Brustwarzen. Ihre Hände wanderten über seine harten Bauchmuskeln weiter abwärts und schoben die Decke Stück für Stück nach unten. Knapp oberhalb des Bauchnabels veränderte sich die Haut. Großflächiges Narbengewebe zog sich über die komplette linke Seite bis zu seinen Lenden. Vorsichtig strich Emilia über die Stelle, da sie nicht wusste, wie empfindlich er dort war.

»Nicht, Emilia.«

Sie sah zu ihm auf, und der Schmerz in seinen Augen war nicht zu übersehen.

Hastig zog sie ihre Hand fort. »Ich wollte dir nicht weh tun«, entschuldigte sie sich.

»Es tut nicht weh«, stieß er zwischen zusammengebissenen Zähnen hervor.

Er schien auf etwas zu warten.

»Darf ich dich dann dort anfassen?«, wagte sie sich vor.

»Möchtest du das?«

»Nur wenn es dir nicht unangenehm ist.« Sie musste ihr Gewicht verlagern, weil der Arm, auf den sie sich stützte, zu schmerzen begann.

Andrew ergriff ihren Kopf und zog sie zu sich hoch. Gehorsam folgte sie ihm, ein wenig enttäuscht, dass er sie nicht hatte gewähren lassen. Doch das Bedauern wurde von seinen leidenschaftlichen Küssen hinfortgespült.

»Du darfst mich überall berühren«, raunte er ihr kehlig ins Ohr. »Ich bin dein.«

Ihr Herz floss über bei diesen Worten. Sie wollte ihm alles geben, ihn glücklich machen.

»Dann lass mich dich lieben«, flüsterte sie und streichelte seinen Bauch, über das Narbengewebe hinweg und umfing schließlich wieder sein Glied.

Andrew stöhnte. »Oh, Emilia.«

Er war unglaublich hart, und auch Emilias Erregung wuchs.

»Setz dich auf mich«, verlangte er, seine Augen voller Gier.

Lächelnd schob sie sich auf ihn. Sie hatte nicht geahnt, dass man sich auch so vereinigen konnte. Ohne Schwierigkeiten drang er in sie ein, und beide stöhnten auf.

Emilia bewegte sich rhythmisch auf ihm, sodass seine Männlichkeit beinahe aus ihr herausglitt, bevor sie ihn wieder tief in sich aufnahm. Andrew dirigierte sie mit seinen Händen auf ihren Hüften. Emilia hatte nicht geahnt, dass es so schön sein konnte. Es war so ganz anders als damals mit Edward. Sie genoss es, wie Andrew sich unter ihr und in ihr bewegte, spürte die zunehmende Anspannung in ihrem Unterleib. Und als ihr Geliebter den Gipfel der Lust erklomm und sich in ihr entlud, krampften sich Emilias innere Muskeln zusammen, und sie erreichte ebenfalls einen unbeschreiblichen Höhepunkt.

Erschöpft ließ Emilia sich auf seine Brust sinken und schloss die Augen. Andrew umarmte sie besitzergreifend und streichelte ihren Rücken. Langsam beruhigte sich sein Atem.

»Du findest mich nicht abstoßend?«, fragte er schließlich.

Emilia blieb liegen, genoss seine Nähe zu sehr, um sie aufzugeben. Gedankenverloren spielte sie mit den Haaren auf seiner Brust.

»Nein, ich finde dich nicht abstoßend.«

»Aber die Narben ...«

»... gehören zu dir«, vollendete sie seinen Satz.

Eine ganze Weile schwiegen sie.

»Ich liebe dich«, sagte Andrew und ergänzte hastig: »Bitte, fühlte dich zu nichts gedrängt. Ich weiß, unter welchen Bedingungen wir geheiratet haben, und ich erwarte nichts von dir. Es ist mir nur wichtig, dass ich es dir sagen konnte.«

Tränen traten Emilia in die Augen, als sie den Kopf hob. Ihr Herz floss über vor Liebe zu dem Mann, der sie geheiratet hatte, als sie dachte, ihr Leben wäre zu Ende.

»Oh, Andrew!«, flüsterte sie gerührt. »Ich liebe dich auch. So sehr.«

Zu mehr kam sie nicht, denn schon verschloss sein Mund den ihren. Seine Zunge drang in sie ein und beraubte sie der Fähigkeit, einen klaren Gedanken zu fassen. Erst nach einer ganzen Weile lösten sie sich voneinander, und Emilia streckte sich neben Andrew aus.

»Wir müssen über vergangene Nacht sprechen.«

Andrew verschränkte die Arme hinter seinem Kopf. »In Ordnung.«

Überrascht blinzelte sie, da sie mit mehr Widerstand gerechnet hatte.

»Ich will alles wissen«, verlangte sie. »Für wen arbeitest du, was hat es mit dem Collier auf sich, und wer ist alles in diese Sache verwickelt? Das waren richtig üble Gesellen vergangene Nacht.«

Bei dem Gedanken an die Männer lief ihr ein Schauer über den Rücken. Der Vorstellung, was alles hätte passieren können, wollte sie sich lieber nicht hingeben. Andrew hatte sie gerettet, und sie würde nicht noch einmal so dumm sein, sich in eine derartige Gefahr zu begeben. Doch was war mit ihm? Sie fürchtete um sein Leben, wollte sich nicht ausmalen, ihn zu verlieren.

»Wie du bereits weißt, arbeite ich für einen einflussreichen Mann. Mehr kann ich dir über ihn nicht sagen, aber ich versichere dir, sein oberstes Ziel ist es, England zu schützen.«

Gern hätte Emilia mehr über diese geheimnisvolle Person im Hintergrund erfahren, aber sie ahnte, dass Andrew dazu eisern schweigen würde. Daher fand sie sich schweren Herzens mit der unbefriedigenden Antwort ab.

»Und das Collier?«

»Das Smaragd-Collier der Stuarts?«

Emilias Augen weiteten sich.

»Es gehörte den Stuarts?«, rief sie atemlos.

Liebevoll strich Andrew ihr über das Haar. »Das ist lange her, und seitdem hat es sogar noch an Wert gewonnen. Ich hatte den Auftrag, das Collier zu finden, und war anwesend, als es im Club am Spieltisch in Lastboroughs Besitz überging. Natürlich meldete ich meinem Auftraggeber das Auftauchen des Colliers, und dann sah ich dich zu meiner grenzenlosen Überraschung auf dem Ball mit dem wertvollen Schmuckstück um den Hals!« Andrew lachte bei der Erinnerung daran. »Nachdem ich dann den Auftrag bekam, es an mich zu bringen, war Lastborough plötzlich tot und das Collier spurlos verschwunden.«

»Edwards Bruder hat es zurückverlangt. Gleich am nächsten Morgen«, erklärte Emilia.

Andrew nickte nachdenklich. »Ja, das passt ins Bild. Ich habe Lastborough, also den neuen Earl, aufgesucht. Man hatte ihm das Collier aber bereits abgenommen.«

»Wer?«

Andrew zuckte mit den Schultern. »Vermutlich die Männer, denen wir gestern Abend begegnet sind. Rooth hat einen Hinweis bekommen, dass das Collier in jener Nacht übergeben werden sollte, deswegen haben wir uns gleich auf den Weg gemacht.«

Emilia warf ihrem Gatten ein entschuldigendes Lächeln zu. »Und ich dachte, du besuchst eine Mätresse.« Sie schämte sich zutiefst für ihre unsinnige Annahme.

Belustigt schüttelte Andrew den Kopf und tippte ihr spielerisch auf die Nase.

»Ich habe dir bereits bei unserer ersten Begegnung gesagt, dass ich keine Mätresse unterhalte.« Genüsslich ließ er seinen Blick über ihren halb entblößten Körper schweifen. »Und ich gedenke nicht, daran etwas zu ändern.«

Lachend zog Emilia die Bettdecke höher.

Andrew wurde wieder ernst. »Das Collier ist verschwunden, und ich habe keine Ahnung, wie wir an Reynolds herankommen sollen. Wir sind schon vorher auf eine Mauer des Schweigens gestoßen. Dass der Bengel in der Schänke redselig genug war, uns von der Übergabe zu berichten, war bereits pures Glück.«

»Woher wusstet ihr, wo ihr nach dem Smaragd-Collier suchen musstet?«, wollte Emilia wissen.

»Lastborough hat uns den Hinweis mit East End gegeben. Mehr konnte er uns aber nicht sagen.« Gedankenverloren schüttelte Andrew den Kopf. »Nachdem ich nun weiß, dass Reynolds hinter der Sache steckt, wundert mich das abweisende Verhalten der Menschen nicht. Vermutlich war der Kerl ein Handlanger von ihm.«

Emilias Interesse war geweckt. »Welcher Kerl?«

Andrew deutete auf die schäbige Hose, die er in der vergangenen Nacht getragen hatte und die über der Stuhllehne hing. »In der Hosentasche steckt der Zettel. Lastborough hat uns den Namen des Mannes aufgeschrieben, der das Collier an sich gebracht hat.«

Neugierig stieg Emilia aus dem Bett und zog das Papier aus der Tasche. Sie faltete es auf und betrachtete es nachdenklich. Als Andrew einen wohligen Laut von sich gab, sah sie zu ihm hinüber. Er hatte es sich in seinem Bett gemütlich gemacht und grinste sie an.

»Meinetwegen könntest du den ganzen Tag so umherlaufen.«

Vorwurfsvoll neigte sie den Kopf, richtete ihren Blick jedoch gleich wieder auf das Papier. Sie drehte es um und hielt es gegen das Licht.

»Weißt du, was passiert, wenn man S. D. Lonyer rückwärts liest?«, fragte sie unvermittelt.

Andrew brauchte einen Moment, bis er in Gedanken die Buchstaben umgedreht hatte.

»Reynolds!«, keuchte er fassungslos, warf die Decke zur Seite und hechtete zu Emilia, um ihr den Zettel aus der Hand zu nehmen. Seine Nacktheit schien ihn ebenso wenig zu stören wie sie selbst.

»Wie konnte mir das entgehen?«, murmelte er grimmig. »Ich muss den Commander kontaktieren.«

Er griff nach seiner Hose, um sich anzuziehen. Sein Enthusiasmus war ansteckend. Mit einem Lächeln ließ Emilia sich auf seinem Bett nieder und sah ihm zu, wie er die Hose schloss. Eilig schnappte er sich das Hemd und streifte es sich über. Bevor er jedoch den Raum verließ, ging er noch einmal zu Emilia, um ihr einen Kuss zu geben.

»Ich muss los, einen Brief schreiben«, verkündete er und ließ sie allein zurück.

Noch immer glückselig lächelnd, blickte sie ihm hinterher. Sie liebte ihn, und da er ihre Gefühle erwiderte, war die Welt in Ordnung. Was auch immer die Zukunft bringen mochte, es würde gut werden.

KAPITEL 37

Andrew betrat das Letling's. Mitternacht war bereits vorbei. Aber diesmal hatte er Emilia darüber aufgeklärt, wohin er ging, damit sie sich keine Sorgen machte. Als er seinen Salon betrat, erwartete ihn der Commander bereits. Er saß – wie schon vor etlichen Wochen – vor dem entzündeten Kamin in einem Sessel.

»Hast du dich von deiner liebreizenden Frau losreißen können?«, fragte der Commander.

Andrew lachte. »Wenn sie gekonnt hätte, wäre sie mitgekommen. Sie ist allzu neugierig auf dich.«

Die Mundwinkel des Commanders zuckten. »Es ist besser so, aber mit Freude werde ich unter anderen Umständen gern ihre Bekanntschaft machen. Sie muss wirklich etwas Besonderes sein.«

Oh ja, das war sie, und Andrew verspürte unendliche Dankbarkeit, sie die Seine nennen zu können.

»Ich gehe davon aus, du hast mich nicht herbestellt, um mit mir über meine Gattin zu plaudern. Du hast meinen Brief erhalten?« Er setzte sich in den Sessel gegenüber und streckte die Beine aus.

»Das habe ich.«

»Du hättest dich nicht extra meinetwegen herbemühen müssen und mir auch schreiben können.«

Der Commander lächelte. »Ich habe derzeit ohnehin das eine oder andere in London zu erledigen.«

Andrew konnte sich nur allzu gut vorstellen, was das eine oder andere beinhaltete. »Der König ist in der Stadt.«

Ausweichend neigte sein Gegenüber den Kopf. »Ich wollte dir persönlich mitteilen, dass dein Auftrag hiermit beendet ist.«

Andrew richtete sich hastig in seinem Sessel auf.

»Nein«, protestierte er. Reynolds war noch auf freiem Fuß, und es war noch immer nicht geklärt, woher das Collier kam und was Reynolds damit vorhatte. »Der Fall ist noch nicht gelöst!« Er konnte und wollte sich nicht damit zufriedengeben, dass es so endete. Das war nicht seine Art. »Ich beabsichtige, noch einmal mit Cartmar zu sprechen. Ich bin mir sicher, da gibt es noch ein paar wichtige Informationen, die er mir bisher verschwiegen hat«, erklärte er.

Der Commander schüttelte den Kopf. »Das wirst du nicht.«

Verärgert presste Andrew die Lippen aufeinander. Für ihn war die Sache jedenfalls noch nicht erledigt, und auch, wenn er nicht alle Hintergründe kannte, konnte doch der Commander den Fall nicht ungelöst auf sich beruhen lassen. Im Moment hatten sie nichts. Das Collier war verschwunden, Lastborough verschanzte sich auf seinem Landsitz, Cartmar verbarg etwas, und an Reynolds heranzukommen, war beinahe unmöglich.

»Ich kann das so nicht hinnehmen.« Entschlossen blickte Andrew den Commander an, bereit, sich mit ihm anzulegen.

»Reynolds ist zu gefährlich. Unsereins kommt an ihn nicht heran.« Ernst blickte sein Freund ihn an.

Dem stimmte Andrew zu. Aber Cartmar würde er nicht einfach so davonkommen lassen. »Ich werde mich an Cartmars Fersen heften und Lastborough aufsuchen.«

»Du wirst nichts dergleichen tun«, widersprach der Commander grimmig. »Lastborough wird nach London zurückkehren, und so lange werden wir warten. Glaubst du allen Ernstes, dass Cartmar auch nur ein Wort sagen wird, wenn der Marquess of Ashwood ihn befragt?«

Damit mochte der Commander recht haben, dennoch war Andrew gewillt, es zu versuchen.

»Ich kenne jemanden, der sowohl zu Cartmar eine Freundschaft aufbauen als sich auch an Reynolds Fersen heften kann, ohne aufzufallen«, eröffnete ihm der Commander.

»Unmöglich.« Andrew runzelte die Stirn.

Niemand verkehrte in den höchsten Kreisen und bewegte sich gleichzeitig unerkannt im gefährlichsten Viertel von London.

Der Commander lächelte siegesgewiss.

»Glaub mir, der Fall ist in guten Händen.« Damit erhob er sich. »Du solltest nach Hause gehen, deiner Frau das Bett wärmen und die Zeit mit ihr genießen.«

So verlockend der Gedanke auch war, es widerstrebte ihm zutiefst, die Sache derart unbefriedigend stehen lassen zu müssen.

»Wirst du mich über die weitergehenden Ermittlungen auf dem Laufenden halten?«

Der Commander griff nach dem Zylinder, den er nicht am Eingang abgegeben, sondern auf Andrews Esstisch abgelegt hatte.

»Das kann ich dir nicht versprechen, aber wenn alles aufgeklärt ist, kann ich dich einweihen.«

Andrew nickte und erhob sich ebenfalls, während sein Freund sich den Umhang über die Schultern schwang.

»Ich danke dir für deine Hilfe.« Der Commander streckte ihm die Hand entgegen, und Andrew schlug ein.

Dann wandte der hochgewachsene Mann sich um und ging. Andrew begleitete ihn zur Tür hinaus. In Gedanken blickte er dem Commander nach, wie er durch das hintere Treppenhaus ungesehen das Letling's verließ. Niemand würde von diesem Treffen erfahren, denn der Commander würde es niemandem erzählen und er ebenso wenig.

Nachdenklich kehrte Andrew in den Salon zurück, ging zu der Anrichte, goss sich einen Scotch ein und ließ sich damit vor dem Kamin nieder.

Da er nun von seinen Pflichten entbunden war, hatte er alle Zeit der Welt, um sich Emilia zu widmen. Er dachte über Flitterwochen auf dem Land nach und fand die Vorstellung sehr verlockend. Was würde Emilia zu diesem Vorschlag sagen? Unbedingt wollte er ihr sein Landgut zeigen und hoffte inständig, dass sie es ebenso liebte wie er selbst. Es war der perfekte Ort, um ein Kind aufzuziehen. Natürlich würde er ab und an nach London reisen müssen, aber den Großteil seiner Zeit konnte er auf Ashwood Manor verbringen. Die Vorstellung, dort sein Kind aufwachsen zu sehen, löste ein wunderbares Kribbeln in seiner Magengegend aus. Nie hätte er zu träumen gewagt, eine Frau wie Emilia zu finden, die ihn trotz seiner Beschädigung aufrichtig liebte und ihn dazu noch mit einer Familie beglückte. So konnte er den Namen Ashwood weitergeben.

Das Leben hatte eine ungewohnte Wendung genommen, und auch wenn er mit dem Abschluss seines Auftrags nicht gänzlich zufrieden war, hatte sich seine Reise nach London gelohnt. Andrew erhob sich aus seinem Sessel, der Scotch war vergessen.

Mit einem Grinsen machte er sich auf nach Ashwood House, wo Emilia ihn hoffentlich bereits sehnsüchtig erwartete.

REGENCY-ROMANCE
MELISSA DAVID
DAS SMARAGD-
COLLIER
EINE RESOLUTE LADY

DAS SMARAGD-COLLIER

Eine resolute Lady

(Band 2)

von

Melissa David

Als unehelicher Sohn eines Marquess' kennt Ewan Scatterloud sowohl die feine Gesellschaft als auch die Elendsviertel Londons. Genau deswegen beauftragt der Commander ihn im Fall des verschwundenen Colliers zu ermitteln. So verkehrt er nicht nur in zwielichtigen Boxclubs, sondern trifft auf einem Ball Lady Julie, eine einfältige Debütantin, die in ihm nur einen Bastard sieht.

Lady Julie Wight hat alle Hände voll zu tun. Sie kümmert sich um ihre beiden jüngeren Schwestern und ihren Vater und setzt alles daran, die finanziellen Schwierigkeiten der Familie vor der Öffentlichkeit zu verstecken. Ein reicher Ehemann wäre die Lösung ihrer Probleme. Als sie in eine missliche Lage kommt, eilt ihr ausgerechnet Ewan zu Hilfe. Obwohl er alles andere als standesgemäß ist, fühlt sie sich zu ihm hingezogen.

Während sich für Ewan die Lage gefährlich zuspitzt, muss auch Julie eine Entscheidung treffen, die nicht nur ihr Leben maßgeblich beeinflusst.

Melissa David

Ich schreibe Bücher, die dein Herz berühren und dich in fantastische Welten abtauchen lassen.

Geboren 1984 in einem historischen Städtchen in Bayern verbrachte ich meine nicht so wilde Teenagerzeit größtenteils lesend. Ich hätte mich zu der Zeit nie als Autorin bezeichnet, auch wenn ich damals schon den Kopf voll Geschichten hatte, die ich teilweise auch zu Papier brachte. Richtig ernst wurde es 2010, als mich eine sehr hartnäckige Geschichte nicht mehr los ließ. Zwei Jahre brauchte ich, um sie niederzuschreiben. Es sollten drei weitere Jahre bis das erste Buch seinen Weg in die Öffentlichkeit fand.

Ein Leben ohne Schreiben kann ich mir seitdem nicht mehr vorstellen. Neben Fantasyromanen veröffentlichte ich inzwischen auch Liebesromane und Regency-Romance. Nach wie vor bereitet es mir große Freude, neue fantastische Welten zu erschaffen und Geschichten zu erzählen, die Menschen berühren.

Du möchtest mich näher kennenlernen und mich auf dem Weg zu meiner nächsten Veröffentlichung begleiten? In meinem 14-tägig erscheinenden Newsletter berichte ich über mich persönlich und dem aktuellen Stand meiner Projekte.

Anmeldung: mel-david.de/newsletter

Mehr Möglichkeiten, mich kennenzulernen:
E-Mail: melissa@mel-david.de
Webseite: mel-david.de
Facebook: facebook.com/autorinmelddavid
Instagram: instagram.com/melissacdavid

Wenn dir das Buch gefallen hat, freue ich mich über eine Rezension - auch wenn es nur ein oder zwei Zeilen sein sollten.
Es würde mir viel bedeuten. Danke!